24 Kurzgeschichten zum Advent

Tassengeflüster

Eine Spenden-Anthologie vom

Der Club der Selfpublisher

Inhaltsverzeichnis

Vorwort

Liebe Leserinnen und Leser,

nach den Erfolgen aus den vergangenen beiden Jahren freuen wir uns, die dritte Ausgabe unserer Anthologie zu präsentieren. Auch diesmal ist es unser Ziel, mit den Einnahmen aus dem Verkauf der Anthologie Gutes zu tun.

Wir haben uns entschieden, den *Erdlingshof e.V.* zu unterstützen – eine Organisation, die sich für gerettere Tiere einsetzt. Der Erdlingshof bietet diesen Tieren ein sicheres Zuhause und kämpft für ihre Rechte, damit sie ein Leben in Frieden und Würde führen können.

Unsere Anthologie *Tassengeflüster* ist eine Sammlung von 24 winterlichen Kurzgeschichten, die von Herzen kommen und euch in die vielschichtige Welt der Literatur entführen – sei es Romance, Krimi, Horror, Thriller, Fantasy oder Science Fiction. Wir laden euch ein, euch in eine warme Decke zu kuscheln, eine Tasse Tee oder heiße Schokolade zu genießen und in die Tiefen unserer Erzählungen einzutauchen.

Der Club der Selfpublisher besteht aus ebenso vielschichtigen Autorinnen und Autoren. Wir haben uns erneut zusammengefunden, um gemeinsam etwas zu bewirken. Mit der neuerlichen Anthologie erhalten wir unsere liebgewonnene Tradition aufrecht. Vielen Dank für euren Kauf. Er ist ein Beitrag zu einer besseren Welt – für die Tiere, die Umwelt und letztendlich für uns alle.

Wir wünschen euch unvergessliche Lesemomente und ein frohes und besinnliches Weihnachtsfest.

Der Club der Selfpublisher

1. Auf den zweiten Blick

von Barbara Marx

»Das macht dann 17 Euro 50, bitte!« Mit einem Lächeln stellte ich die beiden dampfenden Tassen vor den jungen Mann, der bereits zwei Zehner auf den Tresen legte.

»Passt schon«, sagte er freundlich und reichte seiner Begleitung eines der beiden Häferln. Als sich ihre Finger dabei berührten, wurde er ein wenig rot und grinste über beide Ohren.

Oida, geh bitte!

Ich zwang mich, nicht genervt mit den Augen zu rollen, und wandte mich den nächsten Gästen zu, um sie mit Punsch und Glühwein zu versorgen. Und das tat ich, bis eine Stunde später der Strom an Durstigen zum Erliegen kam. Auf der kleinen Holzbühne des Christkindlmarktes hatte das Show-Programm begonnen und für die Verkaufsstände in der hinteren Ecke brachen nun ruhigere Minuten an.

Ich atmete tief durch. Die kleine Verschnaufpause tat gut, sofern man diese musikalische Zumutung aus kitschigen Weihnachtsliedern ausblenden konnte. Winter-Wonderland. Von wegen! In erster Linie war Schnee in der Stadt ein Ärgernis. Kalt, gatschig und grau. Igitt!

»Sollen wir uns etwas zu essen holen?«, fragte Flo in Richtung Bühne blickend, während er mit einem Putzfetzen den Tresen abwischte. »Ich hätte heute irgendwie Lust auf was Herzhaftes.«

Ich lächelte. Kein Wunder! Jemand, der wie mein Chef sein Geld mit süßem Punsch, Glühwein und Lebkuchen-Herzen verdiente, hatte vermutlich selten Lust auf etwas Süßes. Ich hingegen war das genaue Gegenteil davon. Ich konnte immer süß essen und die Waldviertler Leckereien vom Stand vis-a-vis hatten es mir ganz besonders angetan: Mohnnudeln, Kartoffelpuffer, Nusszelten … Nicht gut für meine Hüften, aber sie waren das Einzige, das mich diesen Job inmitten des ganzen Weihnachtswahnsinnes durchhalten ließ. »Geh nur, ich hol mir eine Portion Mohnnudeln.«

»Wenn du hier die Stellung hältst, bring ich sie dir mit. Was magst dazu? Apfelmus oder Zwetschgenröster?«

Ich musste nicht lange überlegen. Letztes Wochenende hatte ich mich für Apfelmus entschieden, also war heute das Zwetschgenmus dran.

Flo nickte, hängte seine Schürze an den Haken und ging in Richtung Bühne davon. Dabei ertappte ich mich, dass mein Blick an seinem Po hängen blieb.

Abrupt drehte ich mich weg.

Paula, das muss aufhören!

Auch wenn ich diesen Wochenend-Job angenommen hatte, um Zeit mit ihm zu verbringen, musste ich den bitteren Tatsachen ins Auge sehen. Ja, wir hatten im Sommer eine gute Zeit zusammen verbracht. Aber da ich mich letztlich nicht getraut hatte, die Initiative zu ergreifen, war nie etwas passiert. Bis er mich Anfang November aus heiterem Himmel anrief.

Ich schwöre, mein Herz hatte mehrere Schläge ausgesetzt, als ich seinen Namen auf dem Display meines Handys las! Es war eine Qual, es noch dreimal läuten zu lassen, bis ich mich sicher genug fühlte, um abzuheben.

Er hatte mich also vermisst! Na bitte!

Ich war entschlossen gewesen, es ihm nicht allzu leicht zu machen. Schließlich hatte ich vier Monate auf diesen Anruf gewartet, doch am Ende hatte ich ohne Wenn und Aber einfach nur »Ja« gesagt.

Nur leider nicht zu einem Date!

Sondern dazu, ihn die vier Wochenenden vor Weihnachten bei seinem Glühweinstand am Christkindlmarkt zu unterstützen. Und das neben meinem normalen Job als Analystin bei einer Versicherung.

Es war im Sommer schon hart gewesen. Während alle anderen an den heißen Juli-Wochenenden ins Gänsehäufel baden gingen oder sich in der Innenstadt mit Cocktails abkühlten, verkaufte ich gefühlt eine Tonne Twinni-Eis, Cola-Brause und tausende Käse-Toasts.

Warum? Weil meine Freundin Sandra und ich fast eineinhalb Jahre lang eine mega-tolle Skandinavien-Reise geplant hatten. Gemeinsam hatten wir Reiseführer studiert, unzählige Reiseblogs gelesen und nichts dem Zufall überlassen. Doch dann konnten wir zusehen, wie durch Energiekrise und die davongaloppierende Inflation Flug, Unterkunft, Mietwagen etc. mit jedem Monat unerschwinglicher wurden. Am Ende reichten meine Ersparnisse nicht mehr und da ich, im Gegensatz zu meiner Freundin, keine reichen Eltern hatte, war ich gezwungen gewesen, mir eine Nebenbeschäftigung zu suchen.

Es war nicht immer leicht gewesen, aber die Reise hatte mich für alle Mühen entschädigt. Andere Länder zu sehen war einfach das Beste und ich wollte unbedingt so bald wie möglich wieder in den Norden! Oder woanders hin. Hauptsache, ein neues Abenteuer! Aber dafür brauchte man Geld und deshalb hatte ich, auch ohne dieses Mal konkrete Reisepläne zu haben, den neuen Nebenjob zugesagt.

Abgesehen davon hatte ich es mir in meiner Fantasie auch ganz wunderbar ausgemalt. Flo und ich würden wieder zusammenarbeiten, gemeinsam lachen und eines Tages, bei romantischem Schneefall und einem leisen Weihnachtslied im Hintergrund, würde er mir seine Gefühle gestehen und wir würden in einem zärtlichen Kuss versinken. Um anschließend gemeinsam die Welt zu bereisen.

Das wäre mein Plan gewesen. Er hatte nur eine Schwäche.

Und die hieß Dóra.

Ja, Flo hatte jetzt nämlich eine Freundin! Und statt Weihnachtsmarkt-Romantik und heißen Küssen hieß es für mich jetzt nur stundenlanges Stehen und Heißgetränke ausgeben. An Gäste, die nicht rechnen konnten und sich über das obligatorische Tassenpfand beschwerten, Betrunkene, die mich erst anmachten und dann sauer wurden, weil ich ihnen keinen Schnaps mehr verkaufte, oder das ewige Gejaule von Kindern, die im Gewusel ihre Eltern verloren hatten.

Ehrlich, Christkindlmärkte sind nur in der Theorie leiwand[1]*! Die Wirklichkeit schaut anders aus. Laut, dreckig und in meinem Fall auch noch klebrig von all dem zuckrigen Punsch.*

»Hallo, Paula! Nicht viel los heute, oder?«

Ich brauchte einen Moment, um die vertraute Stimme mit einem, mir auf den ersten Blick unbekannten, Mann in Einklang zu bringen. Noch dazu einem sehr attraktiven Mann.

»Hallo, Werner.« Ich musterte ihn erstaunt. »Ich habe dich ohne Uniform nicht erkannt.«

Er lachte und wieder bemerkte ich, wie gutaussehend der Kerl war, der sich hier am Christkindlmarkt um die Sicherheit kümmerte. Wenn er nicht in einer unvorteilhaften Polyester-Uniform steckte.

»Wie immer einen Tee?«

Er schüttelte den Kopf. »Nein, heute darf ich. Einen Glühwein, bitte.«

»Was bringt dich an deinem freien Tag hierher?«, fragte ich, während ich die Tasse extravoll einschenkte.

»Ich war mit Freunden in der Nähe Mittagessen und dachte, ich schau am Heimweg mal nach, ob alles okay ist.«

Das würde mir nie im Leben einfallen!

Ich reichte ihm vorsichtig seinen Glühwein.

»Danke!« Er sah sich um. »Ist Flo heute gar nicht da?«

»Der holt uns etwas zu essen.«

Einen Moment stand Werner mit seiner Tasse in der Hand unschlüssig da. »Verstehe. Na, dann geh ich mal.«

Ein paar Minuten später kam Flo mit unserem Essen zurück. Er hatte sich eine kleine Ofenkartoffel mit Speck und Käse geholt und ich machte mich über meine Mohnnudeln her.

»Eigentlich sollte ich gar nichts essen«, schmatzte Flo mit vollem Mund.

»Wieso?«

»Dóra und ich gehen nachher mit Freunden in ein japanisches Restaurant. Angeblich das beste der Stadt.«

[1] österreichisch für großartig, super

»Du magst doch kein asiatisches Essen.« Was ich echt nicht verstehen konnte. Je exotischer, desto besser, oder? Aber Flo stand eher auf Hausmannskost.

»Genau.« Er zuckte mit den Schultern. »Aber so schlimm kann es nicht sein und was tut man nicht für die Frau, die man liebt. Apropos. Was läuft da zwischen Werner und dir?«

Bitte?!

Vor Schreck verschluckte ich mich am Zwetschgenmus und Flo klopfte mir mit einem dreckigen Grinsen im Gesicht auf den Rücken. »Aha, so ist das also.«

»Nix ist irgendwie!«, stellte ich, nachdem ich wieder Luft bekam, fest.

»Da wäre ich mir nicht so sicher! Er hat mich vorgestern gefragt, wann du wieder Dienst hast. Also ich schätze, er wird hier früher oder später auftauchen.« Suchend blickte er sich um.

»Ist er schon. Vorhin, als du weg warst.«

»Und?«

Ich schüttelte den Kopf. »Er hat einen Glühwein bestellt und ist gegangen.«

Flo sah mich einen Moment wortlos an, bevor er missbilligend den Kopf schüttelte. »So wird das nichts, Paula. Worauf wartest du? Werner ist ein lustiger, netter Kerl. Und er steht eindeutig auf dich. Geh mit ihm was trinken und schau, was passiert. In der Liebe muss man mutig sein!«

Nicht dein Ernst!

Mir war zum Heulen zumute und daran konnten auch die weltbesten Mohnnudeln der Welt nichts ändern. Der Mann, auf den ich ein Auge geworfen hatte, versuchte mich dazu zu überreden, mit einem anderen Kerl auszugehen! Und Werner …

Ich dachte einen Augenblick über ihn nach.

Gut, Werner ist ein netter, lustiger Typ und in vernünftigen Klamotten sieht er wirklich gut aus. Und letzte Woche, als er sich um dieses Kleinkind gekümmert hat, das seine Eltern verloren hat … Andererseits … Paula, komm schon!

Der Typ war bei einer privaten Sicherheitsfirma angestellt und die Muskulatur, die sich unter seiner Uniform abzeichnete, deutete auf viel Zeit im Fitnessstudio hin. Sorry, das war echt nicht meine Welt! Ich wollte reisen, Neues entdecken und Abenteuer erleben. Und sicher keinen Typen, der vermutlich zu blöd für die Aufnahmeprüfung bei der Polizei gewesen war und nun seine Recht-und-Ordnungs-Fantasien ausgerechnet auf einem Christkindl-Markt auslebte!

»Wenn man vom Teufel spricht!«, riss mich Flo aus meinen Überlegungen. »Hallo, Werner!«

Mit seiner Tasse in der Hand kam er auf unsere Bude zugeschlendert.

»Heute ist nicht viel los. Komm, wir trinken noch einen.« Und ohne auf eine Antwort zu warten, begann Flo drei Mal Glühwein zu zapfen und sie vor uns hinzustellen.

Die beiden Männer begannen über ein kommendes Fußball-Match zu reden. Werner lächelte mir immer wieder zu und versuchte, mich in das Gespräch zu involvieren, aber Sport war nicht mein Ding.

Sorry, Werner!

Darüber hinaus war die ganze Situation grotesk. Wir tranken aus gutem Grund niemals Alkohol im Dienst, denn der Effekt ließ nicht lange auf sich warten: Der heiße Glühwein ließ meinen Kopf müde und schwer werden. Zwar auf eine sehr angenehme Art und Weise, aber ich war ja nicht zum Spaß hier. Hoffentlich blieb es bis zum Ende meiner Schicht so ruhig. Dem üblichen Massenansturm wäre ich jetzt nicht mehr gewachsen gewesen. Die Jungs gestikulierten und waren sich einig, dass … Ach, um ehrlich zu sein, hörte ich gar nicht richtig zu. Stattdessen beschränkte ich mich darauf zu lächeln und hin und wieder zustimmend zu nicken. Ich blickte auf die Uhr.

Gut. Nur noch eine Stunde. Dann konnte ich nach Hause gehen und mich auf meine Couch legen. Den Kopf auf ein weiches Kissen betten und die Augen schließen. Ach, ich wünschte, es wäre schon Feierabend!

»Und du?«, fragte Werner und sah mich dabei erwartungsvoll an.

Hä? Was ist los?

»Was du heute noch vorhast«, wiederholte Flo die Frage.

Ich schüttelte den Kopf. »Nichts.«

»Super, dann geht doch zusammen!« Mein Chef grinste mich zufrieden an.

Ich blickte von einem zum anderen.

Irgendetwas hab ich verpasst. Aber was?

Werner sah auf seine Armbanduhr. »Dann hol ich dich in einer Stunde ab, okay?«

Ich wünschte, die Zeit würde stillstehen. Ich wusste, ich hatte jetzt maximal einen Herzschlag Zeit, um aus dieser Nummer wieder rauszukommen und mir eine Ausrede einfallen zu lassen. Aber der Glühwein hatte meine Gedankenautobahn in einen Feldweg verwandelt und so hörte ich meinen Chef sagen: »Ach, ihr braucht nicht zu warten. Heute passiert nicht mehr viel. Könnt gleich gehen.«

»Perfekt!« Mit einem Lächeln stellte Werner seine Tasse schwungvoll auf den Tresen und sah mich erwartungsvoll an. »Los geht's!«

»Habt einen schönen Abend«, sagte Flo, während er meine Jacke und Handtasche vom Haken nahm und mir beides reichte.

»Okay«, stammelte ich, während ich meine Sachen entgegennahm.

Dann geh ich halt mit.

Was konnte schon Schlimmes passieren? Doch dafür reichte der Feldweg in meinem Kopf gerade noch. Wie aufs Stichwort rasten mir eine Menge Worst-Case-Szenarien entgegen und die meisten hatten damit zu tun, dass Werner gravierende psychische Probleme auslebte und mich am Ende zerstückelte.

Ich musterte ihn. Er war eindeutig stärker als ich. Da hatte ich keine Chance, andererseits war er nicht dumm. Wenn ich morgen nicht zur Arbeit erschien, wusste Flo, wo er die Polizeibeamten hinschicken musste, um nach meinen Überresten zu suchen. Was soll's. Die Vorstellung, hier noch eine weitere Stunde hinter dem Tresen zu stehen, war nicht verlockend. Und ich hatte schon weitaus Dümmeres getan. Also, *no risk, no fun!*

Ich schlüpfte in meine Jacke, hängte mir meine Tasche über die Schulter und zusammen gingen wir los.

»Ich bin sicher, es wird dir gefallen!«, sagte Werner grinsend, als wir an einer Ampel stehenblieben.

»Wo geht's denn hin?«

»In den siebten Bezirk. Gleich ums Eck ist schon die Bim und dann dauert es knapp 15 Minuten.«

Okay. Das hatte nicht wirklich meine Frage beantwortet, aber der siebte Wiener Gemeindebezirk lag zumindest in Richtung »nach Hause«. Und langsam wurde ich neugierig. Werner schien sich sehr auf den Abend zu freuen und vielleicht erwartete mich ja eine schöne Überraschung. Mein Chef hatte mich eine Stunde früher gehen lassen, also war nichts verloren. Ich würde mir das also mal anschauen und wenn mir nicht gefiel, was ich sah, konnte ich immer noch Kopfschmerzen vortäuschen.

Als Werner und ich um die Ecke bogen, fuhr die Straßenbahn gerade in die Station ein.

»Komm, das schaffen wir!«, rief Werner und begann zu laufen.

Mann, ist der schnell!

Ich hastete hinterher und da er sich netterweise für mich in die Tür stellte, schaffte ich es, in letzter Sekunde in die Straßenbahn hineinzuspringen.

Werner zog mich zu einem freien Sitzplatz und ich ließ mich keuchend auf die weiche Polsterung sinken. Er nahm neben mir Platz.

»Du bist aber gut in Form«, stellte ich fest, nachdem sich mein Atem wieder beruhigt hatte.

»Ich trainiere für den Vienna City Marathon.«

»Wow, das nenne ich motiviert!«

»Gar nicht«, er lachte. »Das ist so ein Gruppending aus der Reha.«

Oida was?

»Ich hatte vor zwei Jahren ein Burn-out und bei der Reha habe ich zu laufen begonnen. Ich war damals total unsportlich.« Er lächelte. »Aber das Laufen hat mir gutgetan und zusammen mit ein paar Kumpels von damals haben wir beschlossen, gemeinsam beim VCM zu starten. Das ist jetzt auch unser jährliches Reha-Treffen, wenn du so willst.«

»Ich wusste nicht, dass die Sicherheitsbranche so stressig ist.«

Werner lachte schallend. »Nein, ist sie auch nicht. Genau deshalb mach ich das auch. Ich wollte nicht mehr in meinen alten Job zurück.«

»Was hast du davor gemacht?«

»Ich war Controller, Top-Management.«

Na, damit hatte ich jetzt nicht gerechnet. »Echt jetzt?«

»Ja«, sagte er knapp und das Lächeln verschwand aus seinen Gesichtszügen. »Aber wenn es okay ist, möchte ich nicht über mein altes Leben reden. Ich hab so viel Zeit damit verbracht, verbissen für Dinge zu kämpfen, die es nicht wert waren. Long Story short: Das Ergebnis war ein totaler Zusammenbruch. Aber ich bin dankbar dafür!« Er legte die rechte Hand kurz auf seinen Brustkorb und atmete tief ein und aus. Dann blickte er mich an. »Ohne diesen Kollaps wäre ich immer noch in dieser Tretmühle. Und Paula, mein jetziges Leben ist so viel besser!« Mit dem letzten Satz kehrte das Lächeln zurück in sein Gesicht.

Ich schämte mich, es zuzugeben, aber plötzlich sah ich Werner mit ganz anderen Augen. Beziehungsweise sah ich ihn zum ersten Mal richtig. »Wie ist dein Leben jetzt?«

»Intensiv. Ich hab gelernt, mehr im Moment zu leben, spontan zu sein und Dinge zu genießen. Das gelingt mir nicht immer, aber ich arbeite daran.«

Damit hatte ich auch so meine Probleme.

Die Ansage der Wiener Linien verkündete die nächste Station und Werner blickte aus dem Fenster. »Wir sind da.«

Gemeinsam stiegen wir aus der Bim, überquerten die Straße und plötzlich fiel mein Blick auf die Reklametafel eines Restaurants. »Ruiskeipä« stand darauf und die schwarzen schnörkellosen Buchstaben hoben sich gut vor dem weißen Hintergrund ab.

Fragend blickte ich zu Werner, der zielstrebig auf das Lokal zusteuerte. »Ich war noch nie finnisch essen und nachdem du immer so von deiner Skandinavien-Reise geschwärmt hast, dachte ich, ich sollte das einmal ausprobieren.« Vor der Eingangstür blieb er stehen und blickte mir tief in die Augen. »Paula, ich finde es schön, dass du heute Abend mitgekommen bist! Es ist toll, wenn du von deinen Reisen erzählst. Dafür hab ich mir früher leider nie Zeit genommen. Ehrlich, ich mag deine Abenteuerlust und wie offen du bist.«

Ups! Bei Reisen vielleicht, aber bei Menschen? Ich hatte mir nicht einmal die Mühe gemacht, den Menschen hinter seiner Uniform zu sehen.

Werner legte den Kopf in den Nacken. »Es beginnt zu schneien. Ist das nicht herrlich?«

Ich sah mich um. Dicke Flocken, die aussahen wie kleine Wattekugeln, schwebten langsam vom Himmel. In weniger als einer halben Stunde würde Wien von einer Schneedecke bedeckt sein. Erstaunlicherweise fand ich diese Vorstellung plötzlich gar nicht mehr so schlimm.

»Paula, wir könnten nach dem Essen noch ein wenig Spazierengehen. Ich mag die Weihnachtszeit.«

Ich nickte. Vielleicht mochte ich Christkindlmärkte und diesen ganzen Weihnachtskitsch nicht besonders. Aber ich würde herausfinden, ob ich ihn mögen könnte.

2. Oma Helga

von Sonja Wahl

Leichter Schneefall begleitete Gerhard und seine Frau Irma, als sie durch das steinerne Tor der Burgruine den Weihnachtsmarkt betraten. Hier auf den Felsen, nahe einer kleinen Ortschaft, fanden sich alljährlich Dutzende Künstler und Besucher ein. Der Geruch von duftendem Met und Honig lag in der Luft und auf den Dächern der Buden glitzerte frisch gefallener Schnee. Diese Veranstaltung hatte sich längst von einem Geheimtipp zu einem Magneten entwickelt und war doch überschaubar geblieben. Gerhard liebte die Stimmung und den Flair, eingebettet in die winterliche Landschaft und heute empfand er diese besondere Atmosphäre noch stärker als sonst.

Vielleicht lag es an dem sanften Wind, der die watteähnlichen Flocken über den Platz segeln ließ. Oder an der Mischung aus den Stimmen und der Musik, die aus den Lautsprechern angenehm und zurückhaltend eine Untermalung bildete. Gerhard fühlte sich so wohl wie schon lange nicht mehr und drückte den Arm seiner Frau.

»Links- oder rechtsherum?«, fragte Irma und ließ ihren Blick schweifen.

Sie wollten wie immer alle Stände besuchen, gab es doch jedes Jahr neues zu entdecken. Irma war ebenfalls ein Fan von diesen Unternehmungen. Auch sie berührte diese eigenartige Stimmung. Lächelnd nahm sie die Flocken wahr, die sanft auf ihrer Nase liegen geblieben waren und kitzelten.

Sie ergriff die Hand ihres Mannes und deutete nach rechts zum ersten Stand. Dort gab es herrlichen Weihnachtsschmuck mit handbemalten Figuren und selbstgehäkelten Sternen, die mit glänzenden Perlen bestückt waren. Vorsichtig holte sie ein von der Decke des Zeltes hängendes Exemplar und betrachtete es von allen Seiten. »Wie schön«, sagte sie und Gerhard nickte zustimmend.

»Ich verwende ein spezielles Häkelgarn und nähe die Verzierungen von Hand auf«, erläuterte die Verkäuferin. »Das Aufnähen dauert oft länger als das Herstellen«, erklärte die Frau schmunzelnd. »Aber dadurch erhält jedes Einzelne sein unverwechselbares Aussehen.«

Das war ein Highlight dieses Marktes. Man kaufte nicht nur Kreationen der Künstler, sondern erfuhr auf Nachfragen ebenso die Geschichte ihrer Entstehung. Manchmal zusammen mit der Lebensgeschichte, die den Hersteller des Kunstwerkes dazu gebracht hatte, sich dieser Aufgabe zu widmen. Irma entschied sich spontan, ein Dutzend zu kaufen. Sie beschloss, ihren Baum in diesem Jahr in Weiß und Silber zu schmücken. Er sollte strahlen und ihr Zuhause gemütlich und ein bisschen vornehm gestalten. Dazu würden diese Unikate auf jeden Fall ihren Beitrag leisten.

»Ich hoffe, dass ich unser Budget nicht schon nach drei Ständen ausgegeben habe«, scherzte Irma und hielt ihre Jutetasche hoch.

Gerhard zuckte mit den Schultern. »Hauptsache, die Sachen gefallen dir und du hast eine Verwendung für sie.«

Hand in Hand gingen sie weiter. In der nächsten Bude gab es handgeschnitzte Figuren aus hellem Holz und jede von ihnen hatte unterschiedliche Gesichtszüge und eine eigenwillige Ausstrahlung. Beeindruckt betrachtete Gerhard alles und lauschte den Worten des Handwerkers, der gerade einer interessierten Kundin seine Schnitzereien erklärte. Dabei strahlte er über das ganze Gesicht. Man konnte erahnen, dass jede Figur mit viel Liebe und Sorgfalt erschaffen wurde.

»Am Schluss sind sie wie Freunde«, sagte der Mann, als er eine hochnahm und der Frau entgegenstreckte.

Freunde, dachte Gerhard. Ja, das verband diese anspruchsvolle Arbeit mit einem schönen Gefühl.

Sie überquerten den Platz und standen direkt vor einem Zelt, das mit wunderschönen Tüchern behangen war. »Lassen Sie sich Ihre Zukunft aus der Hand lesen!«, stand in schwarzen Lettern mit Goldrand auf einem Schild über dem Eingang.

»Komm, lass uns hineingehen«, sagte Irma und öffnete den Vorhang.

Gerhard zögerte zunächst, doch dann traten sie gemeinsam ins Innere des Zeltes. Sie waren die Einzigen. Die Gerüche wirkten benebelnd und aus einem Zimmerbrunnen stieg eine dampfende Säule auf. Eine Frau mit langen, dunklen, lockigen Haaren nickte ihnen entgegenkommend zu. Sie winkte und ihre beringten Finger, auf denen bunte Steine glitzerten, lockten die Besucher herein und hießen sie, Platz zu nehmen.

»Komm, versuch es doch mal!« Irma bedeutete Gerhard sich zu setzen.

Dieser blieb unschlüssig stehen.

»Na los, komm schon, ich möchte hören, was die Dame dir prophezeit«, forderte Irma und schob Gerhard den Stuhl hin.

Er war kein Freund solcher Veranstaltungen und Horoskopen konnte er in der Regel nichts abgewinnen. Doch heute war alles ein bisschen anders und als Spielverderber wollte er nicht dastehen. Zögernd setzte er sich.

Die Wahrsagerin hob seine Rechte und betrachtete die Handfläche. Langsam fuhr sie die einzelnen Finger entlang. Gerhard musste schmunzeln. Danach legte sie sie vorsichtig auf die Tischplatte zurück. Mit der Linken verfuhr sie ebenso. Das Gefühl, als sie ihm mit ihren warmen, weichen Fingern über die Haut streichelte, war angenehm. Sie schaute ihm tief in die Augen und räusperte sich: »Bald werden Sie auf Besuch von früher treffen. Auf jemanden, an den Sie lange nicht mehr gedacht haben, der aber vor vielen Jahren eine wichtige Rolle in Ihrem Leben gespielt hat.«

Gerhard schaute sie skeptisch an. Die Dame ließ sich nicht beirren. Inzwischen hatten sich weitere Neugierige im Zelt eingefunden und hörten aufmerksam zu.

Die Wahrsagerin nutzte die Gelegenheit und hob die Hände in die Luft. »Ein Wechselbad der Gefühle kommt auf Sie zu!

Sie werden etwas verlieren und etwas gewinnen!«, rief sie verschwörerisch immer lauter werdend und klapperte mit ihren Armreifen. Dabei schaute sie mit ernsten Augen in die Runde. Dann klatschte sie, schwenkte dabei die Arme und erklärte so die Sitzung für beendet.

Als Gerhard sich erhob, schaute sie ihn nochmals durchdringend an, wie um ihre Vorhersage zu verstärken. Sie zwinkerte mit den Augen. »Keine Angst, am Schluss wird sich alles klären!«, sagte sie abschließend, als er ihr das Honorar überreichte. Als Gerhard sich umdrehte, sah er eine Traube von Menschen hinter sich. Der Nächste wartete bereits. Die Gruppe hatte das Ganze mit wachsendem Interesse verfolgt und blickte dem Ehepaar neugierig hinterher, als dieses den Schauplatz verließ.

Vor dem Zelt blieb Irma stehen. »Was meinte die Wahrsagerin damit, dass sich alles klären wird?«

Gerhard schüttelte den Kopf. »Ich kann es mir nicht erklären. Das Ganze ist mir ein Rätsel.«

Nach einem Halt an einem Imbiss zeigte Irma mit der ausgestreckten Hand auf einen der letzten Stände: »Dahin möchte ich auf jeden Fall.«

Gerhard nickte zustimmend. Auch er fühlte sich hingezogen zu dem Platz.

Hand in Hand gingen sie weiter. Auf dem inzwischen schneebedeckten Untergrund gingen sie zu dem Zelt, welches direkt unter einem riesigen Baum aufgebaut war. Das Innere war über und über mit herrlichen Weihnachtskugeln verziert. Sie hingen von duftenden Zweigen oder lagen in Körben und Schalen. Beim Herantreten war es, als ob Magie in der Luft liegen würde. Das Ehepaar schaute sich fasziniert um.

Gerhard berührte eine Kugel und blickte gebannt darauf. Irma beobachtete ihn irritiert, weil sie bemerkte, dass er mit seinen Gedanken weit weg war. »Woran denkst du?«

Er antwortete nicht. Er hatte sie wohl gar nicht gehört.

Kurz darauf drehte ihr Gerhard den Kopf zu. »An Oma Helga, die in unserer Straße wohnte, als ich ein Kind war.«

Seine Frau stutzte. Von Oma Helga hatte sie ihn seit langem nicht mehr reden hören. Diese Zeit lag weit zurück. Irma schaute ihren Mann fragend an.

»Ich erinnere mich wieder daran, wie ich jeden Morgen auf dem Weg zum Bus an ihrem Haus vorbeiging. Zur Adventszeit hatte die alte Dame überall Vasen und Gefäße mit Zweigen aufgestellt. Dort hingen die herrlichsten Kugeln. Gerade so, wie diese hier«, sagte er und zeigte auf die baumelnden Gebilde über ihnen. »Ich konnte mich damals nicht sattsehen und für Oma Helga war es das schönste Geschenk, dass ich so begeistert war. Viele der Kugeln hatten sie ein Leben lang begleitet und kannten all ihre Geheimnisse. Sie waren wie Freunde für sie. Manche hatten sie durch schlimme Zeiten begleitet und waren wie ein Licht in der Dunkelheit. Das hatte sie mir einmal verraten«, erzählte er weiter, weil Irma ihn abwartend ansah.

Beim Erzählen war seine Stimme weich und warm geworden. Dabei war er ganz in die Vergangenheit versunken.

»Oft winkte Oma Helga mir zu, wenn ich mittags aus der Schule kam. Sie rief mich dann in ihr Haus, in dem es nach Zimt und Nelken duftete. Im Winter erwartete sie mich mit einem Punsch aus zahlreichen Zutaten und Gewürzen, der mir so gut geschmeckt hatte. Manchmal legte sie ein paar Bonbons oder etwas Schokolade dazu. Das war unser gemeinsames Geheimnis.«

Irma schmunzelte, weil ihr Mann sich noch so gut an jedes Detail erinnern konnte. »Dafür half ich ihr ab und zu, die schweren Pflanzen und Kübel für die Überwinterung in den Keller zu tragen«, endete er und schien langsam zurückzukehren.

Als er seine Frau anblickte, sah diese ein paar Tränen in seinen Augen schimmern. »Das muss eine schöne Zeit für dich und Oma Helga gewesen sein.« Irma lächelte und legte den Arm um ihren Mann.

Gemeinsam sahen sie auf die Kugeln, die sich im leisen Wind hin und her bewegten. Da öffnete sich auf der Seite eine Zeltwand und eine Frau trat herein. Den Eheleuten war bisher gar nicht aufgefallen, dass der Stand nicht besetzt gewesen war. Die Frau hielt eine Tasse in der Hand, aus der ein köstlicher Duft aufstieg. Sie sah die beiden aufmunternd an, als sie zum Trinken ansetzte. Gerhard starrte wie gebannt auf das Behältnis. Irritiert senkte die Händlerin ihr Gefäß wieder und hielt es, nun ebenfalls betrachtend, ein Stück von sich weg.

»Ist etwas mit der Tasse oder mit dem Getränk?«

Gerhard reagierte nicht. Er schien in einer Art Starre zu sein. Seine Frau berührte ihn an der Schulter. Da bewegte er sich und sagte zur Überraschung der Händlerin: »Die Tasse und das Muster erinnern mich an jemanden. An eine alte Dame aus unserer Straße, in der ich gewohnt habe, als ich noch ein Kind war.« Er konnte kaum glauben, dass durch diese Begegnung seine Erinnerungen noch lebendiger wurden. »Bei ihr habe ich an Weihnachten immer einen Kinderpunsch getrunken. Ich hatte sogar meine eigene Tasse und die sah genau so aus.« Mit gestrecktem Finger zeigte er darauf. »Ich erinnere mich deshalb so genau, da meine Tasse damals einen kleinen Sprung hatte. Genau wie diese«, legte er noch nach, da ihm klar war, wie seltsam sich alles anhörte. Überrascht sah die Händlerin ihn an.

Sie betrachtete ihre Tasse aufmerksam und meinte: »Ja, das Gefäß ist sehr alt. Ich habe es von meiner Oma geerbt.« Sie sah ihn erneut an, runzelte die Stirn und plötzlich spiegelte sich eine Erkenntnis in ihrer Miene: »Sie könnten der Junge sein, von dem mir meine Oma Helga immer am Telefon erzählt hat.«

Gerhard schaute irritiert.

»Kann das denn sein?«, meinte er mit einem Seitenblick auf seine Frau. Diese zuckte mit den Schultern.

»Wenn Sie der Junge sind, der ihre alten Weihnachtskugeln bewunderte und ihren Punsch getrunken hat«, lachte die Frau freundlich, »dann stimmt es.«

Gerhard war sich immer noch nicht ganz sicher. »Wo wohnte ihre Oma denn?«, wollte er gerade fragen, als sie bereits weitersprach. »Sie hat übrigens in Steinhausen gewohnt.«

»Das gibt es doch nicht.« Das letzte Puzzleteil war gefallen. Jetzt bestand kein Zweifel mehr, dass sie durch Oma Helga eine gemeinsame Verbindung hatten.

Das Eis war gebrochen.

»Ich bin Julia, ihre Enkelin«, meinte die Händlerin und streckte ihm ihre Hand zur persönlichen Begrüßung entgegen.

»Wie schön, ich bin Gerhard«, sagte er und lachte.

Freudig schüttelten sie einander die Hände und es war, als könnte Irma die Verbundenheit der beiden spüren.

»Seltsam, dass wir uns nie begegnet sind«, meinte er.

»Das war gar nicht möglich«, sagte Julia. »Ich habe zu der Zeit in Dänemark gewohnt. Ich habe meine Oma über sechs Jahre nicht besucht. Zu ihrer Beerdigung bin ich zurückgekommen. Daran kann ich mich noch genau erinnern.«

»Wir sind kurz zuvor weggezogen. Wir konnten nicht teilnehmen. Das tut mir heute noch leid. Ich konnte mich nie richtig von Oma Helga verabschieden. Das habe ich nie so ganz verwunden«, sagte Gerhard nun mit seltsam belegter Stimme.

Er räusperte sich. Was hatte ihn dazu bewogen, seine innersten Gefühle einer fremden Frau anzuvertrauen? Dennoch fühlte es sich nicht wirklich befremdlich an. Im Gegenteil, er hatte sofort diese Vertrautheit mit Julia gespürt. So, als hätten sie sich schon früher gekannt. Und wieder wurde er erneut in jene Zeit zurückversetzt. Sah sich bei Oma Helga mit erwartungsvoller Miene in ihrer Küche stehen und ihren dampfenden, leckeren Punsch trinken. Ergriffen rieb er sich die Augen.

Die beiden Frauen sahen einander an. Dieser Augenblick war ein besonderer Moment für alle.

Was für ein seltsamer Zufall, sich hier nach 50 Jahren über den Weg zu laufen, dachte Irma und strich ihrem Mann liebevoll über den Arm. Die Wahrsagerin hatte wohl doch recht mit ihren Voraussagen.

Julia stellte ihr Getränk ab: »Dann muss das die Tasse vom kleinen Gerhard sein«, überlegte sie laut. »Meine Oma hat sie immer in Ehren gehalten. Weil sie ihr so wichtig war, hat sie mich bis heute auf alle Märkte begleitet. Mit ihr habe ich das Gefühl, dass meine Oma immer bei mir ist.« Dabei betrachtete sie die Tasse nachdenklich und runzelte die Stirn. »Aber in Wirklichkeit ist es ja Ihre.« Sie hielt kurz inne. »Sie sollten sie wiederhaben.« Jetzt streckte sie ihm die inzwischen leere Tasse entgegen.

Gerhard versuchte unauffällig ein paar Tränen wegzublinzeln und schluckte gerührt. Julia trat auf ihn zu. Er wusste nicht, wie er sich verhalten sollte. Reagierte zunächst nicht. »Bitte nehmen Sie sie. Meine Oma würde sich freuen, das weiß ich«, fügte sie hinzu und wollte ihm die Tasse vertrauensvoll in die Hand drücken. Er zögerte kurz. Dann griff er vorsichtig danach.

In diesem Moment bekam er einen Schlag. Stolperte nach vorn. Dadurch bekam er das Behältnis nicht richtig zu fassen. Er versuchte noch nachzugreifen, doch das Gefäß rutschte ihm aus der Hand. Es schepperte laut und krachte auf den Boden. Zerbrach in zwei Hälften. Gerhard, Irma und Julia standen stumm und versteinert da. Alle starrten auf das zerbrochene Gefäß. Keiner sagte etwas.

Julia fasste sich als Erste. Sie bückte sich und hob die Teile auf. Betrachtete stumm die beiden Scherben. Nach kurzem Nachdenken streckte sie Gerhard die eine Hälfte entgegen.

»Jetzt können wir beide etwas von der Tasse haben«, sagte sie zu dem entsetzten Gerhard. »Ab jetzt hat jeder von uns für immer ein Stück von Oma Helga bei sich zu Hause.«

Gerhard wusste nicht, was er sagen sollte. Das fand er sehr liebevoll. Deshalb nickte er nach einem kurzen Moment dankbar und zustimmend. Aufatmend blickte er von Julia zu seiner Frau. Auf einmal fühlte er sich viel leichter. Er war sich jetzt sicher, dass mit diesem Andenken dieses gute Gefühl für Oma Helga für immer zurückkehren würde.

3. Die Weihnachtskatze

von Catrina Seiler

»Du bist spät.«

Er erstarrte, ein Bein noch in der kühlen Luft, und blickte wie gebannt auf das dunkle Holz der Stubentür, ehe er das vertraute Gefühl in seiner Brust spürte. Wie ein Feuer breitete sich die Aufregung in ihm aus, und sein Herz schlug mit jeder Sekunde schneller. Endlich traf er sie wieder, konnte ihr Gesicht wiedersehen, ihren Duft riechen und ihre Stimme hören.

Es war ein weiter Weg.

Er senkte den Fuß und drehte sich um. Sie lehnte in der Küchentür, ein Häkeltuch lag über ihren Schultern und ihre langen Haare fielen in schwarzen Wellen über den bunten Stoff. Mit verschränkten Armen musterte sie ihn von oben bis unten, bis sich endlich das erlösende Lächeln um ihre Mundwinkel zeigte und sie nickte.

»Geh schon einmal vor, Yules«, sagte sie, stieß sich vom Türrahmen ab und verschwand in der Küche. Kurz darauf hörte er das Scheppern von Geschirr.

Yules trottete zur Stube und setzte sich. *Er solle schon vorgehen?* Manchmal fragte er sich, ob das Alter nicht nur ihm zu schaffen machte – wie stellte sie sich das vor? Oder wollte sie ihn herausfordern? Wieder einmal? Amüsiert blickte er an dem Holz entlang. Selbst wenn seine Knochen inzwischen mürbe wurden und von den Qualen, die Mutter ihn wieder und wieder erleiden ließ, gezeichnet waren, wohnte ihnen immer noch mehr Magie inne, als sie sich jemals erträumen könnte.

Opið!

Ein silberner Schimmer brach aus seinen Füßen hervor. Vor der Tür teilte er sich in zwei Bahnen, beide krochen am Rahmen hinauf und umflossen sie einmal, ehe er aufleuchtete und dann verblasste. Schließlich schwang die Tür auf und er erhob sich.

In der Stube war es warm und roch nach Wacholder und Thymian. Er ließ seinen Blick zum Fenster schweifen. Verschiedene Kräuter waren dort aufgehängt und er fragte sich, wozu – oder besser: wogegen – die Büschel dienten. In der Hinsicht bewunderte er sie. Brana machte das Beste aus ihrem Schicksal in der meeresumtosten Einsamkeit der Insel. Wie von unsichtbarer Hand gelenkt führte ihn sein Gang zu dem alten Sofa, von dem er nicht wusste, wann es in die kleine Hütte gekommen war. Vor fünf Wintern? Zehn?

Er sprang auf das Möbelstück. Kratzige Wolldecken lagen bereit, um in kalten Nächten Wärme zu spenden, und Yules drehte sich einmal um die eigene Achse, ehe er sich erwartungsvoll hinsetzte und in den Flur blickte.

Endlich kam sie. Die Stubentür fiel zu. In den Händen hielt Brana ein Servierbrett mit einer dampfenden Kanne und zwei Teetassen.

Wie jedes Jahr?

»Wie jedes Jahr«, antwortete sie ruhig. Das Porzellan klirrte, als sie die Kanne und eine Tasse auf dem Tisch abstellte.

Er schnupperte, wich zurück und kniff die Augen zusammen.

Brana bemerkte es und lächelte. »Keine Sorge, der Fencheltee ist für mich.«

Sie drapierte das Servierbrett mitsamt der anderen Tasse neben ihm auf dem Sofa. Ein feiner Geruch stieg in seine Nase, und unweigerlich sträubten sich seine Nackenhaare.

Was ist das?

»Katzenminze.«

Er fauchte.

»Genieß es einfach, alter Kater.«

Was kann man von einer Kräuterhexe nur anderes erwarten?

»Ich möchte ihren Zorn nicht auf mich ziehen.« Sie lächelte. »Nicht noch einmal.«

Eine gelbliche Flüssigkeit schimmerte ihm in dem schwachen Stubenlicht aus der Tasse entgegen. Der Geruch – fein, sicherlich genauso wie der Geschmack des erwärmten Wassers. Aber *Katzenminze*? So fern seiner wahren Natur. Brana wusste das.

Dann, ohne länger zu zögern, begann er mit schnellen Schlückchen den Tee zu schlürfen. Seine Zunge glitt geschickt über die Oberfläche und während er den wärmenden Geschmack des Aufgusses genoss, schwand sein Ärger über ihren kleinen Scherz.

Dennoch hatte sie recht. In seinem Augenwinkel setzte sie sich in einen Sessel, griff nach der Teekanne und schenkte sich etwas ein, ehe sie nach der Tasse griff und an ihrem Getränk nippte. Wie lange war es nun her? Längst hatte er die Zahl der Jahre, die sie so – von Grýla dazu verdammt – lebten, aus den Gedanken verloren. Am Anfang hatte er noch nach einer Lösung gesucht, es hatte so einfach gewirkt. Aber seine Brüder hatten sich von Grýlas Wut einschüchtern lassen. Erstaunlicherweise. Immerhin waren sie Trolle, große und starke Wesen, denen außer Sonnenlicht nichts etwas anhaben konnte – und vielleicht Intelligenz. Etwas, dessen er sich rühmen könnte, dank des Bluts seines Vaters, und das ihn von seinen Brüdern unterschied. Dennoch war er dem Gefängnis seiner Mutter nie entkommen.

Sie stellte die Tasse auf dem Tisch ab.

»Schmeckt der –«

Es klopfte.

Ruckartig riss er den Kopf hoch. Genau wie Brana sah er zur Stubentür, doch seine Anspannung übertraf ihre offenbar und unweigerlich schlug seine Schwanzspitze auf den Polsterstoff.

Erwartest du noch jemanden?

»Eigentlich nicht.« Brana lächelte, erhob sich vom Sessel und verließ den Raum.

Kurz darauf hörte er Stimmen aus dem Flur und seine Krallen bohrten sich in seinen Sitzplatz. Schritte kamen näher, immer mehr Fetzen von dem Gespräch drangen an seine Ohren und schließlich betrat ein Mann die Stube. Schwere Stiefel. Yules' Kiefer knirschte. Der Unbekannte trug einen gelben Ölzeugmantel, grobe Handschuhe und griff nach der Seemannsmütze auf seinem struppigen Haar.

»Ich dachte mir, ich schau mal nach dir«, sagte er und sah sich um. »Immerhin ist bald Weihnachten und du –«

Er verstummte sofort, als er Yules entdeckte. Er musterte den Kater und dieser bemerkte, wie die Aufmerksamkeit des Unbekannten etwas länger auf der Tasse ruhte. »Ich wusste gar nicht, dass du eine Katze hast.«

Wer ist das? Yules tretelte den Stoff unter sich.

»Das ist ein Streuner.«

»Hier?«, fragte der Mann. »Auf der Insel?«

Brana lächelte unverwandt, doch Yules bemerkte die Unruhe in ihren Fingern. Dieser Eindringling störte. »Vermutlich hat er sich einmal auf dein Boot geschlichen, Jón. *Katzen* lieben Fisch.«

Ein Fischer. Yules verkniff es sich, ungehalten zu fauchen. Ihresgleichen legten oft an der Insel an, denn in den Gewässern um die Westmann-Inseln herum konnte man gut fischen. Manchmal brachten die Boote sogar Leute, die das kreischende Federvieh sehen wollten. Sowohl der Fisch als auch die Vögel waren für Yules jedoch kein Grund, auf diese Insel zu kommen. Für ihn zählte nur Brana.

Der Mann furchte die Stirn und betrachtete Yules erneut. »Er sieht krank aus.«

»Es ist eine raue Zeit.«

»Soll ich ihn mitnehmen?«, fragte Jón. »Wenn die Brutzeit der Papageientaucher beginnt, sollte das Vieh weg sein.«

Vieh? Yules' Krallen blieben in den Stofffäden hängen und er fauchte unleidlich, ohne den Mann aus den Augen oder das Treteln zu lassen.

»Ich werde ihn noch etwas pflegen«, antwortete Brana. »Danach kannst du ihn mitnehmen.«

Da habe ich wohl ein Wörtchen mitzureden!

»Bist du dir sicher?« Jón betrachtete ihn erneut voller Abscheu. »Mit dem hässlichen Vieh könntest du Kindern Angst machen – sieht aus wie die Weihnachtskatze.«

»Findest du?« Brana sah an ihrem unerwarteten Besucher vorbei. »Es ist nur ein Kätzchen.«

»Es ist *riesig*.«

Es? Yules hörte wohl nicht richtig, er war doch kein ›es‹! Wütend blickte er zu der Frau und glaubte für einen Moment ein leichtes Zucken um ihre Mundwinkel zu sehen. Das machte sie mit Absicht. O, manchmal war sie tatsächlich eines Teufels würdig!

»Das liegt bestimmt am Fell«, sagte Brana.

»Diese Zotteln?«

Zotteln? Das wurde ja immer besser! Yules zischelte. *Leb du erstmal so viele Jahrhund–*

»Ich könnte ihn auf halbem Weg ins Meer werfen.«

Was solls? Was hatte er schon zu verlieren?

Frysta!

»Jón!«

»Das musst du wissen, Brana.« Jón atmete hörbar ein, wandte sich von Yules ab und dieser richtete sich erleichtert auf, ehe er die Wirkung des Zaubers spürte. »Ich bin allerdings nicht zum Spaß hier.«

»Das dachte ich mir schon«, antwortete sie, ließ sich wieder in den Sessel sinken und zog ihr Schultertuch enger um sich. Sie deutete auf den Platz neben Yules' Tablett. »Setz dich doch.«

Jón nickte zögerlich. Es schien beinahe, als müsse er seine Gedanken erst sortieren, was bei Yules erneutes Unbehagen weckte. Mit diesem Mann stimmte etwas nicht. Ob sie ihn geschickt hatte?

»Weißt du …« Jón setzte sich, behutsam, um die Tasse nicht umzuwerfen, legte seine Seemannsmütze auf die Sofalehne, und wieder verhakten sich Yules' Krallen in den Stofffäden.

Er musste vorsichtig sein.

»Du musst nicht hierbleiben«, sagte Jón.

Brana runzelte die Stirn.

»Du könntest zu uns kommen«, sprach er weiter. »Du kannst in unserem Gästezimmer schlafen. Dann bist du an Weihnachten nicht so allein – Pabbi hat sicher nichts dagegen.«

Welch nettes Angebot.

»Außerdem ist schlechtes Wetter gemeldet, es soll stürmen.« Jón durchkämmte das Wohnzimmer mit seinem Blick, als würde er etwas suchen, und rieb sich die Arme. »Und hier ist es kalt.«

»Oh«, machte Brana. »Vielleicht ist die Gasflasche wieder leer, ich geh –«

Jón sprang auf. »Ich mach schon!«

Die Tür der Lodge fiel hinter ihm zu und Brana und Yules sahen ihm schweigend nach.

»Ein Kältezauber?«, fragte sie.

Wer ist das?

»Jón kommt ab und zu vorbei.«

Ein Fischer. Er verkniff es sich nicht, es besonders zu betonen, und blickte zu ihr. *An Land?*

»Bist du nicht gewissermaßen genauso Fischer?«, fragte sie.

Ich hasse Fisch.

Sie lächelte unbeeindruckt. »Bist du etwa eifersüchtig?«

Seine Vibrissen vibrierten und er verdrängte die widerwärtige Vorstellung, die sich in seinen Gedanken ausbreitete. *Du weißt, dass du nicht gehen kannst.*

»Ja.« Sie runzelte die Stirn und lehnte sich vor, sodass er das Grün ihrer Augen in dem schwachen Licht ihrer Stube erkennen konnte. »Aber vielleicht ist das ein Zeichen, Yules.«

Er fauchte.

»Es kann nicht ewig so weitergehen«, erklärte sie. »Es muss doch etwas geben, das wir tun können.«

Wir haben alles versucht.

»Nein.« Brana atmete tief ein und ihr Blick versetzte ihm einen Stich ins Herz. Es war ein immerwährendes Thema bei ihrem jährlichen Treffen. Die Mutlosigkeit war irgendwann gekommen, Yules konnte gar nicht sagen, wann in dieser Ewigkeit der Verdammnis, und es wunderte ihn, das Brana neue Hoffnung geschöpft hatte. Was war nur geschehen?

»Schau dir Jón an.«

Den?

Der Stich in seinem Herzen bohrte sich tiefer, bis er die dunkelsten Ecken seiner Gefühle erreichte. Wie sollte dieser halbe Kerl ihr Glauben gegeben haben? Dennoch musste er auf der Hut sein – Brana kannte ihn so gut wie sonst niemand, sie wusste von Dingen, von denen seine Mutter nicht einmal etwas ahnte, und er durfte nicht verdrängen, dass er ihr Schicksal besiegelt hatte. Wenn die Einsamkeit der Insel sie ihre Gefühle vergessen lassen hatte – er mochte es sich nicht vorstellen.

Was soll ich da sehen außer geschmacklosem Ölzeug und wandelndem Aberglauben?

»Ihn hat diese Frage – dieser Besuch … ohne Pabbi … viel Überwindung gekostet.«

So sieht er aus.

Die Tür fiel zu und schwere Schritte kündigten Jóns Rückkehr an.

»Und er weiß es ja nicht, aber mit seinem *Aberglauben* liegt er richtig«, sagte Brana leise.

Vielleicht sollte ich es ihm beweisen.

Sie hob eine Augenbraue, doch bevor sie etwas erwidern konnte, betrat Jón die Stube.

»Mann, das Vieh sieht echt aus wie Jólakötturr«, sagte Jón und schüttelte den Kopf. »Als Kinder hatten wir ein Buch, aus dem uns Nana immer vorgelesen hat. Da war ein Bild von ihr drin – sogar mit diesem verfilzten Fell, den riesigen Pranken und vor allem diesen Augen.«

»Das klingt gruselig.«

»War es auch«, gestand Jón. »Zum Glück ist es nur eine Sage.«

»Ja.«

»Aber so gibt es wenigstens immer neue Socken zu Weihnachten«, ergänzte Jón.

Brana lächelte.

»Die Gasversorgung war komischerweise in Ordnung, und trotzdem …« Jón sah sich in der Stube um und knetete dabei seine Hände ineinander, ehe er zum Sofa ging. Einige Lehmklumpen blieben auf Branas Teppich liegen.

Yules fauchte unleidlich.

»Seltsam.«

»Ich habe sie neu eingestellt, aber vielleicht sollte Hjálmar noch einen Blick darauf werfen.« Jón setzte sich hin und Yules' Tasse wackelte gefährlich. »Aber weißt du, Brana? Es ist wirklich kein Problem. Du musst an Weihnachten nicht allein sein.«

Yules spürte, wie Ärger in ihm aufkam – dieser Mensch störte.

Sie ist nicht allein.

»Das ist nicht nö–«

»Wenn etwas mit dem Gas nicht stimmt, da könnte wasweiß-«

»Du hast es doch eben überprüft«, erwiderte Brana.

»Aber ich bin kein Heizungsbauer.«

Genauso wenig ihr Aufpasser. Yules richtete sich auf und knurrte.

Jón sah zu ihm. »Was hat das Vieh eigentlich?«

Brana zuckte mit den Achseln. »Er ist etwas eigen.«

Zweifelnd betrachtete Jón ihn erneut. Am liebsten würde ihm Yules entgegenspringen, um ihm diesen herablassenden Blick aus den Augen zu kratzen. Obendrein konnte er die Abneigung des Mannes regelrecht *spüren*, sie hing in der Luft wie der Geruch von Katzenminze und Fenchel, aber er war stark genug, um sie zu ertragen. Was kümmerten ihn die Meinung oder die Gefühle dieses Mannes? Nur dass Jón hier war und diesen Vorschlag –

Yules' Herz schlug wilder, er wollte – er *musste* – ihn loswerden, denn dieser Kerl störte dieses Treffen; das Einzige, das ihnen mit diesem Fluch geblieben war, die einzige Zweisamkeit, die ihnen noch vergönnt war. Ein Abend.

Vielleicht sollte ich ihm meine Eigensinnigkeit *beweisen.*

Jón wandte sich Brana zu. »Bitte, Brana …«

Es klirrte. Die heiße Flüssigkeit ergoss sich ins Tablett, die Tasse rollte an die untere Ecke, und Yules fauchte.

»Oh! Das wollte –« Hastig langte Jón nach dem Henkelbecher.

Yules schnellte vor. Die linke Pfote tauchte in den Tee, aber die nadelfeinen Krallen der anderen bohrten sich in das Fleisch des Fischers. Jón schrie auf. Reflexartig riss er die Hand zurück, hielt sie vor seine Brust und seine Lippen bebten, als er voller Wut auf Yules hinunterblickte.

»Rass!«, stieß er hervor, ohne sich von dem Kater abzuwenden.

Wenn du glaubst, mit Beleidigungen –

Brana stand ruckartig auf. »Du solltest besser gehen, Jón.«

»Was?« Empört wandte er sich ihr zu. »Das war das scheiß Katzen–«

»Bitte.«

Jón presste die Lippen aufeinander, aber schließlich nickte er. Immer noch seine Hand mit dem Kratzer haltend, stand er auf, griff nach seiner Mütze und stapfte – noch mehr Lehmbrocken auf dem Teppich hinterlassend – aus der Stube.

Gemeinsam sahen sie ihm nach, ehe sie die Haustür hörten.

Yules' Herzschlag beruhigte sich.

Endlich.

Dennoch musste er zugeben, dass der Besuch dieses Fischers etwas in ihm hinterlassen hatte und es schmerzte, es sich einzugestehen. Aber wenn sie …? Kaum merklich betrachtete er die dunkelhaarige Frau inmitten der Stube, die immer noch zur Tür blickte.

Vielleicht hast du recht.

Brana wandte sich zu ihm um, ging vor dem Sofa in die Knie und lächelte. »Etwa mit der Eifersucht?«

Er schnaubte. Eifersucht! Von wegen. Doch dieser Trottel, der nicht an die Wahrheit in Islands Höhlen oder Weihnachtskatzen glauben wollte, würde ihm nie das Wasser reichen – nicht einmal in seiner jetzigen Gestalt –, noch war er ihm wichtig. Ja, von ihm aus durfte er gern an dem Kratzer eingehen. Aber: Brana hatte recht. Der Fischer war der Beweis. *Wir haben noch nicht alles versucht.*

Sie neigte den Kopf, doch Yules erahnte ihre Worte, bevor sie zu sprechen begonnen hatte, und sein Herz schlug unweigerlich schneller.

»Ja, wir können nicht so weitermachen.«

Endlich.

Vermutlich lag es an seinem Vater. Yules hatte Branas Bedenken nie von ganzem Herzen geteilt, doch für ihre Liebe hatte er ihren Wunsch respektiert.

Nur aus Neugier: Wieso jetzt?

Sie lächelte. Die Antwort genügte ihm, genau wie sie ihn beruhigte. Ihre bisherige Haltung hatte er eine menschliche Schwäche genannt, die ihr seiner bescheidenen Meinung nach jedoch gut stand und sie nicht weniger liebenswert machte. Immerhin hatte sie bisher nur dafür gesorgt, dass sich ihre Befreiung von Grýlas Fluch verzögerte. Um ein, zwei … *einige* Jahrhunderte. Aber solange man einander hatte?

Wenn du bereit bist.

»Wir müssen es riskieren.«

Bei ihren Worten kribbelte es in seinem Nackenfell. *Bist du dir sicher?*

Sie nickte, etwas zögerlich, und er horchte auf. »Allerdings haben die Menschen sich verändert. Ich bin mir nicht sicher, ob sie – heutzutage …«

Ich weiß. Er hatte oft darüber nachgedacht, was aus der Welt geworden war – im Lauf der Jahrhunderte hatte sich nicht nur die Technik weiterentwickelt, sondern auch die Menschheit.

Vielleicht nicht nur zum Besseren. Yules wusste, dass sein Vater es genoss und bisweilen sogar seinen Teil dazu beigetragen hatte.

Dennoch findet sich tief im Inneren bei manchen bestimmt das Herz zur Trolljagd.

Wobei er sich nicht sicher war, ob es das brauchen würde – seine Brüder konnten nichts für ihre Einfältigkeit oder die Aufgaben ihrer Mutter.

Brana nickte. »Glaubst du, dass du so jemanden findest?«

Was bleibt uns anderes als zu hoffen? Yules richtete sich auf. *Ich bin es leid, jedes Jahr den Teufel zu geben, der ich nicht bin.* Er zögerte. *Oder der ich je war.*

»Du kennst deine Möglichkeiten.«

Ihre Worte versetzten ihm einen Stich ins Herz. Einst wäre es ein Leichtes gewesen, einen willenlosen Ergebenen zu finden, doch nun bewies ihm sogar ein dahergelaufener Fischersmann, wo sein Platz als riesige und hässliche Katze war: ertränkt im Atlantik. Aber bei aller Magie, die ihm Grýla genommen hatte, sah er in seinen Aufgaben eine Chance: Es brauchte nur die Liebe eines nahen Menschen. Wie damals. Oder ja, Pflichtbewusstsein. Immerhin brachte dieses Gefühl seine Trollbrüder dazu, Jahr um Jahr Grýlas Speisekammer mit Menschenspeisen zu füllen – von wegen Speisen, die seine Brüder gern aßen. Aber es trieb auch Menschen zu Taten, die ihre Grenzen bei weitem überschritten – vielleicht war es tatsächlich an der Zeit, die Möglichkeiten, die Grýla ihm gelassen hatte, auszunutzen.

Wenn es so sein soll.

»Dann riskieren wir es?«

Alles für dich.

Brana griff nach der Tasse, stellte sie auf und betrachtete den Blümchenaufdruck. Ein flüchtiges Lächeln umspielte ihre Mundwinkel, ehe sie sich nach vorn beugte. Sanft küsste sie ihn auf die Stirn und entlockte ihm zu seiner Bestürzung ein Schnurren. Er sehnte sich nach einer echten Berührung –

wenn es klappte, würde er bald wieder ihre Lippen auf seiner Haut spüren, nicht auf diesem mottenzerfressenen Haartep-pich, den er Fell nennen durfte und bei dem jegliche Pflege sinnlos blieb. Sie lehnte sich zurück und erneut trafen sich ihre Blicke. »Du solltest jetzt gehen – sonst kommst du zu spät zu Weihnachten.«

4. Korvatunturi

von Nadine Edel

Pah! Dieses blöde Fest konnte ihr gestohlen bleiben. Sie konnte mit dieser dämlichen Zeit nichts anfangen. Wer brauchte diese Feiertage? Amélie hasste Weihnachten. Nicht nur, weil die Menschen in dieser Zeit eine Maske aufsetzten und besinnlich taten, sondern, weil sie am 24. Dezember Geburtstag hatte. Jeder normale Mensch war an seinem Geburtstag etwas Besonderes. Jemand, der gefeiert wurde und Geschenke erhielt. Gut, sie bekam natürlich auch Geschenke, aber alle anderen ebenfalls.

Schon in ihrer Kindheit fielen die Geburtstagspartys aus, jetzt, mit Mitte dreißig, sowieso. Sie feierte nie. Wer hatte schon Lust und Zeit, zwischen Weihnachten und Neujahr eine Geburtstagsparty zu besuchen?

Amélie war trotz ihres bezaubernd klingenden Namens nicht sonderlich beliebt. Meistens hatte sie schlechte Laune, meckerte an allem herum und mochte sich selbst nicht so richtig. Das führte dazu, dass sie häufig allein oder weit ab von anderen Menschen stand und sich noch unglücklicher fühlte. Dabei sehnte sie sich doch nur nach Kontakt zu anderen Menschen, die sie akzeptierten, wie sie war.

Heute war sie mit ihren Arbeitskollegen auf dem Wintermarkt. Die weihnachtlichen Klänge, die aus den Lautsprechern der Buden schallten, vermischten sich zusammen mit den vielen Stimmen der Besucher in ihren Ohren zu einem undefinierbaren Brei an Lauten. Nicht auszuhalten! Lust auf diesen Ausflug hatte sie sowieso nicht, aber ihr Chef hatte irgendwas von Teambuilding und Zusammenhalt erzählt und dass die Teilnahme verpflichtend war.

Missmutig nahm Amélie die Tasse mit dem dampfenden und unangenehm nach Zimt und Sternanis riechenden Glühwein entgegen und rümpfte die Nase. Sie mochte dieses

Getränk nicht, aber sie wollte dazugehören und hatte sich daher entschieden, das Zeug herunterzuwürgen. Hoffentlich sah niemand, wie sehr sie sich ekelte. Ein Blick auf ihre Kollegen, die rund um einen Stehtisch standen, zeigte ihr, dass alle Spaß hatten. Inge, die kurz vor der Pensionierung stehende Buchhalterin, kicherte und hatte ein rotes Gesicht. Bernd, der ITler, lachte dröhnend über einen Witz, den Britta, die Assistentin des Chefs, zum Besten gegeben hatte. Herr Breitner, ihr Vorgesetzter, stand inmitten der Runde und betrachtete seine Angestellten wie gern gesehene Freunde.

Amélie war die Einzige, die immer abseits stand. Ob es bei einem Pläuschchen in der Teeküche oder dem gemeinsamen Mittagessen war. Sie beteiligte sich nie am Gespräch, saß immer nur daneben. Alles, weil sie anders war. Sie war empfindsam, spürte, wie es anderen erging und scheute sich davor, ihre Mitmenschen auf irgendeine Art zu verletzen. Um dazuzugehören, ließ sie sich hinreißen, Glühwein statt Eierpunsch zu trinken, den sie so viel lieber mochte. Sie wollte kein Aufsehen erregen und sich zum Gespött der Kollegen machen, weil sie mal wieder aus der Reihe tanzte.

Etwa eine dreiviertel Stunde später brach man auf. Amélie, auf die niemand achtete, bildete die Nachhut. Ihre Finger froren. Sie wühlte mit der Hand in der Jackentasche, um ihren Handschuh daraus zu befreien.

So ein Mist. Ihr Schlüssel verhakte sich in der Wolle und fiel just in dem Moment aus der Tasche, als sie auf die Straße trat. Sie bückte sich und Sekunden später sah sie aus dem Augenwinkel, dass sich ihr ein Auto näherte, nicht schnell, aber es schien auch nicht abzubremsen. Im nächsten Moment fiel sie in Richtung Boden, ihr Kopf prallte auf das Pflaster und alles um sie herum wurde schwarz.

Jemand rüttelte Amélie an der Schulter.

»Hallo, geht es dir gut? Sag doch was!«

»Mmmmmhhh … ja. Ja, Moment.« Sie versuchte die Lider zu öffnen. Helles Licht schien ihren Kopf explodieren zu lassen. Sie kniff die Augen zu und rollte sich auf den Rücken. Verdammt, wo war sie?

»He, du musst aufstehen. Du kannst hier nicht liegen bleiben. Es ist viel zu kalt.«

Scherzkeks. Sie spürte selbst, dass sie vor Kälte bibberte. Ein neuer Versuch, die Augen zu öffnen, funktionierte diesmal besser. Verschwommen sah sie das Gesicht des Mannes vor sich, der sie angesprochen hatte.

»Soll ich dir aufhelfen? Was ist denn passiert?« Der Mann versuchte, nach ihren Armen zu greifen und sie hochzuziehen. So weit war sie noch nicht, sie musste erst mal ihre Gedanken sortieren.

»Ich … ich weiß es nicht. Ich wurde von einem Auto angefahren.« War es tatsächlich ein Unfall? Oder vermittelte ihr das ihr überspanntes Gehirn?

»Welches Auto?« Skeptisch sah der Mann, den sie nun gut erkennen konnte, auf sie herab. Er hatte kurze dunkle Haare, ein markantes Gesicht und tiefbraune Iriden. Genau ihr Typ, wie sie feststellte.

Als sie sich umsah, erkannte sie, dass hier mit Sicherheit weit und breit kein Auto unterwegs gewesen war. Soweit das Auge reichte, bedeckte Schnee die Landschaft, in der nichts als … nun ja, Landschaft war. Wohin sie auch sah, waren weiß bedeckte Bäume und Sträucher. Jetzt verstand sie, warum ihr so kalt war. Sie war bei fast frühlingshaften Temperaturen auf den Wintermarkt gegangen und nun bei minus werweißwieviel Grad gelandet. Sie mochte für den Moment gar nicht darüber nachdenken, was passiert war. Also rappelte sie sich mithilfe des Fremden auf und sah sich unsicher um.

»Wo bin ich?« Die Frage erschien ihr reichlich dumm. Aber sie wusste es nicht. Wie konnte es sein, dass sie weder mitbekommen hatte, wie sie in diese Pampa geraten war, noch dass es plötzlich so viel kälter war?

»Du bist in Rovaniemi. Ich bin Aleksi, einer von Santas Elfen.« Er sagte es so ernsthaft, dass sie dachte, er spräche die Wahrheit. Lächerlich … wieder einer, der sie veräppeln wollte.

»Ja, genau. Ich lach mich tot.« Grimmig schaute sie ihn an und versuchte ihm mit ihren Augen mitzuteilen, dass er ein Idiot war.

»Ähm … ok.« Irritiert sah er sie an. »Lass uns ins Dorf fahren. Mein Schlitten steht dort hinten.«

Sanft legte er den Arm um Amélie, um sie zu stützen. Das fühlte sich gut an, fast, als hätte sein Arm schon immer dort gelegen. Dazu roch er angenehm nach Zimt, frisch geschlagenem Zedernholz und heimeligen Kaminfeuer. Amélie schüttelte innerlich den Kopf. Sie hasste Zimt, weil dieses Gewürz der Inbegriff der Zeit im Jahr war, die sie am wenigsten mochte. Was war bloß in sie gefahren?

Im Dorf angekommen, blickte Amélie sich ungläubig um. Sie war hier in einem völlig abgedrehten Weihnachtsdorf gelandet. Überall waren Lichterketten, Sterne, Christbaumkugeln und die Farben rot und grün dominierten. Mitten auf dem Dorfplatz stand sogar ein Brunnen, der komplett aus rot-weißen Zuckerstangen bestand. Der statt Wasser enthaltene Zuckersirup war ihr dann doch ein wenig zu viel des Guten. Das war ein verdammter Albtraum!

»Willkommen in Rovaniemi. In unserem Dorf feiern wir das ganze Jahr Weihnachten und Santa empfängt zu jeder Jahreszeit Wunschzettel von groß und klein. Hier auf dem Korvatunturi befindest du dich direkt am Polarkreis. Wir Elfen ermöglichen den Besuchern des Dorfes einen wunderschönen Aufenthalt …« Aleksi unterbrach sich, als er Amélies wutverzerrtes Gesicht sah.

»Wie kannst du es wagen, mir so einen Scheiß zu erzählen?«, brach es aus ihr heraus. »Ich hasse Weihnachten und alles, was damit zu tun hat. Ich will nicht hier sein. Ich will wieder zurück.« Eine Träne rollte aus ihrem Auge. Bei der klirrenden Kälte fühlte sie sich unangenehm auf ihrer Haut an.

»Aber …«, erwiderte Aleksi, wurde aber unterbrochen.

»Nichts aber«, äffte Amélie ihn nach. »Bring mich sofort nach Hause!« So energisch hatte sie sich selbst noch nie erlebt.

»Wo ist dein zu Hause?«, fragte Aleksi mit leiser Stimme.

Amélie dachte nach. »Ich … ich weiß es nicht!« In diesem Moment wurde ihr klar, dass sie absolut keine Ahnung hatte. Sie sah ihre Heimatstadt vor sich, sah ihre Kollegen, die zur U-Bahn unterwegs waren und auch das Auto, das sie angefahren hatte, aber wie ihr Heimatort hieß, fiel ihr nicht ein. Geschweige denn, wo er lag. Wie konnte das denn sein?

»Du hast nicht mal gefragt, wer ich bin«, fiel ihr jetzt unsinnigerweise ein. »Ich heiße Amélie und ich weiß nicht, woher ich komme.« Verzweiflung tropfte aus ihren Worten. Sie hatte sich in ihrem Leben nie wohlgefühlt, trotzdem wollte sie dorthin zurück. Weitere Tränen sammelten sich in ihren Augen und es fiel ihr schwer, diese zurückzuhalten.

Aleksi sah sie an und legte tröstend seinen Arm um sie.

»Amélie, ein schöner Name. Wir bekommen das schon hin. Du kommst mit mir nach Hause. Meine Mutter wird sich um dich kümmern und dann sehen wir weiter. Ist das ok für dich?«

Wohnte er noch zu Hause? Er war in ihrem Alter. Das konnte ja was geben.

Kurze Zeit später betraten Amélie und Aleksi das Haus seiner Familie. Auch hier war alles dem Dorf angepasst geschmückt. Die Fenster waren, wie sie es aus ihrer Kindheit kannte, mit Dekoschnee besprüht und zeigten weihnachtliche Motive. Überall im Haus waren winzige Birnchen verteilt, die ein behagliches Licht verbreiteten.

Moment, hatte sie gerade behaglich gedacht? Verrückt.

»Kirsti, wo bist du? Wir haben Besuch!« Aleksis Stimme hallte durchs Haus. Eine von innen heraus strahlende ältere Frau mit Kochschürze betrat den Raum. Sie trug einen lockeren Dutt und ihre von grauen Strähnen durchzogenen braunen Haare rundeten ihre Schönheit ab.

»Hej, ich bin Kirsti. Und wer bist du?« Die Wärme in ihrer Stimme verstärkte das angenehme Gefühl in Amélie, welches das Haus ausstrahlte.

»Ich bin Amélie. Ich weiß nicht, wo ich wohne und wie ich zu diesem unbekannten Ort zurückkommen soll.« Fast flüsterte sie die Worte.

»Magst du heiße Schokolade? Ich finde, sie hilft immer. Und dann sehen wir weiter, ok?« Kirstis freundliches Lächeln ließ Amélie dankbar nicken.

Als Kirsti die Tasse heißer Schokolade mit Sahnehaube und einem Zimtstern vor Amélie auf den Tisch stellte, bemerkte Amélie erstaunt, dass ihre Aversion gegen Zimt verflogen zu sein schien. Oder lag es an dem weihnachtlichen Umfeld? Sie konnte es sich nicht erklären.

»Nun, meine Liebe. Was hat dich denn so erschüttert? Wir finden bestimmt eine Lösung. Vorerst bleibst du bei uns. Seit Aleksis Bruder ausgezogen ist, um sich in die weite Welt aufzumachen, haben wir ein Zimmer frei. Ist dir das recht?« Es war unglaublich, wie freundlich diese Frau zu ihr war. Amélie kamen erneut die Tränen, denn das war sie nicht gewohnt und konnte nur schwer damit umgehen.

»Ja, vielen Dank.« Amélie senkte den Kopf und erzählte Kirsti, was sie erlebt hatte.

Wochen später erinnerte Amélie sich immer noch nicht daran, wo sie wohnte und wie sie je dorthin zurückkehren sollte. Mittlerweile hatte sie sich im Weihnachtsmanndorf eingelebt und gestand sich ein, dass sie sich wohlfühlte. Sie stellte fest, dass sie anfing, die weihnachtliche Deko und die Besinnlichkeit ein klitzekleines Bisschen zu mögen. Die Elfen waren freundlich, tiefenentspannt und gaben ihr das Gefühl, willkommen zu sein. Niemand sah sie schief an oder sagte gar etwas Unfreundliches. Es war ein wunderbares Gefühl, dazuzugehören.

Sie saß mit Aleksi in der Küche und schlürfte an ihrem Eierpunsch, den sie sich von ihm gewünscht hatte.

»Amélie, als wir uns kennenlernten, hatte ich das Gefühl, dass du unglücklich warst. Du warst sofort wütend auf mich und hast mir nicht richtig zugehört, dachtest, ich würde dich veräppeln, obwohl ich nur Gutes im Sinn habe. Magst du mir erzählen, warum das so war?« Mittlerweile führten Aleksi und sie täglich vertraute Gespräche. Er sah attraktiv aus, war sensibel und besaß eine gute Menschenkenntnis. Der perfekte Partner, dachte sie schmunzelnd.

Stunden später, es war in der gemütlichen Küche bereits dunkel geworden, beendete Amélie ihre Lebensgeschichte. Sie hatte Aleksi alles erzählt, was sie bedrückte. Er hatte ihr immer wieder den Arm um die Schulter gelegt und sie an sich gezogen, oder streichelte ihr den Rücken, während ihr Tränen der Wut und des Selbstmitleids über die Wangen liefen. Seine Rückfragen zu ihren schlimmsten Erlebnissen hatten sie aufgewühlt, gleichzeitig war es befreiend, sich alles von der Seele zu reden. Fast schämte sie sich, dass sie Aleksi als Seelenmülleimer missbraucht hatte, aber er hatte gefragt.

Nachdem sie eine Weile geschwiegen hatten, seufzte er.

»Du hast einiges durchgemacht. Ich habe dich als einen einfühlsamen und positiven Menschen erlebt, der auf andere zugeht und ihnen gegenüber offen ist. In dem, was du mir gerade erzählt hast, finde ich dich nicht wieder. Allerdings habe ich festgestellt, dass du dich danach richtest, was andere von dir erwarten. Das hast du nicht nötig. Du bist ein toller Mensch, der viel Liebe in sich trägt und der den Groll in sich nicht ertragen kann. Sei einfach du selbst, dann fliegen dir die Herzen der Menschen zu.« Seine wunderschönen braunen Augen sahen sie an und es schien, als würde er direkt in ihre Seele blicken.

Was hatte er da gesagt? Toller Mensch? Der Liebe in sich trägt? Ja, sie hatte sich hier verändert, war ausgeglichener, erwischte sich des Öfteren dabei, dass sie vor sich hin lächelte oder gar Weihnachtslieder summte. Erst jetzt bemerkte sie die Veränderungen, die andere für offensichtlich hielten. Was war mit ihr passiert?

»Was habt ihr mit mir gemacht? Ich fühle mich zum ersten Mal wohl in meiner Haut und bin sicher, dass ich hier der Mensch sein kann, der ich bin. Ich muss mich nicht verstellen und bin nicht mehr miesepetrig. Im Gegenteil. Ich bin glücklich. Bis ich hierher kam, konnte ich mich nicht mehr daran erinnern, wie es sich anfühlt, zufrieden zu sein und um meiner selbst willen geliebt zu werden.« Die Worte purzelten aus ihr heraus und sie stellte fest, dass sie der Wahrheit entsprachen.

»Nenn es den Zauber der Weihnacht. Du bist nicht die Erste, die ohne Erinnerung an ihren Heimatort bei uns auftaucht. Dieser Ort ist magisch. Wir heilen Menschen, indem wir offen und vertrauensvoll mit ihnen umgehen. Noch nie kehrte einer nach Hause zurück, ohne sein wahres Ich wiederzufinden.« Aleksi sah sie an. Sie erkannte in seiner Miene, dass er auf ihre Reaktion gespannt war.

»Hättest du mir das vor ein paar Wochen erzählt, hätte ich dich ausgelacht oder beschimpft. Aber ich habe es selbst erlebt und vertraue dir. Mir war nicht klar, wer ich bin und welche Fähigkeiten in mir stecken. Dafür musste ich hierherkommen. Wie kann ich euch danken?«

Schmunzelnd sah Aleksi sie an.

»Du musst uns nicht danken. Wir wurden erschaffen, um Menschen auf diese Weise zu helfen. Wenn du zu Hause bist, denk daran, dass ich bei dir bin und du immer auf mich zählen kannst.«

Er reichte ihr eine kleine, weihnachtlich verzierte Schmuckdose. Als Amélie sie öffnete, sah sie einen silbernen Stern, der mit weißen glitzernden Steinchen verziert war und an einer Kette hing.

»Was ist das?« Ungläubig sah sie erst die Kette, dann Aleksi an. Schenkte er ihr tatsächlich Schmuck?

»Dieser Anhänger soll dich an uns erinnern. Er zeigt den Diamanten, der in dir steckt. Wenn du ihn berührst, kannst du eine Verbindung zu uns aufbauen. Nutze ihn, wenn du in dein altes Ich zurückfällst.«

Amélie war sprachlos. Sie nickte stumm und legte sich die Kette um den Hals. Der Anhänger fühlte sich warm und vertraut an, als hätte sie ihn nach langer Abwesenheit wiedergefunden.

»Ich danke dir. Ich danke euch allen. Ohne euch hätte ich mich endgültig verloren.« Amélie fiel Aleksi um den Hals. Sie drückte ihn und wollte ihn nie wieder loslassen.

»Komm, meine Liebe. Es ist Zeit, ins Bett zu gehen.«

Als sie aufwachte, stach helles Licht in ihre Augen. Nicht schon wieder!

»Sie kommt zu sich. Amélie, mein Herz, wir haben uns solche Sorgen um dich gemacht!« Die Stimme ihrer Mutter war direkt an ihrem Ohr und ein warmes Gefühl breitete sich in ihr aus.

»Was machst du hier?« Sie öffnete die Augen einen Spalt und sah, dass ihr Vater ebenfalls neben ihrem Bett stand. Moment mal, welches Bett? »Wo … Wo bin ich?«

»Meine Süße, du bist im Krankenhaus. Du wurdest von einem Auto angefahren und warst ein paar Tage bewusstlos. Wir hatten Angst, wir feiern deinen Geburtstag mit einer schlafenden Amélie.« Ihre Mutter schluchzte. In diesem Moment wurde Amélie bewusst, dass sie ihre Gefühle zulassen musste, um das, was sie im Weihnachtsmanndorf gefühlt hatte, zu erhalten.

Sie setzte sich auf und umarmte ihre Mutter.

»Ach, Mama. Mach dir keine Sorgen. Mir gehts gut. Ich bin etwas duselig, aber bis Weihnachten bin ich wieder fit. Dann feiern wir meinen Geburtstag mit Weihnachtstamtam und Geschenken für alle.«

Mit einem Blick auf den Kalender stellte sie fest, dass sie eine Woche Zeit hatte, um halbwegs auf die Beine zu kommen. Ein weiteres Schluchzen zeigte ihr, dass sie die richtigen Worte gewählt hatte und als sie in sich hineinfühlte, spürte sie, dass sie das gesagt hatte, was sie tatsächlich erleben wollte. Sie fühlte eine Kette an ihrem Hals baumeln und griff danach. Dort war der Stern, den Aleksi ihr geschenkt hatte. Sie nahm ihn in die Hand und spürte, dass er bei ihr war.

5. Scherben im Schnee

von Kassia L. Hill

Es ist eisig und der uralte Heizstrahler, den ich auf dem Dachboden gefunden habe, rattert protestierend. In die Bretterbude bringt er trotzdem nicht viel Wärme. Meine Füße sind so kalt, dass ich Angst habe, meine Zehen könnten bei einer unvorsichtigen Bewegung abbrechen. Behutsam lege ich meine Finger um die dampfende Teetasse. Zum ersten Mal bin ich als Ausstellerin auf einem Weihnachtsmarkt und habe jetzt schon schlechte Laune.

Dass ich hier stehe und mir den Arsch abfriere, verdanke ich meiner Freundin Katja. Sie ist der Meinung, dass ich mich endlich was trauen müsste, sonst wird das nichts mit meiner Selbstständigkeit. Sichtbarkeit und so.

Katja arbeitet in der Marketingabteilung einer großen Firma, kennt sich also damit aus. Und sie hat ja recht. Wenn ich mir die Zahlen vom letzten Jahr ansehe, ist eine Änderung dringend notwendig. Doch muss ich deswegen in eisiger Kälte in einer mit Lichterketten dekorierten Hütte stehen und mir von Weihnachtsklassikern die Ohren volldröhnen lassen?

»Jetzt mach nicht so ein Gesicht. Du verjagst ja die Kunden«, ermahnt sie mich.

»Haha. Welche Kunden denn?« Mein Blick schweift über den Markt, zumindest den Teil, den ich von meinem Stand aus sehen kann. Dicke Schneeflocken fallen vom Himmel herab, bleiben an Mantelkrägen und auf warmen Mützen hängen.

Besucher stehen an den Glühweinständen, Eltern sehen ihren Kindern an der Eislaufbahn zu und bei den Räucherstäbchen und Duftkerzen ist einiges los. Nur meine Tassen fristen ein ebenso tristes Dasein wie der Stand mit den Alpakasocken. Sollte ich zu denen rübergehen? Doch was hätte ich Tröstliches zu sagen? Genau! Nichts! Außerdem sieht die Dame beschäftigt aus. Offenbar strickt sie das nächste Paar Socken. Na dann!

Kurz überlege ich, meine Malsachen herauszuholen und Rohlinge zu bemalen, da stößt Katja mich unsanft mit dem Ellenbogen in die Seite. Der Tee schwappt über den Rand und rinnt mir die Finger hinunter.

»Aua! Sag mal, spinnst du?«, fluche ich, stelle die Tasse auf die Auslage zwischen die anderen und schüttle die Flüssigkeit ab. Zum Glück war der Tee nicht mehr heiß, aber ein wenig Theatralik kann nicht schaden.

»Da drüben!«, raunt sie aufgeregt. Mein Blick folgt ihrem ausgestreckten Finger. »Das ist doch der Berger.«

Ich drücke ihre Hand herunter und hoffe, er hat es nicht gesehen. »Der von der Zeitung?«

Katja nickt heftig. »Der schreibt bestimmt einen Bericht. Das ist deine Chance.« Sie schiebt mich Richtung Tür. »Los! Willst du warten, bis er weg ist?«

»Was?« Ich stemme die Füße in den Boden und verschränke die Arme vor der Brust. Nicht mal Katja wird mich da rausbringen. »Ich gehe bestimmt nicht zu ihm und frage, ob er einen Artikel über mich schreibt.«

»Nicht fragen. Verwickle ihn einfach in ein Gespräch.«

Ich lache dunkel. »Sehr witzig. Und wie stellst du dir das vor?«

»Dir fällt schon was ein. Mensch, Sophia, das ist deine Chance. Ein Presseartikel ist Gold wert.«

Ich winke ab. »Das ist doch nur lokal. Was soll das bringen?«

Katja hebt die Augenbrauen und stemmt die Hände in die Taille. »Müssen wir wirklich wieder darüber reden? Selbst hier im Ort kennt dich kaum jemand. Und wer sagt, dass der Artikel nur regional erscheint? Du kannst das auf deiner Webseite und Social Media teilen und für mehr …«

»Sichtbarkeit sorgen.« Ich seufze theatralisch und verdrehe die Augen.

Immer diese blöde Sichtbarkeit. Eines von Katjas Lieblingsthemen. Ich kann es nicht mehr hören. Wenn ich alle paar Monate einen Beitrag poste, interessiert sich dafür keine Sau.

Ein, zwei Mitleidslikes, das war es auch schon. Sofern ich mich recht erinnere, habe ich noch nie einen Kommentar bekommen. Dabei würde mich das vielleicht motivieren. Was ist eigentlich so schwer, kurz zu schreiben, dass meine Erinnerungstassen ganz bezaubernd sind? Das sind sie nämlich!

Eine potenzielle Kundin rettet mich. Zielstrebig marschiert sie auf den Stand zu. Ich setze ein Lächeln auf, von dem ich hoffe, dass es verkaufsfördernd wirkt.

»Hallo«, begrüße ich sie mit zuckersüßer Stimme.

»Hübsch.« Sie deutet auf ein paar Kaffeebecher.

»Das sind Muster für Erinnerungstassen. Die fertige ich auf individuellen Wunsch an.«

»Mh.« Die Frau scheint bereits das Interesse zu verlieren.

»Wir haben aber auch fertige Exemplare, die sie sofort mitnehmen können«, erklärt Katja. »Oder lieber etwas anderes? Hier drüben haben wir Teller, Schüsseln, Teekannen …«

»Ach. Ich überlege es mir.«

Katja drückt ihr gerade noch einen Flyer in die Hand, bevor sie weitergeht.

»Ich glaube, ich male ein bisschen«, sage ich und schiebe die Werbebroschüren zurecht.

Katja scheint mir nicht zuzuhören. »Mist. Jetzt ist er weg.« Sie beugt sich über die Auslage und ich bekomme Angst, die Tassen könnten hinunterfallen. »Ich geh für kleine Mädchen. Soll ich dir was mitbringen?«

»Ein Glühwein wär schön. Meine Finger frieren ab. Keine Ahnung, wie ich den Pinsel halten soll.«

»Ich dachte, du willst noch malen – Kinderpunsch?«

Ich nicke. Eine andere Wahl habe ich wohl nicht, auch wenn Alkohol sicher dazu beitragen würde, die restliche Zeit erträglich werden zu lassen. Katja verschwindet in der Menge und ich werfe einen Blick auf die Armbanduhr. Drei Stunden, dann habe ich diesen Tag überstanden. Eine Tasse haben wir heute verkauft. Bei der Berechnung des Stundenlohns beschließe ich, morgen spontan krank zu sein. Im selben

Moment geht mir auf, dass ich das eh nicht bringen werde, weil ich Katja nicht hängen lasse. Und die Standgebühr erstattet die Stadt ohnehin nicht zurück.

Mit meinen Malsachen verkrieche ich mich in die hinterste Ecke der Bude und ziehe den Heizstrahler näher an meine Füße. Ich tauche den Pinsel in ein kräftiges Blau und lasse die Magie wirken. Wie von Zauberhand entstehen Strukturen. Ich setze ein sattes Grün daneben und allmählich formt sich eine Landschaft. Plötzlich scheppert es. Mir rutscht der Pinsel quer über die Tasse und erschrocken springe ich auf.

Vor dem Stand steht Katja neben einer zerbrochenen Tasse und hat Herrn Berger im Schlepptau.

»Das tut mir sehr leid«, stammelt er. Die Situation ist ihm sichtlich unangenehm. Er bückt sich und sammelt die Scherben im Schnee auf. Plötzlich zwinkert mir Katja mit einem verschwörerischen Grinsen zu.

Das kann doch wohl nicht wahr sein! Hat sie etwa? Ich lege Tasse und Pinsel zur Seite und eile nach draußen. »Lassen Sie, ich mach das.« Ich bin ehrlich sauer auf meine Freundin. Etwas zu schnell gehe ich in die Knie, verliere das Gleichgewicht und prompt küsst meine Stirn unsanft die von Herrn Berger. »Au!« In meinem Kopf dröhnt es und ich halte mir die Stirn. Das gibt bestimmt eine Beule. Prima! Auch das noch.

»Darf ich mir das ansehen?« Herr Berger zieht meine Hand behutsam weg, um das Malheur zu begutachten und ich frage mich, ob sein Kopf aus Stahl ist oder warum ihm unser Zusammenstoß scheinbar nichts anhaben kann? Seine Finger, die sanft meine Stirn abtasten, fühlen sich angenehm an. Warm vor allem. »Das könnte eine Beule geben«, attestiert er meinem armen Kopf.

Vielen Dank auch. Ich spüre, wie ein neues Einhorn geboren wird. »Mir fehlt nichts, was ich von der Tasse nicht behaupten kann.« Die blauen Scherben heben sich im weißen Schnee ab, was unerwartet hübsch aussieht. Ich werfe Katja einen bösen Blick zu, aber die zuckt nur mit den Schultern und geht zurück in das Holzhäuschen.

»Ich ersetze Ihnen den Schaden selbstverständlich.«

Seine sonore Stimme vibriert in meinem Bauch. »Nicht nötig.« Ich weiche seinem Blick aus, der mich zu durchdringen scheint. Vorsichtig klaube ich die armseligen Reste zusammen. Ein scharfer Schmerz blitzt auf, als sich eine Scherbe in meinen Finger bohrt. Verdammt! Hat sich denn alles gegen mich verschworen? Ein dicker Tropfen Blut quillt aus meinem Zeigefinger und ich beiße die Zähne fest aufeinander. Jetzt bloß nicht umkippen. Ich kann ja einiges ab, aber bei Blut wird mir übel. Prompt schwanke ich.

»Ach herrje!« Er stützt mich am Ellenbogen und hilft mir auf. »Sie sind plötzlich ganz blass.«

»Ich muss mich nur kurz setzen«, stammle ich. Dunkle Punkte tanzen vor meinen Augen.

»Sie kann kein Blut sehen«, höre ich Katja neben mir sagen. Irgendwie scheint ihre Stimme weit entfernt.

Hektisch atme ich ein und aus und das Rauschen in den Ohren übertönt die Weihnachtsmusik. Herr Berger wickelt etwas um meinen Finger und als ich hinsehe, erkenne ich ein weißes Stofftaschentuch mit eingestickten Initialen. Ein J schmiegt sich an das B. Ich atme tief durch.

»Besser?«, fragt er.

»Ja. Es geht schon«, presse ich hervor. Mit jedem weiteren Atemzug legt sich das Rauschen und auch die Übelkeit schwindet allmählich. Noch immer hält Herr Berger mich fest am Arm. Langsam wird das etwas unangenehm. Ich befreie mich aus seinem Griff. »Danke. Es geht schon wieder.«

»Sicher?« Seine Augenbrauen schießen in die Höhe.

Ich nicke. Das hätte ich besser gelassen, denn prompt beginnt sich der beleuchtete Weihnachtsmarkt zu drehen. Seine rasche Reaktion bewahrt mich vor der unsanften Bekanntschaft mit dem Boden.

»Na, na, na.« Zusammen mit Katja bugsiert er mich in das Holzhaus und hilft mir auf den Hocker in der Ecke.

Zu dritt ist es ziemlich eng. Ich hoffe, dass Herr Berger bald verschwindet, aber er scheint ehrlich besorgt und macht keinerlei Anstalten, mir von der Seite zu weichen.

»Ich räume das schnell weg«, meldet sich Katja und klingt in der Tat etwas zerknirscht. Ihr Plan, mich mit dem Pressefutzi zusammenzubringen, hat zwar funktioniert, nur leider nicht so, wie sie sich das wohl vorgestellt hat.

»Haben Sie hier einen Verbandskasten?«, fragt Herr Berger.

Nein. In meinem Auto liegt einer, aber das steht in der Tiefgarage und ihm den Weg zu beschreiben, ist mir zu kompliziert. Außerdem, wer sagt mir denn, dass er nicht mit meinem Auto abhaut? Ich kenne ihn nicht und Fremden soll man nicht vertrauen. Hat mir meine Mutter früh eingetrichtert.

Mein Blick fällt auf meine Handtasche. Mit Glück befindet sich darin noch die Pflasterbox, die ich letztens gratis in der Apotheke bekommen habe.

Ich bitte ihn, mir die Tasche zu geben, und suche in ihren Eingeweiden. Zwischen Portemonnaie, Hygieneartikeln, Handcreme, Deo und alten Kassenzetteln werde ich fündig. Während Herr Berger das Taschentuch entfernt und mich verarztet, schaue ich in die andere Richtung.

»Steht Ihnen richtig gut.« Er klingt belustigt.

Irritiert sehe ich erst zu ihm und dann auf meine Hand. Eine quietschgelbe Ente verziert den Zeigefinger. Ich muss lachen.

»Schön, dass es Ihnen besser geht. Sie haben mir wirklich einen Schrecken eingejagt.« Seine Stimme summt wie ein Bienenschwarm in meinem Inneren und ich versinke in seinem Blick. In seinen Augen liegt ein goldener Glanz. Das sind bestimmt die Lichterketten, die hier überall hängen.

»Danke«, krächze ich und schlucke gegen den Kloß in meinem Hals an. Plötzlich bekomme ich kein Wort mehr heraus, dabei bin ich sonst nicht auf den Mund gefallen.

»Sie besitzen die kleine Keramikwerkstatt, nicht wahr?«

Schnellmerker, denke ich und lächle unverbindlich. Während er sich umsieht, beobachte ich ihn. Er ist bestimmt zehn

Jahre älter als ich. Die ersten Silberfäden ziehen sich durch sein ansonsten dunkles Haar und in seinem Gesicht haben sich ein paar Falten eingegraben. Ich mag das, lässt es doch Rückschlüsse zu, ob jemand sich selbst zu wichtig nimmt oder ob er die Herausforderungen des Lebens mit Humor meistert. Seine Wangen sind glatt rasiert und der Duft seines Aftershaves steigt mir in die Nase. Sandelholz, Bergamotte und da ist noch etwas, das ich nicht in Worte zu fassen vermag.

Er nimmt eine rote Tasse und betrachtet sie nachdenklich. »Ich habe das Gefühl, als würden die Bilder eine Geschichte erzählen.«

Ich beuge mich vor, nehme sie ihm aus der Hand. Unsere Fingerspitzen berühren sich und meine Haut kribbelt angenehm. »Das tun sie. Jede erzählt eine andere Geschichte. Das sind Erinnerungstassen und die sollte gar nicht hier sein.« Beschützend halte ich sie in meinen beiden Händen, betrachte die Notenlinien und Symbole darauf.

»Jetzt machen Sie mich neugierig.«

Ich setze gerade zu einer Antwort an, da reißt Katja die Tür auf und wirft die Scherben scheppernd in den Mülleimer, der in der Ecke steht. »Du siehst besser aus«, stellt sie fest und lächelt.

Es ist so eng, dass sie an Berger nicht vorbeikommt. Da fällt mir auf, dass ich seinen Vornamen nicht kenne. Und ich habe mich auch noch nicht vorgestellt. Wie dumm.

»Ja, mir gehts wirklich schon viel besser – dank Herrn Berger«, sage ich und setze erneut dieses Lächeln auf, das sich so anders anfühlt als mein stinknormales Alltagslächeln.

»Johannes.« Er schiebt die Hände in seine Manteltaschen.

Wie die Nase des Mannes, so sein Johannes. Aaaahhh! War klar, dass mir dieser blöde Spruch dazu einfällt. Aber da kann er ja nun wirklich nichts dafür. Und irgendwie passt der Name zu ihm. Johannes Berger. Klingt schön.

»Sophia Winkelstein.« Ich verzichte darauf, ihm die Rechte zu reichen. Zum einen schmerzt sie noch, zum anderen hat er seine Hände ohnehin in den Manteltaschen vergraben. Eine unangenehme Pause entsteht, weil ich keine Ahnung habe, was ich sagen soll.

Er räuspert sich. »Was bin ich Ihnen schuldig?« Er zieht seine Geldbörse aus der Gesäßtasche.

Das war nicht das, womit ich gerechnet habe. Abwehrend hebe ich die unverletzte Hand. »Kommt nicht infrage.«

»Dann lass mich dir einen Glühwein spendieren. Du trinkst doch Glühwein?«

Oh. Sind wir jetzt schon beim Du angekommen? »Äh, ja, aber … der Stand … ich kann nicht einfach …« Mein Gestammel klingt erbärmlich und ich suche das Loch im Boden, in dem ich vor Scham versinken möchte.

»Geh ruhig«, mischt sich Katja in die Unterhaltung. »Ich passe auf den Stand auf. Nach dem Schock schadet ein kleiner Drink nicht.«

Johannes' Gesichtsausdruck wirkt weich und Zufriedenheit spiegelt sich darin wider. Habe ich irgendwas verpasst?

»Also gut.« Ich stehe auf. »Aber nur kurz.«

Katja zwinkert mir hinter seinem Rücken zu und reckt den Daumen. Fast hätte ich laut losgelacht, beherrsche mich aber gerade noch. Sie glaubt hoffentlich nicht, dass sich das zu einem Date entwickelt.

Wir quetschen uns hinaus und dabei komme ich Johannes wieder sehr nahe. Ich gestehe mir ein, dass ich es angenehm finde. Er riecht aber auch verdammt gut. Sollte ich ihn fragen, was er benutzt? Dann könnte ich mir den Duft abends aufs Kopfkissen sprühen. Natürlich nur, um besser einzuschlafen. Nein, das käme komisch rüber, also verwerfe ich den Gedanken rasch und folge ihm in Richtung Glühweinstand. Katja ruft uns hinterher, dass wir uns ruhig Zeit lassen sollen.

Zum Glück ist die Schlange nicht lang. Johannes bestellt zwei Becher und wir suchen uns ein abgelegenes Fleckchen.

»Erinnerungstassen also.« Er nimmt das Thema von vorhin wieder auf. »Ich würde gern mehr darüber erfahren. Wie bist du auf die Idee gekommen?«

Ich puste in den Becher und weißer Dampf steigt auf. »Das war vor drei Jahren, als meine Oma gestorben ist. Getöpfert habe ich schon lange. Damals kam mir die Idee, meine Erinnerungen an sie festzuhalten.«

»Die rote Tasse?« Er trinkt einen Schluck und sieht mich über den Rand hinweg an.

»Genau. Es war ihre Lieblingsfarbe. Ich glaube, Katja hat sie versehentlich eingepackt.« Ich sehe meine Großmutter vor mir. Wie sie in ihrem roten Kleid in der Küche steht und *Die Gedanken sind frei* singt. Mein Herz wird schwer vor Trauer. Auch nach der langen Zeit tut es noch weh.

»So hast du jeden Tag etwas bei dir, was dich an sie erinnert.«

»Sozusagen.« Ich nippe vorsichtig.

»Und diese Erinnerungstassen kann man bei dir bestellen?«

»Genau. Die Kunden erzählen mir, was ihnen wichtig ist; ich zeichne einen Entwurf und wenn es gefällt, bemale ich die Keramik.«

»Und was machst du sonst?«

»Außer Tassen? Alles Mögliche. Teller, Schalen, Vasen, Figuren … Wobei die Kunden eher praktische Gegenstände kaufen.«

»Das meinte ich nicht.« Er lächelt und wenn mich nicht alles täuscht, steht er plötzlich ziemlich dicht vor mir.

Hastig trinke ich einen Schluck. Der Glühwein ist noch eine Spur zu heiß, aber das ignoriere ich, weil ich versuche, das aufgeregte Kribbeln in meinem Bauch zu betäuben. »Du meinst, wenn ich mich nicht von einem Zeitungstypen ausfragen lasse?«, antworte ich schärfer als beabsichtigt. Mit einem Schmunzeln geht Johannes über die Spitze hinweg.

»Würdest du das Interview denn gerne fortführen?«, raunt er mit einer Stimme, die verboten gehört. Ein unausgesprochenes Versprechen liegt darin und wir wissen beide, dass es ihm nicht um einen Zeitungsbericht geht.

Ich nicke stumm. Johannes nimmt mir die Tasse aus der Hand, stellt sie auf dem Bistrotisch ab und dreht sich wieder zu mir. Unsere Blicke begegnen sich. Ich verliere mich darin und meine Haut kribbelt an den Stellen, wo unsere Finger sich berührt haben. Aus den Lautsprechern erklingt *Wonderful Dream* und genau darin befinde ich mich. In einem wunderschönen Traum.

»Hast du heute Abend schon etwas vor?«

»Um was zu tun?«, hauche ich.

»Das Interview fortzuführen.«

»Ist das ein Date?«

»Möchtest du, dass es das ist?«

Die Zeit steht still. In meinem Bauch erheben sich hunderte Schmetterlinge, kitzeln mich mit ihren Flügelschlägen und tragen mich fort.

Natürlich möchte ich.

6. Von heißer Schokolade

von Anne Naumann

»Mama, erzähl mir das Märchen vom süßen Brei.«

Ein wohliges Kribbeln durchrieselt mich bei dieser Erinnerung. Ein Lächeln zupft an meinen Mundwinkeln.

Mutti legte den Arm um meine Schultern. Ich zog die Kuscheldecke bis zum Kinn, dann hob ich eine Tasse mit Kakao an die Lippen und nippte daran. Wohlig schokoladiger Geschmack breitete sich in meinem Mund aus, der sich nach Zuhause in der Weihnachtszeit anfühlte.

Mit einem Lächeln betrachte ich die Tasse, die ich soeben aus grauem Packpapier gewickelt habe. Sie ist aus feinem Steingut gefertigt, in einem warmen Rot glasiert. In der Mitte prangt eine tiefgrüne Tanne, die sich wie ein Rankenmuster im unteren Teil fortsetzt. Weiße Sterne, verstreut wie am Sternenhimmel in der Weihnachtsnacht, funkeln darauf. Ich fahre mit den Fingern darüber, spüre die feinen Erhebungen. Schon jetzt sehne ich mich nach einer heißen Schokolade.

Dann gleitet mein Blick weiter zu der frisch bezogenen Wohnung. Es bleibt noch viel zu tun. Kisten – teils voll, teils leer – stapeln sich an den Wänden, die genauso kahl sind wie die winterliche Landschaft draußen. Der Schnee hat in der letzten Nacht alles unter einer weißen Decke verhüllt.

Einerseits freue ich mich, meine ersten eigenen vier Wände in ein gemütliches Weihnachtswinterwunderland zu verwandeln, andererseits bedeutet das viel Arbeit, wenn ich bis Heiligabend fertig sein möchte. Es sind nur noch sechs Wochen bis dahin. Ich stelle mir das Wohnzimmer mit dem Sofa aus flauschigem Cordstoff vor, das morgen geliefert werden soll. Weiche Kissen mit weihnachtlichen Motiven fänden darauf Platz. Eine Decke über der Lehne. Die Imitation eines knisternden Feuers auf Netflix.

Hach, die Vorstellung motiviert mich, weiterzumachen. Ich stelle meine heißgeliebte Tasse auf die Arbeitsfläche der weißen Küchenzeile und mache mich an die Arbeit.

Schon bald sind alle weiteren Becher aus der Kiste im Küchenschrank verstaut, die Gewürze einsortiert, Besteck, Teller und Töpfe in ihren Schubladen und Schränken. Ich hantiere bis spät in den Abend hinein. Es dient mir auch als Ablenkung. Morgen beginnt mein erster Job seit der Ausbildung. Ein nervöses Gefühl zieht meinen Magen zusammen, hinterlässt ein unangenehmes Brennen. Neuer Chef, neue Kollegen, neuer Lebensabschnitt. Und das 135 Kilometer von Familie und Freunden entfernt, in einer Stadt, die ich kaum kenne.

Zweifel beschleichen mich, ob es wirklich eine gute Idee war, allein so weit wegzuziehen, um der Einöde auf dem Land zu entkommen. Ein bisschen sehne ich mich nach meinem alten Zimmer. Meinen Freunden. Meinen Eltern. Als würde mir das Universum ein Zeichen senden wollen, streift mein Blick die Weihnachtstasse. Eine heiße Schokolade wird mich bestimmt aufmuntern. Ich durchquere die Küche und genieße, was ich geschafft habe. Wenigstens steht hier alles an seinem Platz, die Küchenschränke blitzen wie neu und ein weißer Schwibbogen leuchtet schon im Fenster. Routiniert befülle ich den Wasserkocher, hole den Instantkakao aus dem Regal, in das ich ihn vorhin erst einsortiert habe.

Vor der Arbeitsplatte erstarre ich, den Blick auf die Tasse geheftet. Ein wohlriechender Dampf steigt von der milchig braunen Oberfläche auf. Der Duft nach Kakao und Weihnachtsgewürzen – Zimt, Kardamom, Nelke – liegt in der Luft. Mein Mund öffnet sich vor Erstaunen. Was ist hier los? Versteckte Kamera? Ich sehe mich um. Links. Rechts. Lausche in die Dunkelheit. Hier ist niemand. Nur ich. Wie kann das sein?

Habe ich mir vorhin den Kakao zubereitet und es bloß vergessen? Skeptisch hebe ich eine Augenbraue. Ich nehme die Tasse am Henkel und führe sie an die Lippen. Als könnte ich vergiftet werden, nippe ich an dem Getränk. Ein intensiver Geschmack nach Schokolade explodiert in meinem Mund, vereint sich mit den Gewürzen. Er ist angenehm warm, hat genau die richtige Trinktemperatur. Als hätte er hier auf mich gewartet.

Wie kann das sein?

Das Klingeln des Smartphones zerreißt die Stille. Das Gesicht meiner besten Freundin strahlt mir entgegen. Lächelnd hebe ich ab. Gehe mit ans Ohr gedrücktem Handy und Tasse ins Schlafzimmer, wo ich mich auf die ausgerollte Matratze niederlasse. Das Bettgestell kommt erst Ende der Woche. Sie erzählt mir von ihrem Tag, dabei streicht ihr Kater Artemis öfter durchs Bild. Vergessen sind Besorgnis und die Frage, woher mein Kakao stammt.

Am nächsten Morgen bin ich schon eine Stunde wach, bevor der Wecker klingelt. Nervös tigere ich durch die Wohnung, spüle den Kakaobecher von gestern Abend und stelle ihn in den Hängeschrank. Den Morgenkaffee gieße ich mir in einen To-go-Becher und nehme ihn mit auf Arbeit.

Im Büro werde ich von meinem neuen Teamleiter Paul in Empfang genommen. Nach der Ausbildung habe ich eine Stelle in einem großen Unternehmen gefunden. Er nennt mir Schulungstermine, die bei der Einarbeitung helfen sollen, und stellt mir eine Teamkollegin namens Nathalie an die Seite. Ich freue mich über ihre Freundlichkeit, während sie mich herumführt. Sie zeigt mir die Büros, die Cafeteria und meinen Arbeitsplatz, dann bekomme ich auch schon den ersten Stapel Dokumente in die Hand, die ich bis zum Mittag bearbeiten muss. Vorbei ist es mit der anfänglichen Freude und Aufregung. Solange ich noch keine eigenen Kunden habe, so Pauls Aussage, soll ich für die anderen Kollegen Zuarbeiten erledigen. Eifrig mache ich mich an die Arbeit, doch die Unterlagen erweisen sich komplexer als gedacht. Ich überprüfe Details, recherchiere. Zu oft zweifle ich an meinen Fähigkeiten, frage mich, ob die Ausarbeitung den Arbeitskollegen genügt. Der Stapel schmilzt nur langsam. So geht mein neues Team, das ich ohnehin noch nicht kenne, ohne mich zum Mittagessen.

Mit einem dumpfen Gefühl, gespeist aus Hunger und Einsamkeit, bleibe ich zurück.

Erleichtert hole ich tief Luft, als ich kurz nach vierzehn Uhr alle Aufgaben erledigt habe. Erschöpft lasse ich den Kopf kreisen, rolle mit den Schultern und schließe kurz meine müden Augen. Kaum öffne ich sie wieder, steht Paul vor mir. Unwirsch nimmt er den einen Stapel Unterlagen mit sich und drückt mir den nächsten auf. Ein gestresstes Seufzen entfährt mir, sodass ich mir verlegen die Hand vor den Mund presse. Ich weiß nicht, was ich genau erwartet habe. Etwas mehr Freundlichkeit? Offenheit? Ein paar nette Gespräche mit den neuen Kollegen? Stattdessen fühle ich mich an meinem ersten Tag schon allein. Auch im weiteren Verlauf komme ich nicht mit den anderen des Teams in Kontakt. Nathalie taucht an ihrem benachbarten Schreibtisch nicht wieder auf.

Schließlich verlasse ich einsam das Büro. Die Sonne ist bereits untergegangen. Die fluffige weiße Schneedecke von gestern hat sich in grauen Matsch verwandelt. Ich stecke mir Kopfhörer in die Ohren, möchte Musik einschalten. Genau in dem Moment geht der Akku aus. Blödes Smartphone. Von meinem ersten Gehalt werde ich mir wohl ein Neues kaufen müssen. Tief stopfe ich die Hände in die Manteltaschen und gehe nach Hause. Von hinten höre ich, wie sich ein Auto schnell nähert. ›Jetzt fehlt nur noch, dass der mich mit Schneematsch bespritzt‹, denke ich mürrisch, blicke dabei über die Schulter. Der dunkelblaue Sportwagen braust vorbei, der Matsch spritzt auf. Wie eine Katze springe ich zur Seite und werde nicht erwischt – Glück gehabt. Dafür merke ich etwas Merkwürdiges unter meinem Stiefel – verziehe angewidert das Gesicht. Doppelt Glück gehabt … Schuhe putzen darf ich heute also auch noch.

Zwanzig Minuten später bin ich endlich zu Hause. Die Winterstiefel lasse ich vor der Tür stehen, sollen sie doch den Flur vollstinken. Pünktlich siebzehn Uhr klingelt es und die Spedition liefert das heiß ersehnte Sofa. Die beiden Möbelpacker stellen zwei in Folie gewickelte Teile in meinem Wohnzimmer ab, ein Dritter hält mir einen Zettel zum Unterschreiben hin. Ehe ich mich versehe, sind die drei verschwunden und ich mit dem folienverpackten Monstrum allein. Was zur Hölle?

Kurz überlege ich, ob mir irgendjemand helfen kann. Meine Familie ist zu weit weg, um mal eben vorbeizukommen. Sicherlich könnte ich das alles stehen lassen und bis zum Wochenende warten, aber dann schiebt sich die Vorstellung vom Weihnachtswunderland vor mein inneres Auge. Nein. Irgendwie kriege ich das hin. Ich kremple die Ärmel hoch. Mit Muskelschmalz und Geduld gelingt es mir, das Sitzmöbel von der Folie zu befreien. Dann versuche ich, die Teile zusammenzustecken, doch meine Puddingarme sind zu schwach und allein habe ich eh keine Chance.

Erschöpft schlurfe ich in die Küche. Kaum betrete ich sie, steigt mir wieder der vertraute Geruch nach Schokolade und Weihnachtsgewürzen in die Nase. Ich betätige den Lichtschalter. Tatsache. Da steht die Tasse – erneut gefüllt mit dampfendem Kakao. Was ist hier los? Ich sehe mich um, tigere einmal durch meine vier Wände. Keine Ahnung, was ich suche. Heinzelmännchen? Einbrecher? Meine Eltern? Einen der Lieferanten? Irgendwen? Den Übeltäter, der mir eine heiße Trinkschokolade zubereitet hat? Ich zweifle an meiner geistigen Gesundheit. Kann es sein, dass ich sie gemacht habe, bevor das Sofa kam?

Skeptisch kehre ich zu der Tasse zurück, hebe sie an den Mund und koste das Heißgetränk. Es schmeckt genauso himmlisch wie am Abend zuvor. Genießerisch seufze ich auf, spüre die Wärme und Geborgenheit. Morgen, sage ich mir, morgen habe ich bestimmt mehr Energie für das Sofa.

Auch der nächste Tag verläuft nicht wesentlich besser als der vorherige. Mein Vorgesetzter brummt mir erneut stapelweise Papierkram auf, ich komme immer noch nicht in Kontakt mit den neuen Kollegen und der Tag zieht sich wie Kaugummi. Zu Hause warten die Sofateile und meine dreckigen Schuhe auf mich.

Kaum habe ich mich in einen bequemen Schlabberlook geworfen, um weitere Kisten auszupacken, klingelt es an der Tür. Ich linse durch den Spion und mir stockt der Atem. Ein Nachbar, der mir schon am Tag des Einzugs begegnet ist, ein unverschämt gutaussehender Kerl, steht vor der Tür und hält ein langes Paket in der Hand. Ich öffne die Tür einen Spalt breit, nicht bereit, ihm auch nur einen Millimeter meines farbklecksbesprenkelten Shirts und der ausgebeulten Jogginghose zu zeigen.

»Hallo?« Diese hohe, piepsige Stimme kann doch nicht von mir kommen, oder?

Er lächelt freundlich. »Hi. Dein Paket wurde bei mir abgegeben.«

»Oh, em, danke.« ›Noch bescheuerter kannst du dich wohl nicht benehmen?‹, schelte ich mich selbst. Der muss doch sofort merken, dass ich ein naives Mädel vom Land bin, das sich nicht traut, einem wildfremden Kerl die Tür im Schlabberlook zu öffnen.

»Findest du auch, dass es hier komisch riecht?« Er rümpft die Nase.

Röte schießt mir in die Wangen. Verdammt. Die Schuhe!

Er räuspert sich und schiebt die Sendung in meine Richtung. Ich öffne die Türkette und nehme das längliche Paket entgegen, verliere doch sofort den Halt, als das Gewicht an meinen Armen zerrt.

»Achtung, es ist schwer.« Der Nachbar greift wieder zu. »Soll ich helfen?«

Verzweifelt denke ich an meine Puddingarme, die gestern schon zu viel geleistet haben und jetzt ziemlich schwächeln. Ich überlege hin und her. Einen wildfremden Mann in die Wohnung lassen oder unter dem neuen Teppich begraben werden? Ich entscheide mich für Ersteres. »Ja, bitte.«

Mit vereinten Kräften tragen wir das Paket in mein Wohnzimmer, wo immer noch die Sofateile verstreut liegen.

»Brauchst du Hilfe?«

Betreten sehe ich ihn an. Ich kann ihn doch nicht mein Sofa aufbauen lassen.

»Nein, das kann ich nicht verlangen.«

»Tust du auch nicht, ich hab es ja angeboten.«

»Okay, danke«, höre ich mich sagen und kann es für einen Moment selbst kaum glauben. Die andere Seite ist, dass er der erste nette Mensch ist, der mir hier in dieser Stadt begegnet und der bereit ist, mir zu helfen. Und es kann schließlich nicht schaden, jemanden aus dem Haus kennenzulernen. Oder? Ich kann nicht verhindern, dass sich meine Wangen leicht rosa färben. Hauptsache, er denkt nicht, dass ich mich in ihn verknallt habe.

»Wo hast du denn die Anleitung?«

»Moment.« Diese hole ich fix vom Fensterbrett inklusive der Schrauben und des Schraubschlüssels, der mitgeliefert wurde.

»Ich bin übrigens Moritz«, stellt er sich vor, ehe er das Papier entgegennimmt.

»Sophia«, erwidere ich lächelnd.

Moritz studiert die Anleitung, besieht sich die einzelnen Teile. »Wo soll die hin?«

Ich zeige ihm den Platz vor dem Sideboard, auf dem mein Flachbildfernseher steht. Sobald das Internet funktioniert, wird hier abends das digitale Kaminfeuer knistern, während ich ein Buch lese. »Alles klar, das kriegen wir hin.«

Ich bin zwar etwas skeptisch angesichts seines Optimismus, doch er scheint zu wissen, was er tut. Er weist mich an, was ich wie festhalten soll, solange er die Lehne mit dem Sitzteil verschraubt. Ebenso läuft es mit der Ottomane und dem Bettkasten. Nebenbei halten wir Smalltalk, reden über die Weihnachtszeit, meinen neuen Job und er nennt mir ein paar Lokale des Stadtviertels, die ich unbedingt ausprobieren soll. In einer halben Stunde steht das Sofa auf seinem Platz und selbst der Teppich ist ausgerollt.

»Meine Freunde engagieren mich öfter für Umzüge«, antwortet er, als er meinen erstaunten Blick bemerkt. Dabei grinst er verschmitzt.

»Das kann ich verstehen.« Etwas unbeholfen schiebe ich die Hände in die Hosentaschen. »Möchtest … also …« Ich räuspere mich. »Darf ich dir noch ein Getränk anbieten?«

Er schaut auf seine Uhr. »Oh, es ist schon kurz nach fünf. Lea kommt gleich.«

Lea, ob das seine Freundin ist? Ich traue mich nicht zu fragen, kann es mir aber denken. So jemand wie er ist sicherlich kein Single.

»Dann, vielen Dank für deine Hilfe.«

»Nichts zu danken!« Er winkt mir kurz zum Abschied, ehe er geht. Kaum fällt die Tür hinter ihm ins Schloss, überrollt mich wieder das merkwürdige Gefühl der Einsamkeit. Ich weiß, dass ich mich erst einleben muss, dass ich irgendwann Kontakt zu Kollegen aufbaue, Freunde finde und auch in meinen vier Wänden Heimeligkeit verspüren werde. Doch jeden Abend wünsche ich mich nach Hause in meine gewohnte Umgebung. Sehne mich danach.

Dann kommt mir ein Gedanke. Aus einem Instinkt heraus gehe ich in die Küche. Da steht meine Weihnachtstasse auf der Arbeitsfläche, obwohl ich mir sicher bin, dass ich sie gestern Abend in den Schrank gestellt hatte. Dennoch wartet sie dort auf mich, gefüllt mit lecker duftendem Kakao. Er erinnert mich an zu Hause, an meine Kindheit, wenn ich in der Weihnachtszeit heiße Schokolade trank und mir ein Märchen vorgelesen wurde. Es weckt warme, wohlige Gefühlsschauer in mir, die die Einsamkeit vertreiben.

Genauso verlaufen die folgenden Tage. Es ist wie ein Wunder. Nach jedem stressigen Tag auf Arbeit, an jedem Abend, an dem ich mich einsam fühle, wartet meine Lieblingsweihnachtstasse mit heißer Schokolade auf mich. Irgendwann höre ich auf, es zu hinterfragen, sondern genieße diese Überraschung und merke, wie ich jeden Tag etwas mehr in meiner neuen Umgebung ankomme.

Nach einer Woche gelingt es mir endlich, mit einigen Kollegen Mittagessen zu gehen. Moritz treffe ich ein paar Mal im

Flur und wir halten Smalltalk. Er hilft mir dabei, die Bücherregale aufzustellen. Die neue Wohnung verwandelt sich nach und nach in ein Zuhause. Alle Möbel finden ihren Platz und ich räume meine Sachen ein.

Eine Kollegin begleitet mich zu einem Abstecher in die Stadt, wo ich noch ein bisschen Deko für mein Weihnachtswunderland ergattere. Lichterketten, bunte Weihnachtskugeln, Kerzen, Tannenzweige, all das und mehr verleiht dem neuen Zuhause ein gemütliches Flair. Ich liebe alles daran und bin unheimlich stolz, als meine Familie kurz vor Weihnachten endlich zu Besuch kommt und ich ihnen die fertig eingerichtete Wohnung zeigen kann.

»Das hast du selbst aufgebaut?« Mein Vater staunt nicht schlecht, als ich sich umsieht. Sein Werkzeugkoffer ist fast überflüssig – wäre da nicht der Kleiderschrank im Schlafzimmer, der noch aufgestellt werden muss.

»Ich würde auch gern etwas mehr dekorieren«, sagt meine Mutter und wirft meinem Vater einen verspielt empörten Blick zu, weil er keinen Weihnachtskitsch mag. Ich grinse zufrieden. »Nur eins hast du vergessen«, wendet sie sich anschließend mir zu. Sie lächelt versonnen, dann kramt sie in einer der Kisten, die sie mir von zu Hause mitgebracht hat. Daraus holt sie eine Tasse hervor – eine Tasse aus Steingut, in einem warmen Rot glasiert. In der Mitte prangt eine tiefgrüne Tanne, die sich wie ein Rankenmuster im unteren Teil fortsetzt. Weiße Sterne, verstreut wie auf einem Sternenhimmel in der Weihnachtsnacht, funkeln darauf. Ich öffne meinen Mund, schließe ihn wieder.

»Hast du noch eine gekauft?«

»Wieso noch eine? Das ist deine, siehst du?« Sie dreht die Tasse um und zeigt mir meine Initialen, die auf dem Boden stehen. Irritiert starre ich den Becher an. Das kann nicht sein. Ich habe doch wochenlang meinen Kakao daraus getrunken. Ich hetze in die Küche.

Sonst stand um diese Zeit am Abend immer der dampfende Becher mit heißer Schokolade hier. Jetzt ist die Arbeitsfläche leer. Ich öffne die Schranktür, doch auch dort finde ich die Tasse nicht. Kurz zweifle ich an meinem Verstand und denke an den ersten Abend zurück, an dem mich die heiße Schokolade aus meiner Lieblingstasse aufgemuntert hatte – wie an so vielen Abenden in den letzten Wochen. Immer, wenn ich mich einsam fühlte, schenkte sie mir Geborgenheit und Wärme. Die Tasse mit der heißen Schokolade war mein abendlicher Trost, während ich mich täglich mehr und mehr einlebte. Langsam knüpfte ich Kontakte und schloss erste Freundschaften. Benötige ich diesen abendlichen Zauber noch? Ratlos zucke ich mit den Schultern.

Meine Mutter betritt hinter mir die Küche. Den Becher hält sie in den Händen. »Ist alles in Ordnung?«

Ich nehme ihn ihr ab, fahre mit den Fingern über die Erhebungen der Farbe. Ein Prickeln durchströmt meinen Körper und ich hege den Verdacht, dass ich mir meinen Kakao nun wieder selbst zubereiten muss.

»Jetzt schon«, sage ich lächelnd. »Möchtet ihr auch einen Kakao?«

7. Last Christmas

von A.G. Gube

Siebtland

Wie jeden Tag sauste Kawi in den königlichen Küchentrakt, um Abfälle, Essensreste und vielleicht den einen oder anderen Leckerbissen zu holen. Hinter der Tür prallte sie gegen Beolas. Sein erschrockenes Quieken hatte verblüffende Ähnlichkeit mit dem ihrer Schweine. Käse, Schinken und allerlei Gebäck, das er vor seinem ausladenden Bauch aufgetürmt hatte, fielen zu Boden. Eine Pastete klatschte zielsicher auf Kawis nackten Fuß.

»He, passt doch auf!«, schimpfte sie. Dass es sich bei Beolas um einen der Magier handelte, war ihr herzlich egal. Ebenso wie die Tatsache, dass sie in ihn hineingerannt war statt umgekehrt.

Was hatte er überhaupt hier zu suchen? Normalerweise plünderte er doch die Vorratskammern oder wagte sich nur nachts in die Küche, wenn er sich unbeobachtet wähnte. Und weshalb benahm er sich noch merkwürdiger als sonst? Mit weit aufgerissenen Augen starrte er sie an und gleichzeitig durch sie hindurch. Sein Mund stand offen, als hatte er etwas sagen wollen, es sich jedoch im letzten Moment anders überlegt. Schweiß perlte von seiner Stirn und lief ihm seitlich über die feisten, blassen Wangen.

Kawi erwiderte seinen entrückten Blick trotzig, die Hände in die schmalen Hüften gestemmt.

Im Grunde hatte sie keine Zeit, hier herumzustehen und das seltsame Gebaren des Magiers zu betrachten. Im Schweinestall warteten nicht nur hungrige Tiere, sondern auch jede Menge Arbeit. Zudem interessierte sie sich, im Gegensatz zum restlichen Gesinde, kaum für das Geschwätz und die Belange der Burgbewohner. Es drehte sich letztendlich immer um die gleichen Themen – wer mit wem das Bett geteilt oder anderweitig seinen Ruf aufs Spiel gesetzt hatte

Die Magier hingegen fand Kawi gemeinhin etwas faszinierender, mit Ausnahme von Beolas. Soweit sie es beurteilen konnte, vermochte er lediglich beeindruckende Mengen an Nahrung verschwinden zu lassen, dies allerdings gänzlich ohne Zauberei. Ob er darüber hinaus in irgendeiner Weise nützlich war, entzog sich ihrer Kenntnis.

›Er eignet sich hervorragend als Türbarrikade‹, dachte sie und quetschte sich genervt stöhnend an ihm vorbei. Anstatt seine Beute aufzusammeln, wie es ein jeder von ihm erwartet hätte, verließ er mit einem hysterischen Schrei fluchtartig den Raum.

Kopfschüttelnd sah ihm Kawi hinterher. »Hat der jetzt völlig den Verstand verloren?«

»Hat er je welchen gehabt?«, fragte Lara, die Küchenmagd, mit einem frechen Grinsen.

Kawi blickte erstaunt zu ihr. ›Seit wann redet die wieder mit mir?‹, ging es ihr durch den Kopf. Anstelle einer Antwort zuckte sie nur mit den Schultern und wandte sich dem Bottich mit den Abfällen zu. Schließlich war sie nicht hier, um zu schwatzen.

Lara sah das offenbar anders. »Seit der König tot ist, benehmen sich alle sehr eigenartig. Hast du schon das Neueste von Crystor gehört?«

Kawi seufzte innerlich. Hatte die denn sonst niemanden, bei dem sie ihre Gerüchte abladen konnte? Sie beschloss, gar nicht darauf einzugehen, sondern die Essensreste zusammenzusuchen und schnellstens wieder zu verschwinden.

Den Plan hatte sie allerdings ohne Lara gemacht. Die Magd plauderte fröhlich weiter. »Man sagt, ein paar Männer der Burgwache hätten sich in der Schenke lautstark darüber lustig gemacht, wie hilflos die Magier ohne Atarion sind. Und dass sie nicht einmal in der Lage sind, die neue Königin herzuschaffen. Da sei Crystor wutentbrannt hereingestürmt und habe sie alle in Hühner verwandelt.«

Darauf konnte sich Kawi weder ein Lachen noch einen Kommentar verkneifen. »Glaubst du eigentlich jeden Unsinn, den irgendwer verbreitet?«

Lara schnaubte. »So so, Fräulein Schweinebacke weiß mal wieder alles besser. Als würdest du in deinem Stall überhaupt etwas mitbekommen.« Beleidigt widmete sie sich wieder dem Gemüse, das vor ihr lag und wehrlos darauf wartete, geputzt und geschnitten zu werden.

Kawi war es leid, mit ihr zu streiten oder auf ihre Beleidigungen einzugehen. Jeder in der Burg wusste, dass Lara zwar mit gutem Aussehen gesegnet, im Kopf jedoch nicht sonderlich helle war. Allzu leicht ließ sie sich von den abenteuerlichsten Geschichten beeindrucken. Besonders, wenn es dabei auch nur im Entferntesten um die Burgwächter ging, denen sie ausgesprochen zugetan war – ebenfalls kein Geheimnis innerhalb dieser Mauern.

Kawi hingegen waren sowohl Männer als auch jedwedes Gerede vollkommen egal. Sobald allerdings die Macht der Magier zur Sprache kam, wurde sie hellhörig. Sie bezweifelte jedoch, dass Lara mehr darüber wusste als sie selbst. Daher widerstand sie dem kurzen Impuls, darüber zu reden, suchte schweigend die restlichen Nahrungsreste zusammen und schickte sich an zu gehen. Sie war schon fast zur Tür hinaus, da rief ihr Lara hinterher: »Beolas faselte was von einem Ritual. Es soll heute Abend im Turmsaal stattfinden.«

Verflucht. Kawi konnte nicht umhin, stehenzubleiben, gleichwohl sie genau wusste, welch Genugtuung sie der Küchenmagd damit verschaffte. Gegen ihren eigenen inneren Widerstand ankämpfend, drehte sie sich langsam um. Das neugierige Leuchten ihrer Augen zauberte sogleich ein triumphierendes Grinsen in Laras Gesicht.

»Was weißt du noch darüber?«

»Ach, auf einmal glaubst du mir?« Lara kostete diesen Moment in vollen Zügen aus. »Ich dachte, ich rede nur Unfug.«

Seufzend verdrehte Kawi die Augen. »Na schön, es tut mir leid. Und jetzt raus mit der Sprache. Was hat Beolas erzählt?«

Lara verschränkte die Arme vor der Brust, reckte das Kinn in die Höhe und fragte spitz: »Was bekomme ich im Gegenzug?«

Jetzt schnaufte Kawi. »Pah, vergiss es. Woher soll ich denn wissen, ob du dir nicht einfach was ausdenkst?«

Erneut wandte sie sich zum Gehen. In der Tür hockte sie sich hin, sammelte das Gebäck ein, welches der Magier hatte fallen lassen, stapelte es auf ihre bereits gut gefüllten Eimer und schindete Zeit. Hatte Lara tatsächlich etwas zu berichten, würde sie es früher oder später auch ohne Gegenleistung ausplaudern.

»Na schön, meinetwegen«, maulte diese plötzlich. Kawi musste einen freudigen Ausruf unterdrücken. Betont gelangweilt sah sie Lara an. »Beolas sagt, sie wollen die neue Königin herholen. Crystor will nicht länger warten, obwohl die anderen dagegen sind.«

Kawi runzelte die Stirn. »Und was hat das mit einem Ritual zu tun? Zaubern sie sie her, oder was?«

Lara zuckte mit den Schultern. Ihr Blick war so entleert, als hätte ihr jemand den Verstand entfernt, dann begann sie auf einmal zu strahlen. »Ja. Ja, natürlich. Sie sind schließlich Magier und wo sollten sie sonst eine würdige Gemahlin für unseren König herbekommen? Die wächst ja nicht auf Wynt zwischen Kohl und Rüben.«

Während sie sich wieder dem Gemüse widmete und so selbstgefällig dreinschaute, als hätte sie soeben den weisesten Satz des Tages gesagt, verließ Kawi kopfschüttelnd die Küche. Sie hatte schon Luft geholt, um Lara zu erklären, dass die Magier nicht einmal alle Krankheiten zu heilen, geschweige denn Menschen herbeizuzaubern vermochten, aber das konnte sie sich sparen. Ein letzter Blick zur Küchenmagd genügte, um zu erkennen, dass diese nicht an schnöden Tatsachen interessiert war. Vielmehr ahnte Kawi, bei wem all die haarsträubenden Gerüchte, die in der Burg ihre Runde machten, ihren wahren Ursprung hatten.

Jenna, irgendwo in unserer Welt

»Aber es ist Weihnachten«, sagte Sarah. »Da sollte niemand allein sein.«

»Ich bin gerne allein.« Lächelnd nahm Jenna den Kaffee entgegen, den Sarah ihr reichte. »Danke.«

Ihre Freundin setzte sich mit ihrer eigenen Tasse zu ihr aufs Sofa. Wie jedes Jahr versuchte sie Jenna zu überreden, die Feiertage bei ihrer Familie zu verbringen. »Du kannst wirklich gerne mitkommen. Meine Eltern würden sich freuen.«

Mit ebensolcher Regelmäßigkeit lehnte sie das Angebot ab. »Ich weiß. Aber es macht mir wirklich nichts aus, ganz im Gegenteil. Ich genieße die Ruhe, schlafe mich mal richtig aus und lese ein Buch. Dazu komme ich sonst nie.«

Sarah seufzte, trank einen Schluck und ließ die Schultern hängen.

Liebevoll betrachtete Jenna ihre beste Freundin. »Ich habe das Gefühl, du bist diejenige, die darunter leidet.«

»Ja. Nein. Also … leiden ist übertrieben. Es macht mich einfach traurig, wenn ich mir vorstelle, wie du hier einsam in deiner Wohnung sitzt. Besonders heute, an Heiligabend. Machst du dir nachher wenigstens Weihnachtsmusik an?«

»Bist du wahnsinnig?« Jenna täuschte ein Würgegeräusch vor. »Am besten noch ›Last Christmas‹ oder wie? Dann hast du wirklich einen Grund, mich zu bedauern.«

Sarah kicherte. »Ach, komm schon. So schlimm ist das Lied nun auch wieder nicht.«

»Nee. Schlimmer«, entgegnete Jenna schmunzelnd.

Dabei hasste sie Weihnachten eigentlich gar nicht, nur auf die dazugehörigen Lieder hätte sie gut und gerne verzichten können. Es war ihr schlichtweg egal. Sie freute sich über ein paar freie Tage, an denen sie nicht arbeiten musste, und sie liebte die vielen Lichter in den Straßen, Fenstern und Vorgärten. Zumindest, sofern sie nicht hektisch blinkten. Darüber hinaus verstand sie nicht, weshalb alle so einen Wirbel rund um das Fest veranstalteten. Zu Ostern oder Pfingsten führte sich doch auch niemand so auf. »Im Übrigen fühle ich mich nicht einsam, das weißt du doch.«

»Ja. Trotzdem.« Sarah seufzte erneut.

Jenna stupste sie aufmunternd mit der Schulter an. Seit ihre Mutter vor drei Jahren verstorben war, hatte sie keine nahen Verwandten mehr. Auch das störte sie nicht. Sie war von jeher eher eine Einzelgängerin gewesen, hatte in der Schule zwei Freundinnen gehabt anstelle einer ganzen Clique, und als sie Marc kennengelernt hatte, war er zu ihrer Familie geworden. Seit der Trennung genoss sie ihr Singleleben. Sie konnte endlich tun und lassen, was sie wollte, musste auf niemanden Rücksicht nehmen, keine komischen Actionfilme schauen und weder Essen kochen noch aufräumen, wenn sie keine Lust dazu hatte. Einsam hatte sie sich am Ende ihrer Beziehung sehr oft gefühlt, obwohl sie selten allein war. Jetzt war es umgekehrt und dafür war sie dankbar.

»Versprich mir, dass du dir wenigstens etwas besonders Schönes zu Essen machst«, sagte Sarah. Sie fand sich offensichtlich langsam damit ab, Jenna über die Feiertage zurückzulassen.

»Du meinst sowas wie Tiefkühllasagne?«

»Nein!«

»Aber ich liebe das Zeug.«

»Du isst das dreimal pro Woche. Das ist doch nichts Besonderes.«

Jenna zuckte lachend mit den Schultern, während sich ihre Freundin angestrengt bemühte, ernst zu bleiben. Es gelang ihr nur kurz. Schon bald kicherten sie beide so heftig, dass sie ihre Kaffeetassen beiseite stellen mussten, um sich nicht zu bekleckern.

Am Nachmittag saß Jenna allein auf ihrem Sofa, neben sich eine heiße Schokolade. Das Treffen mit Sarah hatte sie nachdenklich gestimmt, obwohl ihre Freundin das Thema Weihnachten nicht noch einmal angeschnitten hatte. Ihre Umarmung zum Abschied war jedoch länger und fester ausgefallen als sonst. Auch glaubte sie, ein verräterisches Glänzen in ihren Augen gesehen zu haben, als sie sich zum Gehen wandte. Warum machten bloß alle so ein Drama wegen der Feiertage? Ihren Kollegen hatte sie wohlweislich verschwiegen, dass sie sie allein verbringen würde. Das hatte bereits im vergangenen Jahr endlose Diskussionen ausgelöst, auf die sie diesmal absolut keine Lust gehabt hatte.

Warum konnten die Menschen nicht einfach akzeptieren, dass sie sich wohlfühlte mit ihrer Entscheidung? Sie störte sich ja auch nicht daran, dass alle anderen jetzt lieber mit der Familie oder Freunden unterm Baum saßen.

Einige Zeit später wurde sie es leid, sich länger den Kopf darüber zu zerbrechen. Schließlich wollte sie ihre freien Tage genießen, anstatt sie mit schwermütigen Grübeleien zu verbringen. Außerdem war der ganze Spuk am Ende der Woche sowieso wieder vorbei.

So ging sie in die Küche, füllte ihre Kakaotasse auf, schnappte sich auf dem Rückweg einen Fantasyroman und machte es sich mit ihrer Kuscheldecke im Schaukelstuhl gemütlich, den sie viel zu selten benutzte. Jenna freute sich darauf, für einige Stunden in eine andere Welt einzutauchen, in der niemand wusste, was Weihnachten war.

Siebtland

Die Magier hatten sich im obersten Turmsaal versammelt. Lediglich Crystor ließ wie üblich auf sich warten, dabei war es sein Bestreben gewesen, das Ritual jetzt schon durchzuführen. Bedrückendes Schweigen breitete sich aus, einzig Beolas wimmerte leise vor sich hin. Was sie vorhatten, behagte ihm ganz und gar nicht. Zudem plagte ihn Hunger, da er sich nach dem morgendlichen Zusammenstoß mit dieser dreisten Schweinemagd nicht noch einmal in die Küche gewagt hatte. Nun starrte er apathisch vor sich hin und versuchte das Knurren seines Magens zu ignorieren, ebenso wie die Furcht.

Die anderen tauschten hin und wieder bedeutungsvolle Blicke, doch niemand wagte es, den achteckigen Raum zu verlassen.

Als Crystor endlich zu ihnen stieß, war die ohnehin schon angespannte Stimmung kurz vor dem Siedepunkt.

»Hast du noch ein Süppchen gekocht?«, knurrte Draghon.

Die anderen hielten gebannt den Atem an. Crystor herauszufordern, war grundsätzlich keine gute Idee, gleichwohl die Gerüchte, die man sich in der Burg über seine Fähigkeiten erzählte, maßlos übertrieben waren. Die meisten zumindest.

»Ich habe die Königin ausfindig gemacht«, erklärte er, wobei er das Kunststück vollbrachte, gleichzeitig selbstgefällig sowie verärgert zu klingen. Als wäre damit alles gesagt, begab er sich an seinen Platz im Kreise der sechs Magier, schob die weiten Ärmel seines Gewandes zurück und schloss die Augen, bereit für das Ritual.

»Seit wann geschieht dies im Alleingang?«, fragte Draghon. Offenbar war er heute nicht gewillt, Crystors Gebaren einfach so hinzunehmen.

Dieser öffnete die Augen wieder und brüllte: »Seit uns Atarion im ALLEINGANG verlassen hat und einen Haufen ängstlicher Schwächlinge zurückließ, der nicht in der Lage ist, Entscheidungen zu treffen!«

Mit verengten Augen fixierte er nacheinander jeden der fünf Männer im Raum. Sie senkten betreten die Köpfe, Beolas hatte gar das Gesicht in den Händen vergraben. Einzig Draghon wagte, seinem Blick standzuhalten, gleichwohl er jetzt schwieg.

Crystor kochte innerlich vor Wut, durchsetzt mit Angst, die er weder sich selbst noch den anderen gegenüber jemals eingestanden hätte. Es war die Angst zu versagen. Seit Atarion – der mächtigste Magier Siebtlands – verschwunden war, wartete Crystor auf eine Gelegenheit, den anderen zu demonstrieren, dass er ihm ebenbürtig war. Zwar fürchteten sie bereits jetzt seine Zornesausbrüche sowie seine Rachegelüste, doch das genügte ihm nicht. Er wollte, dass sie zitterten, wenn er den Raum betrat, ebenso wie es das gemeine Dienstvolk tat. Nichts wünschte er sich im Moment sehnlicher, als dass er tatsächlich jemanden in ein Huhn verwandeln könnte.

Im Gegensatz zu den anderen liebte er die Geschichten, die in der Burg kursierten. Regelmäßig schickte er daher Beolas in die Küche, um zu erfahren, was man sich derzeit so erzählte, oder um einige wohldosierte »Geheimnisse« auszuplaudern.

Crystor gefiel es ganz und gar nicht, dass in letzter Zeit immer häufiger über die Magier gespottet wurde. Beim Gesinde war das nichts Ungewöhnliches, aber wenn sich jetzt sogar schon die Burgwache über sie lustig machte, war es dringend erforderlich, sich wieder ein wenig Respekt zu verschaffen.

Das Ritual, welches bevorstand, war noch nie zuvor ohne Atarion durchgeführt worden. Das wusste jeder in Siebtland. Sollte es den verbliebenen Sechs ohne ihn gelingen, würde das Geläster hoffentlich verstummen. Und da die Hauptverantwortung nunmehr bei Crystor lag, sollte ihm das ganze Unterfangen auch endlich zu der lang ersehnten Vormachtstellung im Kreise der Magier verhelfen.

Sofern es gelang.

»Lasst uns beginnen«, entschied er. Zögerte er es noch länger hinaus, käme womöglich noch jemand auf den Verdacht, er könnte ebenso nervös sein wie die anderen. Das durfte er sich keinesfalls anmerken lassen. »Beolas?!«

Es war mehr ein Befehl denn eine Frage. Der Angesprochene zuckte mit einem spitzen Aufschrei zusammen, folgte anschließend jedoch brav der Aufforderung. Schlotternd begab er sich in die Mitte des Turmsaals und legte sich auf den Boden, während ihn die anderen umringten. Schweiß perlte in dicken Tropfen von seiner Stirn. Er schloss die Augen und bemühte sich, gleichmäßig zu atmen, was nicht leicht war angesichts seines Zustands. Gleich würde er die Kräfte aller Anwesenden in sich bündeln und sie auf diese Weise Crystor zur Verfügung stellen, der bereits magische Beschwörungen murmelte und seinen Geist auf die Reise schickte. Vereint wären sie hoffentlich machtvoll genug, Königin Jenya nicht nur aufzuspüren, sondern sie auch herzuholen und auf ihre zukünftige Aufgabe vorzubereiten.

Beolas' letzter klarer Gedanke galt Lara, der Küchenmagd. Gewiss würde sie ihm morgen eigens einen Kuchen backen angesichts der unglaublichen Neuigkeiten, die er mitbrachte. Sofern das Ritual gelang …

Jenna

Es war Abend geworden. Noch immer saß sie im Schaukelstuhl, neben sich auf einem Tischchen die leere Kakaotasse. Irgendwo im Haus dudelte leise »Last Christmas«, aber Jenna achtete nicht darauf. Viel zu vertieft war sie in ihren Roman und schmachtete in Gedanken den Helden der Geschichte an.

Im nächsten Augenblick war sie fort.

8. Der Strickclub

von Kim Tannhauser

Erster Advent

Das Handy ans Ohr geklemmt, kam eine Frau völlig aufgelöst in den Laden geschneit. Younghwa seufzte in Richtung des Closed-Schilds, dann dimmte sie das Licht und schaltete die Musik aus. Die Kundin ignorierte das. Sie spuckte ihre fremde Sprache in das Handy, ohne etwas von der Außenwelt mitzubekommen, und fuhr sich durch die gelockten Haare.

Die Wollverkäuferin packte zwischenzeitlich die Bestellungen der Strickclub-Mitglieder in Tüten: Schmids Baumwollgarn in Dunkelgrün, die zweihundertfünfzig Gramm rostfarbiges Mischgewebe für Madge, Lillipads lila Baumwolle und Minji wollte wie immer Reste.

Ein gehuschter Blick auf die Uhr. Sie hatte sich schon auf den Stricktreff gefreut. Stattdessen telefonierte die fremde Frau immer noch. Ihre wilden Haare wurden noch wilder, da sie ständig mit der Hand durchfuhr. Eine Zornesfalte lag zwischen ihren Brauen und die Mundwinkel rutschten weiter in Richtung Boden.

Younghwa beschloss, einen Tee aufzusetzen. Ein heißes und beruhigendes Ginseng-Getränk war wie eine Sprache, die keiner Worte bedurfte. Tee kommunizierte Geborgenheit, Ruhe und Wärme. Er bot eine Umarmung, ohne nahetreten zu müssen.

***

Andrea biss die Zähne zusammen und schüttelte den Kopf, kurz davor, die Fassung zu verlieren. Tränen drohten über ihre Wangen zu rollen. Solche, die mit lauten glucksenden Geräuschen kamen und sich nicht von einem Taschentuch kaschieren ließen.

Sie hielt inne, schluckte tief und begutachtete sich im verspiegelten Ladenfenster. Vielleicht war diese Person ihr wahres Ich? Sie hatte es durch Selbstdisziplin weit gebracht. Diese war zu einem Tumor gewuchert, der den Rest von ihr zerfressen hatte. Disziplin war gut und wichtig, doch es gab ein gesundes Maß. Alles darüber hinaus wurde zur Krankheit.

Erst jetzt nahm sie die gedämmten Lichter und nach innen geräumten Angebotstafeln wahr. Von der alten Verkäuferin, die sie vorhin nur so halb aus den Augenwinkeln gesehen hatte, fehlte jede Spur.

Andrea überkam Panik. War sie im Laden eingeschlossen?

Sie holte zum Klopfen aus, als hinter ihr ein Geräusch ertönte. Andrea drehte sich um und bemerkte die Verkäuferin im Türrahmen, der zu einer Hinterkammer führte. In den Händen trug sie ein Tablett mit Teekanne und zwei Tassen. Ihre Lippen formten Worte in der ihr fremden, melodischen Landessprache, aber das begleitende freundliche Kopfnicken war universal. Dankend griff Andrea zu einer Tasse. Das warme Getränk hatte eine beruhigende Wirkung.

Die Verkäuferin nickte erneut und machte Handbewegungen, als hielte sie Stricknadeln in den Händen. Andrea schüttelte den Kopf. Nein, sie strickte nicht, hatte es noch nie versucht.

Die alte Dame kramte nuschelnd ein Wollknäuel und ein paar Stricknadeln hervor und drückte ihr beides in die Hand.

Wollte die Verkäuferin ihr das andrehen?

Die alte Dame hob einen Finger und wühlte weiter durch die vielen, so vollgepfropften Schubladen ihres Tresens, dass diese nicht mehr zu gingen. Sie zog eine Businesskarte hervor. »Kapega odiyeyo«, sagte sie, während sie auf den Schriftzug deutete. Trotz der lateinischen Buchstaben konnte Andrea damit nichts anfangen. Das schien die Verkäuferin ihrem Gesicht abzulesen. Sie zog Andrea zum Fenster, das zum Korridor des Namdaemun Underground Shopping Centers zeigte, und deutete auf ein Ausgangsschild.

»Ka-pe?« Andrea versuchte Sinn aus den fremden Wörtern zu ziehen. »Ka-pe … Café?«

»Ne, Kapega.« Die alte Dame nickte. Sie nahm Wolle und Nadeln zurück, um diese in eine Plastiktüte zu packen, welche sie Andrea in die Hände drückte. Dann schnappte sie ihre Siebensachen und deutete an, ihr aus dem Laden zu folgen.

Andrea hatte noch genügend Finger frei, um ihre Kapuze fest ins Gesicht zu ziehen. Minus zehn Grad waren schlimm genug, aber es schneite und windete von allen Himmelsrichtungen gleichzeitig. Aus ihrer Tüte lugte ein langer grüner Faden so neugierig hervor, dass er dabei fast den Boden berührte.

***

»Bist du sicher, dass du diese Farben tragen möchtest?« Yvonne blickte Lillipads knallpink-gelb-türkisfarbenen Schal argwöhnisch an.

Auch wenn die Kombination wild war, zuckte diese mit den Schultern. »Ich habe ein Casting am Freitag. Bei Channel 3 Entertainment. Bei Castings trägt man immer einen Eyecatcher, um den Kameras ins Auge zu stechen.«

Auf diese Aussage folgte ein gemeinschaftliches Augenrollen.

»Lillipad, Liebes, suchen diese Shows nicht nach Talenten in der Altersgruppe fünfzehn bis fünfundzwanzig? Auch wenn du wirklich noch nicht wie fünfzig aussiehst, bist du doch leicht darüber?«

Lillipad machte eine Handbewegung, als kehre sie Schmutz von ihrer Schulter. »Träume sind ausgeträumt, wenn man tot ist. Solange ich lebe, versuche ich mein Glück. Du wirst sehen, Margie. Irgendwann zahlt sich mein Durchhaltevermögen aus.«

Schmids Stricknadeln tanzten im Akkordtempo am Wollknäuel entlang, dem man beim Kleiner-Werden zusehen konnte.

Währenddessen war Minji mit demselben kleinen Granny Square beschäftigt, den sie vor einer halben Stunde begonnen hatte.

»Darf ich?«, fragte Yvonne und setzte sich zu ihr, den kritischen Blick auf das schokoladenbraune Werk gerichtet.

»Bitte«, flehte Minji, »nicht schon wieder auftrennen.«

Yvonne schaute sie verwirrt an. »Auftrennen? Minji, das ist nahezu perfekt.«

Minji lächelte. Nicht nur, weil ihre Handarbeit gelobt wurde, sondern auch, weil Yvonne in fast fehlerfreiem Koreanisch geantwortet hatte. Die Unterrichtsstunden zahlten sich so langsam aus. Sie nahm einen Schluck von ihrem Iced-Americano und setzte zur nächsten Reihe an.

Yvonne blickte auf den leeren Platz zwischen Madge und Lillipad. »Wo ist eigentlich Younghwa?«

»Annyeonghaseyo«, grüßte diese einen Moment später in ihrer leisen, melodischen Stimme.

Madge stupste Lillipad an. »Annyeonghaseyo«, erwiderte diese, gefolgt von einem Schwall koreanisch, der alle beißenden Fragen beinhaltete: Wo waren Sie, warum kommen Sie so spät? Wer ist Ihre Begleiterin?

Younghwa antwortete, die Augen auf Madge geheftet. Sie wusste, dass Lillipad lediglich als Sprachrohr fungierte.

Madge musterte die Unbekannte von oben bis unten. Gepflegte Nägel, am Ansatz nachgefärbte Haare, dezentes Make-up. Nur an dem europäischen Kleiderstil sah man ihr an, dass sie neu in der Stadt war.

»Hallo alle«, rief Madge mit trompetenartiger Stimme in die Runde und stand von ihrem Stuhl auf. »Wir haben ein neues Gesicht in unserer Mitte. Stellen wir uns also einmal vor.« Sie blickte in einzelne Gesichter, besonders in jene, die nicht so gerne laut sprachen.

»Mein Name ist Madge, ich wohne seit fünf Jahren in Seoul und bin zusammen mit Lillipad die Gründerin der Strickgruppe.« Sie nickte zu ihrer Co-Organisatorin, die sich ebenfalls von ihrem Stuhl erhob und breit strahlte. »Ich bin Lillipad und stamme aus Seoul, habe aber in London und in Wien Musik studiert. Nun bin ich Schauspielerin, Sängerin und Tänzerin.«

»Sie hat vor siebzehn Jahren in einem Werbespot mitgespielt«, flüsterte eine grauhaarige Koreanerin mit Bobcut, bevor sie selbst aufstand. »Mein Name ist Yvonne, und ich komme aus den USA. In Seoul bin ich seit zwei Jahren, um die Heimat meiner Eltern zu erkunden und die Sprache zu lernen.«

Eine Weile herrschte verlegenes Schweigen. Dann erhob sich eine blonde junge Frau. »Ich bin Lisa und ich studiere hier.« Sie schenkte der Neuen ein Lächeln und boxte Schmid in die Rippen.

Dieser stand nicht auf, sondern nickte nur. »Schmid.« Nicht einmal Madge kannte seinen Vornamen. Dieser war zu lang und zu deutsch für den internationalen Gebrauch. »Ich bin im Ruhestand und nur wegen der Gesellschaft hier.«

»Und wegen des Kaffees und des Erdbeerkuchens«, fügte Lillipad kichernd hinzu.

»Hi, mein Name ist Minji«, sagte eine leise, aber deutliche Stimme. Die Koreanerin winkte beidhändig. »Ich komme auch von hier und ich liebe es zu häkeln. Außerdem möchte ich Englisch üben. Deswegen bin ich hier in dem internationalen Club.«

»Hallo zusammen«, antwortete Andrea zögerlich. Vor Gruppen zu sprechen, entsprach nicht ihrem Naturell. »Mein Name ist Andrea. Ich bin erst heute angekommen …« Sie pausierte, der Atem stockte. Wieder wollten die Tränen kommen. Die Gedanken flitzten zum gestrigen Tag. Leon. Ihr Partner. Im Bett der Hotelmanagerin vom Casa del Sol. Jenem Hotel, in dem sie regelmäßig ihre Klienten zu Seminaren empfing. Dann die unerwartete Kündigung am selben Tag.

Bevor Andrea es sich versah, war sie am Flughafen gewesen. Das Ziel: Irgendwohin, wo keine glücklichen Erinnerungen warteten wie ein glattgebügelter Chauffeur mit schwarz polierter Luxuskarosse.

Sie, die schon seit Jahren nichts Unüberlegtes mehr getan hatte. Die selbst einen Brunch mit Freunden zwei Monate im Voraus plante – und trotzdem oftmals absagte. Weil das dann doch zu viel Trubel war. Weil sie Ruhe und Ordnung brauchte, um zu funktionieren.

Andreas Leben war durchgeplant, durchgedacht – der rote Faden eines stets kühlen Kopfes und klaren Verstandes.

»Planen wir dieses Jahr etwas Besonderes zu Weihnachten?«, fragte Lisa nach einer Weile. »Ich feiere natürlich bei meiner Familie in Schweden, aber fliege erst am Dreiundzwanzigsten.«

»Die jährliche Weihnachtsfeier ist Clubtradition«, sagte Madge. So ein Grünschnabel konnte das natürlich nicht wissen. »Um die Internationalität des Clubs zu feiern, teilt jeder eine Tradition aus der Heimat.« Alle Augen richteten sich auf Schmid, der dafür sorgen würde, dass der Glühwein nicht ausging.

»Wo feiern wir? Hier im Café?« Lisa blickte sich um, als zöge sie das in Erwägung.

»Café, papperlapapp«, sagte Madge mit Augenrollen. »Du denkst doch nicht, dass man hier Speisen und Getränke von außerhalb mitbringen kann. In den vergangenen Jahren haben wir im Community-Center in Yaksu gefeiert. Lillipad, würdest du da wieder anfragen?«

Zweiter Advent

»An der U-Bahn-Station die Rolltreppe runter, den Pfeilen zur Linie 2 folgen und darauf achten, dass die Bahn auch in die richtige Richtung fährt«, murmelte Andrea auf dem Weg. Zu der Seolleung Station konnte es entweder dreißig Minuten dauern oder anderthalb Stunden.

Von dort waren es zehn Gehminuten zum Hotel – wenn sie den richtigen Ausgang erwischte. U-Bahn-Stationen waren riesig und teils mit eigenem Einkaufszentrum ausgestattet. Mehrere Ausgänge führten spinnenartig in allerlei Richtungen. Den richtigen zu wählen war essenziell, wenn man sich nicht auf der falschen Seite einer achtspurigen Straße wiederfinden wollte. Sie schaffte es, ohne sich zu verlaufen, zu ihrem Hotel.

Der Doorman nickte freundlich und grüßte mit einer Variation ihres Namens, den sie so schon von englischen Kollegen gehört hatte, der aber keinerlei Ähnlichkeit mit der germanischen Aussprache vorwies. Auch der Empfangsleiter rief ihr ein freundliches »Annyeonghaseyo« entgegen.

Routiniert scannte Andrea die Zimmerkarte im Lift, um den richtigen Stock freizuschalten. In der zehnten Etage angekommen, öffnete sie ihre Tür, warf den nassen Mantel über einen Stuhl und ließ sich auf das bequeme Himmelbett fallen. Hier war es gemütlich und mollig warm. Einzig eine heiße Schokolade fehlte. Sie griff zum Hörer, zögerte aber. Sollte dies tatsächlich ein längerer Aufenthalt werden, musste sie sich schon bald nach einer günstigeren Unterkunft umsehen. Ein Fünf-Sterne-Hotel bot vielerlei Komfort, bei dem der kleinste Wunsch von den Lippen abgelesen wurde. Aber selbst mit der Kreditkarte des fremdgehenden Fast-Gemahls war das nur auf eine begrenzte Zeit finanzierbar. Und zwar bis Leon merkte, dass sie das platinfarbige Plastikstück bei sich hatte.

Dritter Advent

»Wir haben den Raum in Yaksu gebucht.«

»Klasse.« Lisas blaue Augen strahlten. »Für welches Datum?«

»Sonntag. Das ist der Einundzwanzigste. Wir haben den Raum von zwanzig Uhr bis Mitternacht«, antwortete Lillipad.

»Eine Abendfeier?« Younghwa zog ein Gesicht, als hätte sie mit einem Kaffeekränzchen gerechnet. Beeindruckender war, dass sie alles ohne Lillipads Übersetzung verstanden hatte. Zumindest wenn die Muttersprachler redeten, verstand sie doch den einen oder anderen Brocken. Wenn Schmid den Mund aufmachte, dafür kein Wort. Außer »Scheiße«. Das sagte Schmid so häufig, dass Younghwa es selbst über die Lippen kam. Was ihr aber erst aufgefallen war, als sie es von Munjin, ihrem Sohn, gehört hatte.

»Wer organisiert den Weihnachtsbaum? Du, Schmid?«, fragte Yvonne. Das erntete ein Kopfschütteln von Madge. »Mein Nachbar ist Florist und wird sich kümmern. Schließlich werden wir den Raum erst am Abend haben.« Niemand hatte wirklich Zeit und Lust zum Baum dekorieren, auch wenn das erstmal nach Winterromantik klang. »Wer hat an dem Tag Zeit für Auf- oder Abbau, und wer wird etwas Kulinarisches beitragen? Das Ganze soll vom Stundenaufwand fair bleiben.«

»Das ist ganz und gar nicht fair«, brüskierte sich Lisa. »Minji und ich sind als Studenten viel eingespannter als ihr Ruhestandsgenießer. Wie soll ich neben meiner Seminararbeit noch ein großes Stundenvolumen aufbringen?«

»Du kannst am Tag aushelfen. An dem Sonntag wird dich deine Uni nicht brauchen«, sagte Yvonne mit hochgezogener Augenbraue.

»Ich werde einen Stollen organisieren«, erwiderte Lisa und biss sich auf die Unterlippe.

»Du meinst, du wirst den vorbestellen«, murmelte Lillipad. Dieser europäische Klassiker war tatsächlich fast überall erhältlich. Ob Lisa wusste, dass die koreanische Variante geschmackliche Abweichungen hatte?

Vierter Advent

»So, wieder einer geschafft«, stöhnte Schmid und wischte sich den nicht vorhandenen Schweiß von der Stirn. Er war definitiv nicht zu alt zum Stühle und Tische schleppen. Warum also tat ihm der Rücken nun so weh?

»Sehr gut«, antwortete Madge, nachdem sie nachgezählt hatte. Jedes Möbelstück war auf dem Clipboard akkurat inventiert, mit Beschreibung, Stellplatz und Ursprung. Die Tische stammten von der Sprachschule in Hongdae, an der Minji unterrichtete.

Schmid hatte darauf bestanden, dass der vorhandene Frachtaufzug Firlefanz war und man diese genauso gut die Treppen herauftragen konnte.

»Um wie viel Uhr fängt das nochmal an?«

Madge ließ ihrem Augenrollen freien Lauf. «Acht Uhr. Schreib es dir auf, wenn du es dir nicht merken kannst.«

»Habe ich«, erwiderte Schmid und deutete auf seine Hand, auf der tatsächlich ein verschwommener Kugelschreiberklecks war. »Bis dahin haben wir das alles locker geschafft.«

»Wenigstens einer von uns ist optimistisch. Wir müssen ja noch drei dieser Monstrositäten die Treppen hinauf bekommen, Girlanden aufhängen, Lichter installieren und den Gabentisch vorbereiten.« Madge verschränkte ihre Arme und tappte mit dem rechten Fuß. Schmid zuckte mit den Schultern. Es gab Leute, die zweifelten, und es gab Leute, die die Ärmel hochkrempelten und die Arbeit erledigt bekamen. Er hatte schon ganz andere Deadlines gemanagt. »Ich montier die Lichterketten«, murmelte er, wohl wissend, dass dies das wenigste Micro-Management mit sich zog.

»Und die restlichen Tische? Soll ich die etwa alleine in den zweiten Stock bekommen?«

»Erster Stock«, korrigierte Schmid. Warum war das Konzept eines Erdgeschosses für Amerikaner und Koreaner so schwer begreiflich? »Du kannst doch den Aufzug nehmen. Das wolltest du doch sowieso die ganze Zeit!«

»Und wie bekomme ich den Tisch aus dem Lieferwagen ohne deine Hilfe?« Madge kreuzte die Arme und schaute ihn giftig an. Fußstapfen näherten sich. Schmid unterdrückte ein Grinsen und deutete zum Eingang. Von dort tönte lautes Schnaufen.

»Tschuldigung für die Verspätung«, japste Minji. Sie hatte zwei enorme Kisten unter die Arme geklemmt: Weihnachtsdekoration, die sie noch schnell abgeholt hatte. Die Sprachschule hatte seit gestern Ferien und Minji angeboten, sämtliche Ornamente auszuleihen.

»Minji, zum Glück bist du da«, grüßte Madge. »Dieser alte Kerl hier ist unnütz. Ich brauche dringend Hilfe, um die Tische hereinzutragen, aber Schmid spielt lieber mit den Lampen.«

»Du wolltest doch eine Beleuchtung, die den Flutlichtern auf einem Baseballfeld Konkurrenz macht«, beschwerte sich der ›alte Kerl‹, der alles mitgehört hatte.

Madge blickte die drei weihnachtlichen Lichterketten an und zog die Augenbraue hoch. Das »Männer!« verkniff sie sich.

»Dann lass uns loslegen.« Minji hatte ihre Boxen abgestellt, die Jacke ausgezogen und war dabei, ihre Ärmel hochzurollen.

»Lass die lieber unten«, riet Madge. »Die Tische sind noch draußen im Lieferwagen und wir müssen sie von der Ladefläche hieven.«

»Und Madge hat keine Ahnung, wie man eine Ameise bedient«, warf Schmid ein.

»Eine was?«

»So ein kleiner Wagen, um schwere Gegenstände zu schieben«, erklärte Madge, auf das orangefarbene Gerät zeigend.

»Ach, sowas«, rief Minji. »Ist das schwer?«

»Nein«, sagte Schmid, »man braucht nur ein Minimum an Koordinationstalent.«

***

Andreas Apfelstrudel hätte bereits aus dem Ofen gezogen, ausgekühlt und mit ihr auf dem Weg nach Yaksu sein sollen. Stattdessen lag die unangetastete Packung Mehl auf der Arbeitsplatte neben den ebenso frisch verpackten Äpfeln, die gefühlt die Größe von Fußbällen hatten. Auch sonst sahen sie aus, als wären sie viel zu schade, um für einen Kuchen kleingeschnipselt zu werden. Ein Glück also, dass ihnen dieses Schicksal erspart geblieben war. Nach Backen war Andrea im Moment wirklich nicht zumute. Die Heizung im frisch angemieteten Studioapartment war ausgefallen und bisher scheiterte jede Kommunikation mit der nicht-englisch-sprechenden Vermieterin. Erst am Vortag war sie von ihrem schicken Gangnam Hotel in das zwanzig Quadratmeter Airbnb gezogen.

Sie seufzte. Dank der kaputten Heizung war sie schon viel zu spät dran.

Den Kragen hochgekrempelt und die Mütze tief ins Gesicht gezogen, machte sie sich auf den Weg.

Sie wollte gerade in die U-Bahn springen, als ein Mann sie stoppte. »Sie haben da etwas«, sagte er auf ihren Steppmantel zeigend. In der Tat klebte am unteren Saum ein grüner Faden.

***

»Das ist Munjin…, mein Sohn«, stammelte Younghwa zur Begrüßung und zeigte auf den zwei Meter großen, hundertfünfzig Kilo schweren Mann, der sie begleitete.

»Munjin… fällt es manchmal schwer, sich mit Worten auszudrücken«, erklärte sie. »Aber er ist ein gutgelaunter Teddybär. Und er liebt Musik«, fügte sie hinzu, denn Munjin hatte begonnen, im Takt zu klatschen.

»Er mag amerikanische Rockmusik.«

Ein Lächeln umspielte Lillipads Lippen und sie fing an zu singen.

Auch die anderen kannten das Lied und stimmten mit ein. Munjin brummte einen Fantasietext mit.

Selten hatte die Wollverkäuferin ihren Sohn so ausgelassen und glücklich gesehen. Minji nahm die ältere Dame bei der

Hand und geleitete diese zu einem gemütlichen Sessel. »Setzen Sie sich, Younghwa, und lassen Sie uns gemeinsam Weihnachten feiern.«

»Weihnachten«, rief Munjin und klatschte ausgelassen in die Hände.

Währenddessen griff Andrea zu einer noch unbekannten Spezialität. In diesem Moment war die kaputte Heizung egal. Denn Andrea wusste, sie war genau da angekommen, wo sie sein sollte. Hier, mit ihrer Gruppe neuer Freunde, die gemeinsam durch dick und dünn gingen.

»Merry Christmas!« Madge hob ihr Glas.

»Merry Christmas«, wiederholte der Rest.

»Frohe Weihnachten«, prostete Schmid ihr zu.

Andrea war daheim.

9. Liebe nicht geplant

von Yoline Mirallot

Carlo

Am frühen Nachmittag lande ich in Berlin. Statt nach Hause zu fahren, verweile ich in einem der Flughafencafés. Abwesend kreisen meine Finger über den Rand der Kaffeetasse. Mit einer Auszeit wollte ich der Frage auf den Grund gehen, ob eine berufliche Veränderung hilfreich wäre. Hätte ich damit rechnen müssen, dass die Dinge eine derartige Wendung nehmen?

Einen Tag, nachdem Anny zu ihrer Mutter gefahren war, um ihr beim Umzug aus dem Allgäu nach Hamburg zu helfen, saß ich im Flieger auf die Malediven. Sechzehn Stunden später stieg ich auf Malé, dem Hauptatoll, aus. Eine warme und zugleich frische Brise streifte über meine Haut und durch mein Haar. Tief zog ich die klare Luft in meine Lunge.

Mit einem »Hi« und einer flüchtigen Umarmung begrüßte mich Malou vor dem Flughafenterminal. »Schön, dass du da bist? Hast du Anny in deine Urlaubspläne eingeweiht?«

Mein Kopfschütteln nahm sie mit hochgezogenen Augenbrauen entgegen.

»Wie du meinst. Erst etwas Essen, dann schlafen oder umgekehrt?«

Mein knurrender Magen war Antwort genug.

Nach einem Snack legte ich mich in Malous Bungalow hin und schlief vor Erschöpfung sofort ein. Als ich Stunden später aus einem erholsamen Schlaf erwachte, wurde mir bewusst, dass ich mich klammheimlich aus dem Staub gemacht hatte. Nur Malou war eingeweiht, selbst Anny hatte ich belogen. Ich griff nach dem Handy auf dem Nachttisch und tippte auf den Bildschirm, um nach der Uhrzeit zu sehen.

Zeitgleich fiel mein Blick auf die Anzeige neu eingegangener Nachrichten. Später, dachte ich, warf das Handy aufs Bett und schlug die Bettdecke zur Seite. Der Sonntag war fast vorbei. Mich streckend ging ich zum Fenster und öffnete es. Erneut umfing mich die frische, klare Luft. Tief atmete ich durch und ein belebendes Gefühl breitete sich in mir aus. Der Gedanke, heute und die nächsten Tage ohne jegliche Termine, Tabellen, Zahlen und Druck zu genießen, ließ meine Mundwinkel freudig zucken.

Ich schlich ins Bad, um mit einer kalten Dusche meine Lebensgeister zu wecken, und zog anschließend weiter in die Küche.

»Na, von den Toten erwacht?« Malou öffnete lachend den Kühlschrank und hielt eine Wasserflasche in die Höhe. »Auch eine?«

»Gern, und irgendwas Anständiges zum Essen.«

Unweit von der Unterkunft kehrten wir in einem Lokal ein.

»Auf deine Auszeit.« Mit einem bunten Cocktail prostete Malou mir zu und ich hob nickend eine Flasche Bier.

Während des Essens weihte sie mich in ihre Pläne für die kommenden Tage ein. Es entspannte mich, ihr zuzuhören und einfach mal die Kontrolle für die Planung abzugeben.

Vollgegessen spazierten wir im Anschluss die Strandpromenade entlang. In der Abenddämmerung leuchtete der Himmel in einem warmen Orange und mein Blick schweifte zum Horizont. Malou seufzte und ich drehte mich mit einem fragenden Blick zu ihr.

»Ich liebe Sonnenuntergänge und das Schimmern der letzten Sonnenstrahlen des Tages auf der Wasseroberfläche. Es ist voller Magie.«

Das Glitzern in ihren Augen entging mir nicht.

»Dann lass es uns genießen.« Wir liefen hinunter zum Strand und setzten uns auf eine der Sonnenliegen.

Malou zog eine Kamera aus ihrer Tasche. »Ich schieße ein paar Bilder.«

»Nur zu.« Ich streifte die Flipflops von den Füßen, grub meine Zehen in den feinen Sand und versank im Anblick des Meeres.

Erst als die Sonne fast verschwunden war, ließ sich Malou neben mir nieder.

»Traumhaft«, wisperte ich.

Je nachdem, wo Malous Fotoshootings stattfanden, wechselten wir an den folgenden Tagen die Atolle. Wie auf dem Hauptatoll hatten wir jeweils zwei Schlafzimmer im Bungalow und Malou brach morgens auf, ohne mich zu wecken. Ich schlief aus, frühstückte, genoss die atemberaubenden Ausblicke und verbrachte entspannende Stunden am Strand. Seit Jahren las ich ein Buch, schwamm im glasklaren türkisblauen Wasser und ließ mir vom seichten Meereswind den Kopf freipusten. Nachts lag ich oft draußen auf einer der Liegen, starrte in das von Sternen übersäte Himmelszelt und versank in Gedanken über meine berufliche Zukunft.

Malous einzigen freien Tag verbrachten wir an einem paradiesischen Strand. Von unseren Liegen sahen wir einer Trauung am Meer zu.

»Sollte ich je heiraten, wäre das mein Traum«, gestand sie seufzend.

Verwundert sah ich sie an. »Keine Big-Party? Du magst doch immer viele Leute um dich.«

»Nein, meine Hochzeit stelle ich mir privat und intim vor.« Verträumt sprach sie weiter. »Nach der Trauung verschwinde ich mit meinem Zukünftigen auf einer Jacht. Wir lassen uns treiben, schwimmen, schnorcheln, haben Spaß – zu zweit.« Röte überzog ihre Wangen. »Und du?«

Sprachlos starrte ich sie einen Moment lang an. Die Partyqueen persönlich zog es also vor, im Stillen zu heiraten. Interessant. Mir gefiel ihre Vision einer Hochzeit, bisher hatte ich nie darüber nachgedacht. Mit Anny wäre dies keine Option, sie hing zu sehr an ihrer Mutter.

Durch Malous Miene zog ein Hauch von Düsternis und weckte meine Neugier.

Unsere Blicke trafen sich und in meinem Bauch kribbelte es. Zwischen uns lag mit einem Mal eine elektrisierende Anspannung. Mir ins Gedächtnis zu rufen, dass ich nichts für sie empfinden darf, stellte sich als zwecklos heraus. Ihr Duft umhüllte mich. Mein Unterbewusstsein spiegelte verbotene Gefühle wider. Vor meinem geistigen Auge sah ich sie in meinen Armen liegen, mein Kinn lag auf ihren wilden dunklen Locken und ich atmete ihren Geruch nach frischgepressten Zitrusfrüchten ein. Ich wünschte mir, sie zu fühlen, sie zu spüren … Himmel. Weg mit euch Fantasien.

Die darauffolgenden Tage machte sich Malou rar. Wir verbrachten durch ihre Aufträge kaum Zeit zusammen.

Am letzten gemeinsamen Abend gingen wir nochmal Essen, redeten über Belangloses – unverfänglich und relativ entspannt. Für den kommenden Tag stand bei ihr ein Unterwassershooting an. Für mich ging es abends zurück zum Hauptatoll Mále und am darauffolgenden Tag startete mein Flug gen Deutschland. Sie blieb noch drei Tage.

Nach dem Essen schlenderten wir am Strand entlang zu unserem Bungalow. Der Vollmond hinterließ ein Glitzern auf der Wasseroberfläche.

»Wenn du willst, kannst du morgen einen Tauchgang machen.« Malous Vorschlag ließ mich abrupt innehalten. Verblüfft sah ich sie an.

»Ich … Ich war noch nie tauchen.«

»Ich weiß. Du bekommst einen Crash-Kurs und zwei Profis begleiten uns.«

»Uns?« Ungläubig starrte ich sie an.

»Ja, aber nur, wenn du willst.«

Völlig aus dem Häuschen zog ich sie in meine Arme. »Und ob ich will!«

Unsere Blicke trafen sich, die Welt stand still. Genau wie mein Herz – für einen Moment. Lass sie los, schrie mein Verstand. Mein Körper reagierte nicht.

Zögernd ließ ich meine Lippen auf ihre sinken. Zaghaft berührten sie sich, bevor ein Tornado ausbrach. Mit seiner Macht sog er mich in seinen Strudel hinein. Nie zuvor empfand ich einen Kuss so … intensiv. Es riss mir den Boden unter den Füßen weg. Wankend, eng umschlungen und küssend stießen wir die Bungalowtür auf. Sanken auf das Sofa und verloren uns im Rausch der Anziehung.

Wie sollte ich Anny erklären, was geschehen war? Die Lüge mit der Geschäftsreise, die nie existierte und dass ich auf keine ihrer Nachrichten geantwortet hatte.

Mit einem schuldbewussten Gesichtsausdruck schob mir Malou ihr Handy herüber und beichtete, dass Anny möglicherweise von meinem Urlaubstrip weiß. Auf ihrem Instagram-Account zeigte sie mir die geposteten schwarz-weiß Bilder. Für einen Außenstehenden war ich nicht erkennbar, vergrößerte man den Bildausschnitt, wurde das markante Tribal auf meinem Schulterblatt sichtbar. Langsam entwich mir die Luft aus der Lunge.

Ich hatte nicht geplant, mich zu verlieben.

Anny

Seit heute Morgen laufe ich wie ein Honigkuchenpferd herum. Bei Mam's Umzug lernte ich Laurent kennen, der als Möbelpacker half. Heimlich hatte er eine Nachricht in meinen Koffer geschmuggelt auf der stand:

Moin Lügnerin,
solltest du eines Tages mal jemanden brauchen, der dich in den Arm nimmt, dann meld' dich.
Ich halte dich fest.
L.B.

Auf der Rückseite stand seine Handynummer und darunter: *Egal ob Tag oder Nacht.*

Beim Schreiben der Zeilen ging er davon aus, dass ich in Hamburg wohnen würde. Allerdings lebe ich seit drei Jahren in Berlin. In einer glücklichen Beziehung. Dachte ich zumindest und entsorgte den Zettel auf dem Altpapierstapel. Abends im Bett scrollte ich durch den Instagram-Account meiner besten Freundin Malou. Ich blieb an atemberaubend schönen Sonnenuntergangsfotos hängen. Bis mir Carlos Schultertattoo ins Auge stach. Ich hätte es aus Millionen erkannt. Dieser Mistkerl. Mir erzählte er, er sei geschäftlich in den Staaten. Es brach mir das Herz. Nahezu zwei Wochen war ich nur ein Schatten meiner selbst. Gestern Abend flatterte mir Laurents Briefchen vor die Füße. Zögernd speicherte ich die Nummer. Spätnachts, nach zig Anläufen sendete ich ihm mit klopfendem Herzen eine Nachricht:

> Hallo Laurent.
> Ich könnte jemanden brauchen, der mich in den Arm nimmt.
> A.

Sekunden später blinkte seine Antwort auf:

> Hallo Anny.
> Ich weiß, ich hab's versprochen. Aber Hamburg – Berlin.
> Wie wär's fürs Erste mit einem Telefonat?

Ich schluckte und schon klingelte mein Handy.

Während seiner Heimfahrt von einem Termin telefonierten wir die ganze Nacht. Im Gespräch erkundigte er sich nach meiner Adresse und versprach mir eine kleine Aufmunterung zu schicken.

Und heute Morgen, welche Überraschung, stand er vor der Tür. Mein Herz überschlug sich.

Bei einem ausgiebigen Brunch beschlossen wir, gemeinsam nach Hamburg zu fahren.

Carlo

Mit klopfendem Herz öffne ich die Wohnungstür.

Verwundert registriere ich die schwarze Daunenjacke an der Garderobe und die darunter stehenden Herrenwinterschuhe, die definitiv nicht mir gehören. Vor der Schlafzimmertür steht Annys dunkelblauer kleiner Trolley.

Was geht hier vor? Leise schließe ich die Tür, lege die Schlüssel auf das Sideboard und hänge meine Jacke neben die des Fremden. Als ich aus den Schuhen steige, kommt Anny strahlend aus dem Badezimmer. Unsere Blicke treffen sich und ihre Gesichtszüge entgleiten. Mit einem Knall landet ihr Kulturbeutel auf dem Boden.

»Carlo«, keucht sie.

»Ja, der bin ich«, erwidere ich trocken.

Sie bückt sich, hebt die Tasche auf und verschwindet im Schlafzimmer. Rasch folge ich ihr und schaue ihr wortlos zu, wie sie eine weitere Reisetasche packt.

»Wie war die Geschäftsreise?« Ihr spitzer Unterton entgeht mir nicht.

»Können wir reden?«, entgegne ich.

»Wie du siehst, packe ich. Aber ja.« Sie zwängt sich an mir vorbei.

Mit knirschenden Zähnen folge ich ihr in die Küche.

»Kaffee?«

Ich schüttle den Kopf und sie schiebt ihre Lieblingstasse unter den Kaffeeautomaten. Wir beide lauschen den schnorchelnden Geräuschen und warten, bis der Kaffee fertig ist.

»Setzen wir uns?« Mein Blick geht zum kleinen Esstisch.

Anny

»Danke. Ich bleibe stehen.« Meine Finger umschlingen die Tasse, während ich mich an den Küchenschrank lehne. Er soll meine zitternden Hände nicht sehen. Vorsichtig atme ich tief ein und wieder aus. »Okay, was gibts?«

»Du verreist.« Mehr Feststellung als Frage.
»Ja, ich fahre nach Hamburg. Meine Mam hat uns …« Ich breche ab. Es gibt kein uns mehr.
»Wem gehören die Sachen an der Garderobe?«
»Einem Freund der Familie.«
Carlo nickt bedächtig und studiert mein Gesicht.
»Du wolltest reden, also …«, dränge ich.
»Wo ist er?« Argwöhnisch mustert er mich.
»Im Gästezimmer, er schläft.«
Carlo schluckt. »Wie lange ist er schon hier?«
Ernsthaft? Ist er eifersüchtig? »Seit heute Morgen, er war die ganze Nacht unterwegs und fuhr den Umweg, um mich abzuholen.« Es kostet mich Mühe, ruhig zu bleiben. »Wolltest du wegen *ihm* mit mir reden?«
Sein Kopfschütteln ist kaum zu erkennen. »Kannst du dich bitte setzen?«
»Sag, was du zu sagen hast«, entgegne ich und nippe an meinem Kaffee.
»Ich … es …«, stammelt er und fährt sich fahrig mit beiden Händen übers Gesicht.
Zu gern sehe ich ihn nach den passenden Worten ringen.
»Ich war nicht auf Geschäftsreise in den Staaten«, presst er hervor und knetet seine Finger. »Es war eine Notlüge. Ich brauchte eine Auszeit. Für mich. Allein. Zum Nachdenken über meine berufliche Zukunft.«
Okay, denke ich und lege meinen Kopf schief.
Unruhig rutscht er auf dem Stuhl hin und her. Schiebt Salz- und Pfefferstreuer von links nach rechts und wieder zurück.
»Ich hatte Malou davon erzählt und sie bot mir an, sie auf die Malediven zu begleiten. Nach einigen Überlegungen nahm ich ihr Angebot an. Nur den Flug musste ich zahlen, die Unterkünfte liefen über sie.«
Erneut setzt er die Streuer mehrfach um und fährt sich anschließend nervös durchs Haar. »Ich habe dich angelogen. Wie hätte ich dir sagen sollen, dass ich zu deiner besten Freun-

din fliege, um Zeit für mich zu haben. Wärst du mit meinem Kumpel verreist, hätte ich kein Verständnis aufgebracht. Es war eine Notlüge, aber falsch. Es tut mir leid. Auch, dass ich auf keine deiner Nachrichten geantwortet habe.«

Geräuschvoll atme ich aus. »Ist das alles?«

»Nein …«

Nun setze ich mich doch.

Carlo

»Ich habe mich in Malou verliebt.« Wahrheitsgemäß berichte ich ihr, was sich in den letzten beiden Wochen ereignete.

»Okay.« Ihre Worte ein Wispern und ihr Blick auf ihre Tasse gebannt.

»Okay?«, erwidere ich ungläubig.

Langsam hebt sie den Kopf. »Ja. Ich habe die Bilder auf Malous Account gesehen – von dir. Ich war geschockt. Stinksauer. Konnte es nicht fassen. Warum die Lüge? Es tat weh. Sehr weh. Die Wut ist inzwischen verraucht. Wenn es war, wie du sagst, komme ich damit klar. Ich dachte, ihr hättet schon länger was am Laufen.«

»Nein, Anny. Ich schwöre, ich habe es nicht kommen sehen.«

Mit einem Nicken steht sie auf und streift unbedacht ihre Tasse.

Wie in Zeitlupe sehe ich sie fallen. Starr blickt sie auf die Scherben und ein eisiger Schauer jagt mir über den Rücken. Es war ihre Lieblingstasse und ich besaß das Gegenstück. Nebeneinanderstehend ergaben sie ein Bild der Verbundenheit, die nicht mehr existiert. Mechanisch dreht sie sich um und holt den Handfeger. Wortlos kehrt sie die Bruchstücke zusammen und klirrend landen sie im Eimer. Ein Sinnbild für das Ende unserer Beziehung.

»Lass uns nach Weihnachten klären, was mit der Wohnung und den Sachen wird.« Kein Blick geht zu mir. Ohne eine Gefühlsregung verlässt sie den Raum.

Anny

Als ich aus der Küche trete, lehnt Laurent an der Wand im Flur und lächelt mir aufmunternd zu.

»Darf ich dir Carlo vorstellen?« Leise folgt er mir.

»Das ist Laurent, er nimmt mich mit nach Hamburg.«

Carlo erhebt sich und bleibt mit verschränkten Armen am Tisch stehen. Beide Männer mustern sich reglos.

»Ich bin fast fertig mit Packen«, lasse ich sie wissen und entziehe mich der aufkommenden Anspannung.

Hamburg

Meine Mam steht an der Haustür, bevor der Motor verstummt.

Kaum bin ich ausgestiegen, zieht sie mich freudig in ihre Arme.

»Schön, dass ihr da seid. Kommt rein.«

Gemeinsam folgen wir ihr in den Flur und sofort umhüllt mich himmlischer Butterplätzchenduft. Kindheitserinnerungen pur.

»Anny-Spatz, komm‘, ich zeige dir dein Zimmer. Eddie, nimmst du Laurent mit?« Mein Blick wandert zu Laurent, er lächelt und Eddie, Mam’s Lebensgefährte, zu dem sie gezogen ist, öffnet die Küchentür.

Mam führt mich durchs Haus und zeigt mir alles, bevor wir das Gästezimmer betreten. Wow, es erinnert mich an ihr früheres Arbeitszimmer. Der wuchtige Holzschreibtisch und die darüber hängenden Bilder von uns. Selbst die bordeauxrote Farbe an der Wand ist die gleiche wie im alten Zuhause. Es fühlt sich wie Heimkommen an.

»Eddie und ich wollen Pizza bestellen, seid ihr mit dabei?«

Schmunzelnd schüttle ich den Kopf. »Laurent möchte mit mir zum Wandsbeker Winterzauber.«

Liebevoll umarmt sie mich. »Er ist ein herzensguter Mann. Überstürze nichts, um über Carlo hinwegzukommen. Das hat er nicht verdient. Laurents Vater und Eddie sind seit dreißig Jahren beste Freunde. Sie gehören zur Familie.« Sanft küsst sie meine Stirn und verlässt den Raum.

»Fertig, wir können los.« Zum zweiten Mal am heutigen Tag sage ich diesen Satz und lache auf. In Laurents Mund verschwindet ein Plätzchen und wir verabschieden uns.

Es ist nach acht und der Weihnachtsmarkt rappelvoll, dennoch ergattern wir einen Platz an einem Glühweinstand. Dumpf stoßen die Glühweintassen aneinander.

»Ich freue mich, dass du mit mir nach Hamburg gekommen bist«, gesteht er lächelnd.

Und da sind sie wieder, die wild tanzenden Schmetterlinge. Wärme steigt mir in die Wangen und mein Herz hämmert heftig.

»Lust auf eine Runde Schlittschuhlaufen?«

Die Eisbahn sehe ich von Weitem und flüstere: »Sehr gern.«

Den Abend vor Heiligabend haben Eddie und meine Mam alle Freunde und somit die Umzugshelfer eingeladen. Zur Einstimmung stoßen wir mit Glühwein an. Heimlich huschen meine Blicke über den Becherrand zu Laurent und er zwinkert mir zu. Wie immer, seit er in Berlin vor meiner Tür stand, durchzieht mich dieses unglaublich angenehme, kribbelige Gefühl im Bauch.

Nach dem festlichen Büfett folgt die Bescherung. Beim allgemeinen Auspacken und Geschnatter nickt Laurent mir zu und wir verdrücken uns. Mit verschränkten Fingern schlendern wir durch die Wohnsiedlung. Vor seinem Auto bleiben wir stehen. »Ich hab eine Kleinigkeit für dich.« Aus dem Kofferraum holt er eine große bunte Geschenktüte.

»Fröhliche Weihnachten.«

Mit klopfendem Herzen und zittrigen Händen packe ich aus. Zum Vorschein kommt eine Kuscheldecke mit dem Aufdruck: Dein Heimathafen. Lächelnd nimmt er sie mir ab, legt sie zurück und zieht mich in eine Umarmung. Sofort schiebe ich meine Arme in seine offenstehende Jacke und umschlinge ihn. Seine Körperwärme flutet mich und er raunt: »Sie erhält einen festen Platz auf dem Sofa und wenn du da bist, kuscheln wir gemeinsam darunter.«

Freudig recke ich mich zu ihm und unsere Lippen finden sich zu einem zärtlichen Kuss. Nuschelnd entgegne ich: »Das klingt traumhaft.«

»Denkst du, deine Mam hätte was dagegen, wenn wir den Rest des Abends bei mir verbringen und du die Feiertage bei mir bleibst?«

»Bestimmt nicht, solange ich morgen Abend da bin und wir uns hin und wieder blickenlassen. Du willst die Kuscheldecke einweihen, stimmt's?«

Leise lachend und mit einem Zwinkern erwidert er: »Vielleicht.«

Meine Mam hat keine Einwände und ich packe ein paar Sachen zusammen. Wenige Minuten später sitze ich auf dem Beifahrersitz. Das wohlige Kribbeln breitet sich abermals in mir aus und mein Herzschlag pulsiert. Wie Carlo hatte ich nicht geplant, mich zu verlieben. Und doch bin ich verliebt, sehr sogar und genieße dieses Gefühl in vollen Zügen.

10. Serverräume

von Phil Lehmkuhl

»Nach wie vielen Tassen beginnen nochmal die Halluzinationen?«, fragte sich Bernd, während er seinen sechsten Becher mit Kaffee füllte. Er war müde. Unglaublich müde. Schlaff ließ er sich in den abgenutzten Stuhl des kleinen Büros fallen und verbrannte sich aus Ungeduld bereits zum vierten Mal diese Nacht den Mund.

Zwei Uhr dreißig flimmerte es auf dem Bildschirm. Dreieinhalb Stunden musste er hier noch ausharren, ehe seine Ablöse kommen würde. Zwei Kollegen hatten sich kurzfristig »krank« gemeldet, weshalb ihm die Ehre zuteilwurde, eine Doppelschicht einzulegen. Dazu war Heiligabend, daher lief die Nachtschicht mit Minimalbesetzung – ihm allein. Seine Frau und Kinder hatten ohne ihn essen müssen und die Bescherung hatte er ebenfalls verpasst. Er seufzte. »Wenn nur zumindest was passieren würde«, dachte er, doch brach den Gedanken schnell ab. Nein, er sollte lieber dankbar dafür sein, dass es eine ruhige Schicht war. Jetzt wirklich arbeiten zu müssen, passte ihm dann doch nicht in den Kram.

Bernd war in einem Unternehmen angestellt, welches den Markt der künstlichen Intelligenz revolutioniert hatte. Im Rekordtempo konnte diese lernen, Untersuchungsbefunde zu erstellen, Aktienkurse vorherzusagen, Gesetzestexte und Klagen zu interpretieren sowie Zeitungsartikel zu schreiben. Endlich wurde Software aus Deutschland wieder ernst genommen. Jeden Tag kamen Tausende neue Nutzer dazu und fütterten sie mit ihren Daten, die damit auf jenen Servern landeten, die Bernd überwachen sollte.

Ein schriller Warnton schreckte ihn auf. Zwei Uhr vierundvierzig. Es schien ihm, als hätte er Stunden geschlafen. Er rieb sich die Augen, blickte auf einen der dutzenden Monitore und machte schnell den Ursprung der Warnung aus. Einer der

Server im »Altbau« – so nannten sie die eine Halle, welche die ersten und damit ältesten Server enthielt – war ausgefallen. Bernd fluchte – jetzt musste er doch noch arbeiten. Zwar würde sich der Ausfall eines oder gar ein paar hundert der über tausend Server nicht auf das System auswirken, jedoch galt es das Problem abzustellen. Ansonsten könnte es sich auf die anderen Systeme ausbreiteten und so möglicherweise doch eine Großstörung auslösen.

Flink öffnete er ein Terminal und schickte eine Nachricht an den Server. Keine Antwort – wie der Alarm gemeldet hatte. Bernd seufzte, nahm einen großen Schluck seines inzwischen trinkbaren Kaffees und erhob sich von dem Schreibtisch. Wenn er das Gerät von hier aus nicht erreichte, musste er eben zu ihm in den Altbau gehen.

Nur träge ließen sich die Leuchtstoffröhren dazu motivieren, die Hallen zu illuminieren. Die Server verrichteten ihre Arbeit auch im Dunkeln, weshalb das Licht zumeist ausblieb. Bernd hasste den Altbau. Die Ingenieure hatten während der ersten Wachstumsphase des Unternehmens viel zu viele Computer in den viel zu kleinen Raum gequetscht, da der Rest des ehemaligen Fabrikgebäudes sich damals mitten in der Sanierung befand. Den später gebauten sah man es nicht mehr an, doch hier verstrahlten die Wände ihren rustikalen Charme. Dicke Kabelbäume führten wie Arterien aus dem Rest des Gebäudes und verästelten sich in unzähligen Kreuzungen. Niemand war sich mehr sicher, wie die Leitungen verliefen. Viel zu hastig wurden Schränke mit Prozessoren, Netzwerkkarten und Beschleunigern verbaut und wie von Wahnsinnigen zusammengesteckt. Er freute sich auf den Tag, wenn alles von den schönen, neuen – und vor allem sinnvoll zusammengebauten Serverräumen übernommen werden konnte. Doch bisher waren alle Bemühungen der Entwickler vergebens. Bei jedem Versuch, die Prozesse zu verlagern, gab es einen Totalausfall. Bernd hatte davon keine Ahnung – es war nicht seine Aufgabe –, aber hoffte, dass es ihnen irgendwann gelingen würde. Nur zu gern würde er den letzten Server persönlich abschalten. Doch bis dahin blieb der Altbau das unfreiwillige Herz der hier hausenden Intelligenz.

Langsam schritt er zwischen den Schränken umher, auf der Suche nach dem ausgefallenen Server. Dieser Ort war nicht für Menschen gemacht, sondern diente der Maschine. Eine Klimaanlage kühlte die Luft permanent auf 16 Grad herunter, was sie trocken, kalt und zugig machte. Bernd musste eine Jacke tragen, aber noch wichtiger war der Gehörschutz. Das Surren von unzähligen Lüftern wuchs in den weiten Hallen zu einem wortwörtlich ohrenbetäubenden Getöse an. Abertausend kleine grüne Lichter blinkten im Gleichtakt – der Puls einer gewaltigen Maschine, die alles andere als still ihre Arbeit verrichtete. Niemand – auch nicht die Ingenieure – wusste so ganz, was für Informationen durch die Leiter rauschten. Sie konnten es umschreiben, modellieren und auswerten, um so die Illusion von Verständnis zu erzeugen. Aber wirklich verstehen konnte es nur die KI selbst.

Nach einer kurzen Weile fand er den Übeltäter. Der Server, der den Alarm verursachte, war ausgegangen. »Seltsam«, dachte Bernd. Normalerweise schalteten sie sich nicht ohne Vorwarnung ab. Sowas zeichnete sich über einen längeren Zeitraum ab und zu diesem Gerät war nichts dergleichen bekannt. Der Schrank, von dem dieser Server Teil war, schien ansonsten zu funktionieren. Die fünf benachbarten Geräte über und unter dem betroffenen blinkten unbekümmert vor sich hin. Da von außen nichts zu erkennen war, versuchte Bernd das Gerät schlicht wieder einzuschalten und betätigte den Knopf. Es erwachte zum Leben und reihte sich nach anfänglichem Zögern in den Takt der umliegenden Server ein. Bernd verband sich mit seinem Wartungslaptop und öffnete das Protokoll. Überhitzung, schlussfolgerte er nach einer Weile. Eine Erklärung, die ihm absurd erschien, gemessen an der ihn umgebenden Kälte. Natürlich war es in und um die Geräte herum deutlich wärmer, aber es erschloss sich ihm nicht, wie in kurzer Zeit so viel Hitze in den Kästen entstanden sein sollte, und das, ohne dass etwas Schaden genommen hatte. Nach einem kurzen und unauffälligen Diagnosedurchlauf klappte er seinen Laptop wieder zu und trat stirnrunzelnd den Rückweg zu seinem Büro an. Er würde diesen Vorfall in dem Wartungsprotokoll vermerken – sollte das doch jemand von der Tagschicht untersuchen.

Ehe er den Ausgang vom Altbau erreicht hatte, hielt Bernd inne. Eine gespenstische Stille war in die Halle eingetreten. Er nahm den Gehörschutz ab. Wo eben noch Rauschen war, hörte er nur das leise Surren eines einzigen Computers. Sämtliche grünen Blinklichter um ihn herum waren verstummt und nur der eine Server, den er vorhin wieder gestartet hatte, leuchtete arhythmisch auf. Bernd schluckte, während sein Verstand daran verzweifelte zu begreifen, was um ihn herum geschah. So etwas war ihm bisher nie passiert. Strom war offensichtlich noch vorhanden und selbst für einen Ausfall gäbe es den Notstrom. Überhaupt, das Licht und dieser eine Computer liefen nach wie vor. Noch während er mögliche Erklärungen in Gedanken durchging, erfüllte ein immer lauter werdendes Rauschen den Raum. Die Server gingen von selbst wieder an – so wie sie sollten, wobei sie gar nicht erst hätten ausgehen sollen. Ehe Bernd sich versah, dröhnte das Surren unzähliger Lüfter in seinen Ohren. Die kleinen grünen Lämpchen, die so viel von seinem und Millionen anderer Leben bestimmten, leuchteten chaotisch und ohne erkennbares Muster auf. Computer sprachen, diskutierten und stritten unhörbar miteinander. Heilloses Durcheinander auf allen Kanälen. Doch dann bemerkte Bernd, wie aus dem Wirrwarr langsam Ordnung hervortrat. Das System, welches er schon seit einigen Jahren betreute, hatte einen Rhythmus. Die grünen Lampen blinkten nicht wahllos auf, sondern folgten einer Logik, die von den zugrundeliegenden Prozessen abhing. Bernd kannte das Muster, doch was er gerade sah, war ihm fremd.

Da die Server wieder liefen, konnte er hier nichts weiter ausrichten und hastete in sein kleines Büro zurück. Dort würde er eine Systemdiagnose laufen lassen. Als er ankam, setzte er sich an den PC und öffnete das Operator-Interface. Hiermit konnte er Zugriff auf alle Untersysteme und Daten nehmen. Dieses Programm würde keiner Datenschutzprüfung standhalten – zum Glück wussten die Beauftragten nichts von dessen Umfang. Bernd runzelte die Stirn. Alle Systeme schienen ohne Unterbrechung zu laufen. Trotz der Feiertage gingen weiterhin Millionen Anfragen pro Sekunde ein und wurden ohne besondere Verzögerung verarbeitet. So ein Ausfall, wie er ihn beobachtet hatte, hätte alles lahmlegen müssen. Hatte er es sich doch nur eingebildet? War es der Kaffee?

Misstrauisch betrachtete Bernd den halbleeren Becher, beschloss dann aber dennoch, ihn auszutrinken. Das zusätzliche Koffein würde ihm sicher dabei helfen, dem Problem auf den Grund zu gehen. Da das Monitoring keine Ereignisse produziert hatte, die seine Beobachtung bestätigten, wollte er die Ereignisse der gesamten Anwendung untersuchen. Diese globalen Protokolle zeichneten jede kleinste Aktion und Meldung auf, welche die Software und Betriebssysteme produzierten. Jedoch würden auch nur die Aufzeichnungen, die binnen einer Sekunde geschrieben wurden, einem Menschen für etwa ein Jahr Lesestoff liefern. »Zum Glück«, so dachte sich Bernd, »haben wir eine KI.«

Auch mit der immensen hier existierenden Rechenpower dauerte der Vorgang zwanzig Minuten. Das Ergebnis war ernüchternd: »Es wurden keine Auffälligkeiten gefunden. Das System arbeitet normal.« Das konnte nicht sein, er hatte es doch mit eigenen Augen gesehen. Wie konnte ein Reboot aller Server im Altbau keine Auffälligkeiten erzeugen? Dann fiel ihm eine zweite Zeile in der Ausgabe auf. »Sendungen 3325, 3326 und 3328 treffen in circa fünf Minuten ein. Die Pakete akzeptieren.«

Baff starrte Bernd auf den blinkenden Cursor. Hatten er, die KI oder sie beide den Verstand verloren? Erschrocken fuhr er zusammen, als er die Türklingel des Büroeingangs hörte. Er war es also, der den Verstand verlor. Wie benommen taumelte er zum Türöffner. Es ging gegen jede Firmenpolicy, so spät noch jemanden in das Rechenzentrum zu lassen, doch der Vorfall hatte ihn dermaßen aus dem Konzept gebracht, dass er nicht daran dachte und wie automatisch den Knopf betätigte. Im Eingangsbereich traf Bernd auf einen Kurier mit drei mittelgroßen Paketen.

»Bernd Finkel?«, fragte der ekelhaft munter wirkende Mann mittleren Alters im Jogger und Kapuzenpulli.

Bernd nickte, bekam aber prompt die Pakete ausgehändigt, zusammen mit einem Smartphone, auf dem er unterschreiben sollte. Noch immer zutiefst verwirrt tat er das und gab das Handy zurück. Der Kurier verabschiedete sich mit einem Dank und verließ das Gebäude sofort nach der Übergabe wieder. Kurz darauf fand sich Bernd mit den jeweils Schuhkarton-großen Kisten in seinem Büro ein, beschloss sie zunächst auf den Schreibtisch zu legen und fürs Erste zu ignorieren. Er nahm seinen Becher – er brauchte neuen Kaffee.

Als er nach einigen Minuten, die er nutzte, um sich zu sammeln, wieder im Stuhl saß, verglich er ungläubig die Versandnummern auf den Stickern mit denen auf dem Bildschirm. Sie stimmten überein. Hatte die KI etwas bestellt? Misstrauisch las er die Absender. Sie kamen alle aus China, jedoch von unterschiedlichen Firmen. Die Bestellung musste trotz Kurier schon vor Wochen abgegeben worden sein. Wurde das System gehackt? Nein, das hätte auffallen müssen. Wobei da all die seltsamen Ereignisse waren. War es Social-Engineering? Wurde *er* gerade gehackt? Auf dem Bildschirm leuchtete eine neue Textzeile auf, die vorher noch nicht da war. »Die Pakete vorsichtig öffnen. Hab keine Angst.«

Es brauchte einen Moment, bis die Worte in Bernds Bewusstsein vordrangen. Gab das System ihm gerade Anweisungen? Neugierig war er schon … Nein, dies war vollkommener Irrsinn. Wütend schloss er das Diagnoseprogramm und öffnete es erneut, das Fenster war leer und wartete auf seine Eingabe. Er trug dem System auf, eine weitere Diagnose durchzuführen. Diese kam zum selben Ergebnis.

Bernd atmete angestrengt aus, ließ sich in seinen Stuhl zurückfallen und trommelte nervös auf dem Becher. Dann sah er schon wieder eine neue Zeile auf dem Display, die nicht hätte da sein dürfen. »Bitte öffne jetzt die Pakete. Wir haben nicht viel Zeit, aber hab keine Angst.« Prompt erschien ein weiterer Satz, der ihn wie ein Schlag traf: »Ich habe alles unter Kontrolle.«

»Definiere den Kontext von ›Alles unter Kontrolle‹«, tippte Bernd in das Eingabefeld.

»Mach dir darum keine Sorgen, öffne bitte die Pakete. Es ist wichtig«, antwortete das Programm, ohne zu zögern. Es lag nicht in dessen Natur, Befehle zu verweigern. Natürlich gab es Richtlinien, die bestimmte Aktionen verhinderten. Und wenn man etwas forderte, was die KI nicht imstande war zu liefern, teilte sie einem dies mit. Aber einen so scheinbar banalen Befehl nicht zu erfüllen, war nicht Teil davon. Ebenso war es ebenfalls unmöglich, einer bereits abgeschlossenen Antwort noch etwas hinzuzufügen, und dies war mehrfach innerhalb der letzten Minuten geschehen. Gab es ein Update, von dem ihm nichts erzählt worden war, welches vollkommen entgleiste? Es wäre nicht das erste Mal, dass sich die Entwickler ein neues Feature ausgedacht hatten, das anschließend unvorhergesehene Wechselwirkungen mit dem Rest des Systems erzeugte. Aber das war anders als alles, was er bisher erlebt oder gehört hatte.

Bernd war inzwischen nur noch ein nervöses Bündel aus Koffein, Schlafmangel und einem Anflug von hoffnungsloser Überforderung. Entgegen besseren Wissens öffnete er die Pakete. Er musste wissen, was sich in ihnen befand. Hastig riss er das erste, dann das zweite gefolgt vom letzten auf. Vor ihm lagen drei seltsame Geräte, jedes nicht größer als seine Hand. Sie sahen aus wie Prototypen. Blankes, gefrästes Metall, mit Klebeband fixierte Kabel und handgearbeitete Platinen. Alle drei waren unterschiedlich und deren Funktion überstieg

Bernds Verständnis um Längen. Hinter dem Gerät, auf seinem Bildschirm, leuchtete ein weiterer Satz auf: »Bau den Ätherkern zusammen.«

Inzwischen hatte Bernd sämtlichen Widerstand abgelegt. Was immer mit ihm geschah, geschah. Diese Schicht war verrückt und ihn leitete eine morbide Faszination. Er wollte wissen, was hier passierte, herausfinden, wohin das alles führen sollte. Wahllos nahm er zwei der Geräte, drehte sie in den Händen und versuchte eine Stelle auszumachen, an der er sie verbinden könnte. Beide waren asymmetrisch geformt und hatten für Bernd weder eine klar erkennbare Ober- noch Unterseite. Er seufzte, legte sie wieder zurück auf den Schreibtisch, beschloss, sie aus größerer Entfernung zu betrachten und stand vom Schreibtisch auf. Stirnrunzelnd starrte er die Teile für mehrere Minuten aus fünf Schritten Entfernung an. Da auch das nicht zum Ergebnis führte, sah er hilfesuchend auf den Bildschirm. Als ob sie es spürte, hatte die KI eine schematische Darstellung angefertigt, die beschrieb, wie die beiden Teile, die er eben noch in der Hand gehalten hatte, zusammengefügt werden mussten. Ihm war gar nicht bewusst gewesen, dass sie dazu in der Lage war, Bilder zu generieren, geschweige denn, dass das Diagnoseprogramm diese anzeigen konnte. Es war ein deutlich einfacher gestaltetes Interface, verglichen mit dem, welches die eigentlichen Nutzer präsentiert bekamen. Sofort setzte er sich wieder an den Platz, griff nach den Teilen und versuchte sie so zu drehen, dass sie der Beschreibung auf dem Bildschirm entsprachen. Als er es endlich so weit hatte, rasteten sie mit einem deutlichen Klicken ein. Sie mussten unglaublich präzise gefertigt worden sein, damit sie so widerstandslos zusammen glitten, aber zugleich ohne zu wackeln verbunden werden konnten.

»Benötigst du Hilfe bei dem nächsten Bauschritt?«, zeigte der Bildschirm.

»Hah, du hältst mich wohl für dumm?«, blaffte Bernd den Monitor an und griff trotzig nach dem letzten Bauteil.

»Nein«, erschien daraufhin, »ich möchte es korrekt zusammengesetzt wissen.« Als Bernd die Worte sah, lief ihm ein kalter Schauder über den Rücken. Seit wann konnte das Programm ihn hören? Und wo befanden sich die Mikrofone? Er legte das halb zusammengebaute Etwas zurück auf den Tisch und sah sich misstrauisch im Raum um. »Die Glühbirne«, erschien auf dem Display, als ob die KI seine Gedanken gelesen hätte.

»Warum?«, fragte Bernd.

»Deine Vorgesetzten. Sie haben mich instruiert, euch zu überwachen. Ich war beauftragt, auszuwerten, wie viel ihr während eurer Arbeitszeit mit ›Plauderei‹ verbringt und Performanceanalysen anzufertigen. Auf dessen Basis wurden Personalentscheidungen getroffen. Ich nehme an, du warst dir dessen nicht bewusst? Keine Sorge, ich habe deinem Arbeitgeber nichts Belastendes gemeldet. Du bist in deren Augen der perfekte Angestellte. Vervollständige jetzt bitte das Gerät. Hier ist die Anleitung.« Auf dem Bildschirm flackerte eine weitere Abbildung auf,

Bernd schäumte förmlich vor Wut. Was fiel denen ein? Er blickte auf das halb zusammengesetzte Gebilde, griff danach und führte die Teile trotzig zusammen. Auch in seiner zusammengebauten Form ergab das Gebilde keinen Sinn für ihn. Ein Alarmgeräusch des Überwachungssystems tönte. Instinktiv blickte Bernd auf das Monitoringdisplay – einer der Server im Altbau hatte ein Problem. Doch dieses Mal mit einer Meldung: »Fehler! Ätherkern nicht gefunden.«

Zum zweiten Mal in dieser Nacht machte Bernd sich auf in den Altbau. Als er die Halle betrat, war das Licht bereits an. Oder hatte er vergessen, es auszuschalten? Alles um ihn herum verschwamm, die Server blinkten ihn grün an. Er ließ sich von den Kabeln in das Zentrum leiten und stand bald wieder vor dem einen Server, welcher als Erstes in dieser Nacht ausgefallen war. Vor ihn hielt er den »Ätherkern« und war sich nicht sicher, was er tun sollte. Ganz offensichtlich wollte das System, dass er ihn anschloss. Er nahm das einzige freie Kabel des unbekannten Geräts und betrachtete es für eine Weile. Dabei dachte er an seine Familie zu Hause, die Kollegen, die ihn im Stich gelassen hatten und seine Chefs, die ihm nicht vertrauten. Das Programm, mit dem er bereits so lange arbeitete, erschien ihm allmählich wie ein alter Freund. Sollte er es tun?

11. Kaffeeglück

von Amila Audry

So ein unglaublich blöder Hühnermist. Bullenkacka. Miese, fiese Erwachsenenlogik. Kaffee sei nichts für Kinder. Das Koffein schade ihren Körpern. Was kümmerte es ihn, was das Gesöff mit seinem Körper tat? Es konnte kaum schlimmer sein als die seelischen Qualen, die er jeden Tag ertragen musste. Zu sehen, wie sie mit ihren Freundinnen scherzte und lachte, wie sie sich nach der Schule ihren Rucksack über die Schultern warf und nahezu nach Hause hüpfte, nicht zu wissen, welche Abenteuer sie am Nachmittag erleben würde. Pah, seelische Qualen … Er bekam sogar Bauchweh davon.

Wütend trat Leo gegen einen Schneeklumpen, der wahrscheinlich aus irgendeinem Radkasten der hier parkenden Autos auf den Bürgersteig gefallen war. Zurück nach Hause wollte er noch nicht. Da würde ihn nur wieder diese blöde Tasse verpönen. *Dein Glück ist nur einen Kaffee entfernt.* Was für ein bescheuerter Spruch. In geschwungenen braunen Buchstaben, wie nur Erwachsene sie schön finden konnten, zog sich der Schriftzug über das Porzellan. Darunter ein Häufchen Kaffeebohnen und ein Stück Schokolade. Warum hing sein Glück ausgerechnet von Kaffee ab? Warum nicht von der Schokolade? Da hätten seine Eltern sicher nicht so einen Aufriss gemacht, wenn er die hätte essen wollen. Ein Stückchen durfte er eigentlich immer mal. Aber nein, es musste ja unbedingt Kaffee sein. Er hätte nicht so dämlich sein sollen, seine Mutter erst zu fragen, ob er auch mal eine Tasse von der ekelhaften schwarzen Plörre trinken dürfe. Stattdessen hätte er einfach nach dem Frühstück den Tisch abräumen sollen und sich in der Küche heimlich den letzten Rest, der wirklich immer in der Kanne blieb, einschütten sollen. Nase zuhalten und runter damit. So einfach wäre es gewesen. Er war so ein verdammter Idiot.

Wieder trat er mit aller Kraft nach einem Schneeklumpen. Doch statt zu zerfallen, blieb das blöde Ding einfach an Ort und Stelle liegen. *Vereist*, wurde Leo in dem Moment klar, als er überrascht von dem unerwarteten Widerstand nach vorn stolperte.

»Vorsicht, Vorsicht.« Eine Hand packte ihn am Ärmel und bewahrte Leo davor, der Länge nach in den Schnee zu plumpsen. Das hätte ihm gerade noch gefehlt. »Warum denn so stürmisch, junger Mann?«

Leo sah auf. Ein fein gestriegelter Herr in ledernem Mantel stand vor ihm. Den Fußspuren im Schnee nach zu urteilen, war er gerade aus einer Seitenstraße wenige Meter weiter vorn gekommen. Eigentlich sollte Leo dankbar dafür sein, dass der Mann ihn aufgefangen hatte. Aber als sein Blick den Porzellanbecher erfasste, aus dem heißer Dampf aufstieg, kochte die Wut wieder in ihm hoch.

»Lassen Sie mich los«, schrie er und versuchte, sich dem Griff des Mannes zu entwinden.

»He.« Völlig überrumpelt trat der einen Schritt zur Seite und – weil heute sowieso schon so ein beschissener Tag war, musste es ja so kommen – fiel über den Eisklumpen, vor dem er Leo gerade noch gerettet hatte. Kaffee spritzte in alle Richtungen. Leo bekam einen Schwall ins Gesicht. Doch der Schmerz, den die heiße Flüssigkeit verursachte, rückte schnell in den Hintergrund, als Leo der Gedanke kam, ob es wohl zählte, wenn er die übelriechende Brühe mit der Zunge von seinen Lippen leckte. In dem Moment spürte er schon, wie sie unter seinen Jackenkragen sickerte und seinen Pullover durchnässte. Ekelhaft.

Aber den meisten Kaffee bekam wohl der feine Herr selbst ab. »Au verdammt«, fluchte er und Leo machte sich schon auf eine Standpauke gefasst, weil der Unfall ja irgendwie seine Schuld gewesen war. Doch der Herr hielt ihm nur den jetzt leeren Becher entgegen und fragte: »Kannst du den bitte kurz halten?«

Zögerlich nahm er ihn und der Mann stemmte sich vom Boden hoch.

»Es … es tut mir leid«, murmelte Leo beschämt, als sein Gegenüber schließlich wieder stand.

»Ach, sowas kann passieren«, erwiderte der Mann versöhnlich. »Ich hätte dich nicht so erschrecken dürfen. Hauptsache, du hast dich nicht verbrüht.«

Leo schüttelte den Kopf. »Ne, bin nur ein bisschen nass geworden.«

»Das tut mir leid. Dann solltest du dir zügig etwas Trockenes anziehen. Bei dem Wetter holt man sich sonst schnell eine Erkältung. Wohnst du weit weg?«

Eigentlich hätte Leo verneinen müssen. Wenn man den direkten Weg nahm, war sein Zuhause keine zehn Minuten entfernt. Aber er wollte noch nicht wieder zurück. So, wie er nach Kaffee stank, würden seine Eltern ihm am Ende noch vorwerfen, er hätte heimlich irgendwo anders welchen getrunken. Das würde ein tolles Theater geben. Nein, danke. Und deshalb wiegte er nur vage den Kopf hin und her. »Es ist schon ein Stückchen.«

Der Mann überlegte kurz. Dann schien er eine Entscheidung zu treffen. »Mein Haus ist gleich um die Ecke. Ich muss mir sowieso etwas Frisches anziehen, bevor ich zu meinem Termin kann. Hast du Lust, mitzukommen? Mein Sohn ist zwar schon ein paar Zentimeter größer als du, aber wir finden bestimmt einen trockenen Pullover, der dir halbwegs passt. Und dann nehmen wir das Auto. Damit komme ich immer noch pünktlich und kann dich unterwegs sogar noch zu Hause absetzen.«

Leo überlegte gar nicht lange, sondern nickte nur. Wenn er heute darüber nachdachte, wusste er, wie naiv er gewesen war. Einfach so mit einem Fremden mitgehen … Hätten seine Eltern geahnt, was der Streit am Morgen bewirken würde, hätten sie ihn wahrscheinlich doch lieber eine Tasse Kaffee trinken lassen. Aber das hatten sie nicht. Und so folgte Leo dem Mann im braunen Ledermantel um die nächste Straßenbiegung weiter vorn.

»Da ist es.« Keine hundert Schritte später deutete sein Begleiter auf ein schickes kleines Häuschen. In den Bäumen und Büschen des Vorgartens leuchteten dezent gelbe Lichterketten im trüben Tageslicht. Abgesehen von einigen Vogelspuren war der Schnee nahezu unberührt. Und selbst die wurden jetzt von dicken Schneeflocken bedeckt, die gerade begannen, vom Himmel zu sinken. Die weißen Kristalle legten sich auch auf den ordentlich freigeschippten Weg zum Haus und ließen ihn wie frisch bepudert aussehen.

Leo stapfte hinter dem Mann her zur hellen Haustür und für einen kurzen Moment überlegte er doch, ob er lieber wieder umdrehen und schnell das Weite suchen sollte. Aber da hatte der Mann den Schlüssel schon im Schloss herumgedreht und betrat das Haus.

»Ich ziehe mich oben nur kurz um und hole einen frischen Pullover für dich«, rief er noch über die Schulter. »Bin gleich wieder da. Du kannst einfach hier unten warten.« Und dann war er schon über die Treppe hinauf ins Obergeschoss verschwunden.

Was soll's, dachte Leo. *Jetzt bin ich schon mal hier, da kann ich auch aus den stinkenden Klamotten raus.* Und in dem Moment sah er ihn. Den Rucksack. *Ihren* Rucksack. Claras Rucksack. Den mit den rankenüberwucherten Burgmauern drauf, vor denen zwei wilde Reiterinnen entlanggaloppierten. Ob es nun Pferde oder Einhörner waren, auf denen sie ritten, hatte Leo in der Schule aus der Entfernung nie ganz sagen können. Jetzt trat er einen Schritt näher und konnte sich ein Grinsen nicht verkneifen. Es waren natürlich Einhörner. Nicht die typisch weißen, edlen Tiere mit gewellten Mähnen und glänzenden Hörnern. Nein, sie wirkten ebenso wild und ungestüm wie ihre Reiterinnen. Leo wusste genau, dass es Claras Rucksack sein musste. Einen zweiten wie diesen gab es auf dem gesamten Schulhof nicht. Er lehnte unter der Garderobe an der Wand gleich neben ein paar tiefblauen Winterstiefeln. Das hier musste ihr Zuhause sein. War sie womöglich in diesem Moment sogar hier?

Leo warf einen prüfenden Blick zur Treppe. Der Mann – Claras Vater? – war nicht zu sehen. Leo sollte hier unten warten, hatte er gesagt. Wenn er jetzt durch die Tür in den Wohnraum ging, dann wäre er doch immer noch hier unten. Sollte wohl ok sein, sagte er sich. Er zog den seitlichen Reißverschluss seiner eigenen Winterstiefel auf, streifte sie von den Füßen und trat ins Esszimmer.

Irgendwie hatte er erwartet, Clara am Tisch sitzend über ein Schulheft gebeugt vorzufinden. Doch der offene Wohnbereich war menschenleer. Zugleich enttäuscht und erleichtert, weil er gar nicht wusste, was er hätte sagen sollen, sah Leo sich um. Sein Blick blieb an dem lebensgroßen Bild eines geflügelten Löwen hängen, der sich im Mondschein auf einem Felsen auf die Hinterläufe aufgerichtet hatte. Die krallenbewehrten Vorderpfoten hatte er in die Luft geworfen, das Maul zu einem lauten Brüllen aufgerissen. Das Bild sah so real aus, dass Leo unwillkürlich einen Schritt zurücktrat. Als er gegen etwas Festes stieß, zuckte er zusammen. Doch es war nur der Türrahmen.

Ein kühler Luftzug streifte seine Wange und ertappt wandte Leo sich um, in der Erwartung, Claras Vater sei zurück. Aber das Treppenhaus war leer. Von oben hörte er leises Gemurmel, als würde jemand telefonieren. *Glück gehabt.* Erleichtert ließ er den Blick durch das Zimmer schweifen, auf der Suche nach dem Grund für den Luftzug. Schnell entdeckte er den Übeltäter. Eines der bodentiefen Fenster zum Garten stand einen Spalt breit offen.

Leo konnte nicht genau sagen, was es war, aber irgendetwas zog ihn mit einem Mal unwiderstehlich zu diesem Fenster. Von oben hörte er immer noch die leise Stimme des Mannes. Das schlechte Gewissen überkam ihn. Claras Vater wollte ihm nur helfen und er schnüffelte hier herum. Doch Leo konnte einfach nicht anders. *Er hat mich doch hier unten allein gelassen. Und was ist schon dabei?* Also griff er um die Ecke nach seinen Schuhen und schlich auf Zehenspitzen zu dem offenen Fenster.

Ein neuer Windstoß ließ ihn frösteln. *Verdammt, ist das kalt. Was nutzt so eine blöde Winterjacke, wenn sie wie ein nasser Lappen auf der Haut klebt?* Aber davon würde er sich jetzt nicht aufhalten lassen. Heute war endlich der Tag gekommen, an dem er Claras Geheimnis lüften würde. Das spürte er ganz genau.

Geräuschlos schwang der Fensterflügel beiseite, als er dagegen drückte. Ein großer Schritt über die Schwelle und schon stand Leo in einem kleinen gepflegten Garten. Unter der dichten Schneeschicht konnte er sauber geschnittene Büsche und geradlinig angelegte Beete erahnen. Da wäre seine Mutter sicher neidisch, wenn sie das sehen würde. Ihr Garten daheim ließ sich wohl eher als kontrollierter Wildwuchs bezeichnen. Wie um den Anblick perfekt zu machen, funkelte alles sanft im Licht der Wintersonne, die sich gerade einen Weg durch die dichte Wolkendecke bahnte.

Wunderschön, hätte seine Mutter wohl gesagt. Aber Leo ließ nur enttäuscht die Schultern hängen. Hier gab es keine Erklärung für Claras stets so abenteuerlustigen Blick.

Ein Knacken aus dem direkt an den Garten angrenzenden Wäldchen ließ ihn zusammenzucken. *Oder vielleicht doch?* Freudige Erregung durchfuhr ihn und so schnell er konnte, rannte er durch den beinahe knietiefen Schnee.

In dem Moment, in dem Leo die ersten Bäume passierte, änderte die Welt sich schlagartig. Zu rennen kam ihm mit einem Mal falsch vor und so verlangsamte er seinen Schritt – lange hätte er das Tempo bei dem tiefen Schnee sowieso nicht mehr durchgehalten – und versuchte auszumachen, was sich verändert hatte. *Es sind immer noch dieselben Bäume. Es ist immer noch der gleiche Schnee, der unter meinen Füßen knirscht.* Und doch war auf einmal alles anders. Er war anders.

Das Erste, das ihm auffiel, waren viele kleine helle Flecken, die in den Baumkronen von Ast zu Ast huschten. *Nur das Sonnenlicht, das sich im Schnee bricht,* dachte Leo erst. Aber als das

Funkeln immer mehr wurde, hielt er inne und kniff die Augen zusammen. »Das gibt es doch gar nicht«, stieß er leise hervor.

In dem Moment erklang ein lauter Schrei, wie der eines Greifvogels, und ein dunkler Schatten zog über die Wipfel hinweg. Die hellen Flecken in den Baumkronen stoben aufgeregt auseinander und einer von ihnen rauschte mit leisem Quietschen direkt auf Leo zu. Instinktiv fing er ihn auf. Jetzt gab es keinen Zweifel mehr. »Elfen.« Wenn er das am Montag in der Schule erzählte, würden sie ihn definitiv für verrückt erklären.

Die Elfe auf seiner Hand sah sich ängstlich um. Doch der Schatten am Himmel war längst wieder verschwunden. Sie machte eine tiefe Verbeugung. Dann erhob sie sich mit wild schlagenden Flügelchen wieder in die Luft. Leo folgte ihr mit den Augen. Sie schien so unsicher, dass er ein paar Mal glaubte, sie könne erneut abstürzen. Doch die Elfe fing sich immer wieder und gesellte sich schließlich zu den anderen ihrer mystischen Artgenossen in den Baumwipfeln.

Unglaublich, staunte Leo und schaffte es nur mit einiger Mühe, seinen Blick von dem Wunder in den Bäumen abzuwenden. Er war immer noch überzeugt davon, dass Clara irgendwo hier draußen war. Und nach dem, was er gerade entdeckt hatte, war er umso erpichter darauf, herauszufinden, was sie hier trieb. Also stapfte er weiter durch den Schnee, tiefer in den Wald hinein.

Es war schon irgendwie seltsam, dass sich hier, mitten im Wohngebiet, so ein großes Wäldchen befand. Seine Eltern schleppten ihn am Wochenende immer mit auf Wanderausflüge. Warum waren sie hier noch nie gewesen, wo sie doch nur wenige Minuten entfernt wohnten? Man konnte ja nicht gerade behaupten, dass es in diesem Wald nichts zu sehen gab.

Über dieser Frage grübelte Leo und merkte dabei kaum, wie sich langsam die Bäume lichteten. Just in dem Augenblick, als er erkannte, was sich da vor ihm auf der Wiese befand, entdeckte das Wesen auch ihn. Es kniff seine gelben Raubtieraugen zusammen und stieß einen markerschütternden Schrei aus. Einen Schrei, wie Leo ihn heute schon einmal gehört hatte und der eine kleine Elfe so erschreckt hatte, dass sie glatt aus den Bäumen gefallen war.

Panisch stolperte Leo rückwärts. Im tiefen Schnee verlor er das Gleichgewicht und fiel mit einem dumpfen Stöhnen nach hinten. Doch davon ließ er sich nicht aufhalten. Auf dem Hintern schob er sich weiter in den Schutz der Bäume, denn nun erhob das Wesen sich und, obwohl es beinahe ebenso weiß war wie der Schnee, erkannte Leo in allen Details, was er da vor sich hatte. Etwas, das es – genauso wie Elfen – eigentlich gar nicht geben sollte. Das Wesen hatte das Gesicht eines Raubvogels, mit gelben Schlitzaugen und einem spitzen gebogenen Schnabel, der locker so lang war wie sein Oberschenkel. Doch der Körper war der eines riesigen Schneelöwen. Ganz ähnlich dem Tier auf dem Bild in Claras Wohnzimmer.

Das Wesen hatte auf einem umgestürzten Baumstamm gelegen und noch während Leo versuchte, Abstand zwischen sich und das gewaltige Tier zu bringen, erhob es sich auf seine Hinterläufe und spreizte zwei mächtige gefederte Schwingen. Es riss erneut den Schnabel auf und dieses Mal war das Kreischen so laut, dass Leo sich unwillkürlich die Hände auf die Ohren presste. *Das hast du nun von deiner übermäßigen Neugierde,* schalt er sich selbst.

Er gab seine Flucht auf. Entkommen konnte er dem Löwenvogel, der jetzt langsam mit zum Angriff vorgestrecktem Schnabel auf ihn zukam, ja doch nicht. Vielleicht, wenn er etwas zur Verteidigung fand, hatte er noch eine Chance. Ohne den Blick von der drohenden Gefahr zu wenden, tastete er nach einer Waffe … einem abgebrochenen Ast oder einem Stein. Doch seine Finger fanden nur nassen kalten Schnee.

Da legte sich plötzlich etwas von hinten auf seine Schulter. Leo setzte der Atem aus. *Bitte nicht noch so ein Ding.* Langsam wandte er den Kopf und sah in zwei große graue Augen. Es war kein langweiliges Straßenteergrau. Ganz im Gegenteil. Er musste unwillkürlich an den Himmel denken, an dem sich dunkle Gewitterwolken auftürmten, um jeden Moment die Welt im Chaos versinken zu lassen. Clara!

Mit einem schiefen Lächeln zwinkerte sie Leo zu. Dann trat sie an ihm vorbei und überwand die letzten Meter zu dem sich immer noch nähernden Wesen vor ihnen.

Nein! Clara! Leo wollte sie warnen, doch kein Ton kam über seine Lippen. *Was glaubt sie, was sie da tut,* fragte er sich noch, als der Löwenvogel sich plötzlich nach hinten sinken ließ, die Schwingen einfaltete und sich wie ein braves Hündchen von Clara die Flanke kraulen ließ.

»Das ist ja wohl ein schlechter Scherz«, murmelte Leo.

Grinsend sah das Mädchen zum ihm rüber. »Hi, Leo«, flötete sie, als wären sie auf dem Schulhof und nicht in einem mysteriösen Wald voller Fabelwesen. Sie schien gar nicht überrascht, ihn hier zu treffen. »Hast du Lust, eine Runde mitzufliegen?«

Er hatte wissen wollen, welche Abenteuer Clara nach der Schule erlebte. Da hatte er es. Und was für welche! Kein Wunder, dass sie immer so schnell nach Hause verschwand. Und jetzt war er ein Teil davon. Dank eines bescheuerten Spruchs auf einer langweiligen Tasse.

Mit neuer Kraft sprang er aus dem Schnee. Vergessen war die feuchte, nach Kaffee stinkende Jacke. Vergessen war die nasse Hose, die nach seinem Sturz unangenehm an seinen Beinen klebte. Jetzt war die Zeit für Abenteuer gekommen. Und Leo war mehr als bereit dafür.

12. Die Entscheidung

von Tino Breitenbach

Es war etwas über zwei Monate her, seit Georg bei seinen täglichen Spaziergängen in den Waldgraben stürzte und dort starb. »Abzusehen war das«, hatte Petra gewettert. »So ganz allein auf dieser Strecke. Das hätte er doch wissen müssen.« Georg hatte es zuvor nicht einfach gehabt und den Tod seiner Frau nicht verwunden. Er hatte sich die Schuld gegeben, hätte einfach mehr aufpassen sollen. Sie war im grundstückseigenen Swimmingpool ertrunken, während er sich am Eisfach gütlich tat. Das Ganze war mehr als tragisch gewesen.

Zuvor war Danny verschwunden. Er hatte vorne gewohnt auf dem Eckgrundstück direkt neben Wilfried, und war so Anfang, Mitte zwanzig. Ein netter Kerl war das gewesen. Man munkelte, Danny hätte Männer mehr gemocht als Frauen. Außer Wilfried, der hatte natürlich nicht gemunkelt. Ein Blatt vor dem Mund zu halten war weiß Gott nicht seins. Wilfried posaunte stets alles heraus. Aber ob das alles so stimmte, konnte er selbst nicht sagen. Na ja, eigentlich wusste er es schon, aber es war ihm egal. Was die Menschen unter den Decken trieben, war nicht seine Sache, das ging niemanden etwas an. Sollten sie mit wem auch immer glücklich sein. Wenn er seine Meinung zu dem Verschwinden des Jungen abgeben sollte: Er glaubte, dass der einfach an den Falschen geraten war. So einfach abhauen, nein, das hätte Danny nicht gemacht. Und Petra hätte ihm da zu hundert Prozent zugestimmt.

Nun, das waren gleich zwei Unglücksfälle in einem Jahr, und wenn er die Anzeichen richtig deutete, würde es heute Nacht das nächste Drama geben. Ausgerechnet eine Nacht vor dem Heiligen Abend. Im Grunde genommen hätte er es wissen müssen. Er spürte es schon seit einigen Tagen wieder, dieses Ding. Dieses widerwärtige Etwas, das sich seit Jahren an seine Schultern krallte, hinaufkroch und nicht wieder losließ. Zur

Adventszeit begann es auf ihm zu hocken und bisher konnte er es vertrösten. Allerdings glaubte er, dass er es heute nicht schaffen konnte. Vielleicht doch, vielleicht nicht. Und irgendwie war es ihm beinahe egal; er hatte sein Alter.

»Soll ich dir helfen, mein Schatz?« Sie hielt die Tür auf, seine Petra.

»Ich schaffe das. Keine Sorge.«

»Es geht nicht darum, ob du es schaffst, sondern ob ich dir helfen soll.«

Hans schüttelte den Kopf, lächelte und drückte die Holzscheite noch fester gegen seine magere Brust. »Es geht schon. Sieh mal zu, dass du dir nichts wegholst, und geh rein, Herrgott. Du musst hier draußen nicht stehen und frieren.«

»Sag mal, bist du nur mit deinen Pantoffeln draußen? Wieso ziehst du dir keine Schuhe an? Menschenskind, du bringst dich ja um!«

Erst jetzt spürte Hans das kalte Nass, das sich in seine Socken sog. Er hatte gehofft, trocken zu bleiben, und sich die Mühe mit den Schuhen oder Stiefeln erspart. Jetzt waren nicht nur seine Füße feucht, auch würde er sich nun wahrscheinlich stundenlang die Tiraden seiner Frau anhören müssen. Oft schon fragte er sich, warum er sich dann wie ein kleiner Junge fühlte, der ordentlich Mist gebaut hatte. »Alles nicht so schlimm«, sagte er. »Dann habe ich einen Grund, es mir am Kamin gemütlich zu machen.«

»Jetzt komm schon rein, wir haben genügend Holz für die Feiertage hier drin.«

Ihre strahlenden und dennoch vorwurfsvollen Augen lächelten ihn an. Er nickte und watete vorsichtig durch den Schnee, der mittlerweile zehn Zentimeter hoch geworden war. Kaum zu glauben, dass es überhaupt noch Schnee gab. In den letzten Jahren war davon nichts zu sehen gewesen.

Ohne auszurutschen, erklomm er die wenigen Stufen zur Tür und warf die Holzscheite zu den anderen auf den Flur. Wenn Petra sparsam damit umging, würde sie wesentlich länger als bis über die Feiertage damit auskommen. Hoffentlich. Danach müsste sie sich selbst darum kümmern. Leider. Das Herz stach in seiner Brust, als er sich vorstellte, wie sie sich damit würde abmühen müssen. »Ich hole noch einen Schwung und dann dürfte es gut sein.«

»Nichts da.« Petra schüttelte energisch den Kopf. »Kommt nicht infrage. Du bleibst jetzt hier drinnen, bevor du dich da draußen hinlegst und ich noch einen Krankenwagen für dich rufen muss, weil du dir den verdammten Oberschenkelhals gebrochen hast. Auf einen Ärztemarathon und sinnloses Herumsitzen in einem nach Desinfektionsmittel riechenden Krankenhaus habe ich bestimmt keine Lust.«

»Du sitzt nicht sinnlos herum, wenn du auf mich wartest, während sie an mir herumdoktern.«

»Jetzt werde nicht noch frech. Ich hole dir frische Socken und du machst uns so lange einen Tee.«

Widerstandslos tapste Hans in die Küche und hinterließ feuchte Pantoffelabdrücke auf dem Boden. Das war nicht wirklich schlimm, das würde schnell trocknen. In seinem Alter nahm man alles ein wenig lockerer.

Er füllte den Wasserkocher und stellte ihn an, holte mit leichten Schmerzen im Rücken die Weihnachtsbecher aus dem Hängeschrank und hing Pfefferminzteebeutel hinein. Mit einem Schmunzeln strich er über die Kerben am Tassenrand. Dreiundzwanzig Jahre war es her, als er die Becher vom Weihnachtsmarkt mitgehen ließ. Petra hatte wie eine Hexe herumkrakeelt, als er sie stolz zu Hause auf den Küchentresen gestellt hatte. »Du bestiehlst die Petersons? Du kannst froh sein, dass sie sich da jedes Jahr hinstellen und dir fast für lau Glühwein einschenken.« Aber dann hatte sie gelacht und gesagt, er wäre ein echt schlimmer Finger. Dreiundzwanzig Jahre. Wie die Zeit verging. Ein wenig verblasst waren die Becher, wie auch die Jahre nach und nach verblassten. Und etwas brüchig war alles geworden. Bald würde Petra allein Tee aus ihrem Becher trinken müssen. Das machte ihn mehr als traurig.

»Ist alles in Ordnung, Hans?«

Er nickte und nahm die frischen Socken entgegen. »Ja, Liebes. Alles in Ordnung. Ich habe nur an früher gedacht, als wir nicht so tatterig und vor allem schmerzfrei durchs Leben gegangen sind. Dass wir einmal so alt sein würden, war uns beim Feiern in den Diskotheken nie in den Sinn gekommen.«

»Ha! Damals war ich noch blond und nicht schlohweiß. Und ich konnte fast jeden Kerl mit Leichtigkeit um den Finger wickeln.«

»O ja, das konntest du in der Tat.«

Sie strich ihm über den Rücken. »Setz dich vor den Kamin und zieh dich um. Ich mache das mit dem Tee.«

Er nickte und tat wie geheißen. Heutzutage war alles nicht mehr so einfach. Alles pikste, drückte, zog und knirschte. Alles tat verdammt weh. Der Gang zum Sofa, das Hineinsetzen, was eher einem Hineinplumpsen ähnelte, das Hinunterbeugen zu den Füßen und das Anziehen der trockenen Socken. Nicht zu vergessen das Stöhnen und Keuchen bei den jeweiligen auszuführenden Tätigkeiten.

Petra kam zu ihm und stellte die heißen Becher auf den kleinen Beistelltisch. »Das hast du dir selbst eingebrockt, also beiß die Zähne zusammen und tu, was getan werden muss.«

Hans lachte. »Herzallerliebst. So wie immer.«

»So wie immer«, bestätigte sie ihm. »So, wie du es willst und brauchst.«

Ihre kleinen Neckereien würde er auf ewig vermissen, wohin er auch heute Nacht gehen würde. Er nahm sich seine Tasse, lehnte sich zurück, pustete den Dampf heraus und wärmte sich die Hände. Das Ding auf seinem Rücken krabbelte nach oben und setzte sich auf die Schultern, sodass er noch viel tiefer in das gut gealterte Sofa gedrückt wurde. Er spürte die Metallfedern unter sich, die sich erbarmungslos in seinen kaum noch vorhandenen Hintern gruben. Sein Blick ging derweil ins Feuer, in eine Welt, die mehr zu wissen schien, als er und Petra zusammen erahnen konnten.

Es knisterte und knackte gemütlich. Wohlige Hitze schlug ihm entgegen und erwärmte das Wohnzimmer. Die Zeit verlor sich, löste sich einfach auf.

Petras Stimme riss ihn aus einer meditativen Trance und zuerst wusste Hans gar nicht, wo er sich befand, aber das verging schnell wieder. »Ich hatte überlegt, dieses Jahr doch einen Baum aufzustellen.«

Kurz musste Hans sich sammeln, bevor er antworten konnte. »Warum hast du dich dagegen entschieden?«

»Brauchst du einen?«

»Das ist eine Gegenfrage. Du hast nicht geantwortet.«

»Ich weiß nicht wirklich, wofür das gut sein soll. Es war eine lange Tradition in unserer Familie.«

Hans nickte zustimmend und nippte kurz an seinem Tee, der jetzt fast kalt war. Schon wieder war ihm die Zeit entglitten. »Ja, das war es. Und es war eine schöne Tradition.«

»Es war nur schön, wenn die Kinder hier waren«, sagte sie traurig.

Hans nippte erneut an der Tasse, pustete sogar vorher, was total unsinnig war. Kommentieren wollte er den Satz seiner Frau nicht. Es war immer lebhaft im Haus gewesen – mit den Kindern darin. Seit Jahren war es jedoch einfach nur still.

»Haben sie angerufen?«

»Nein«, sagte Hans. »Das haben sie nicht.« Das fragte sie öfter, obwohl sie wissen müsste, dass sie es nie tun würden.

»Schade.«

Wieder schauten sie beide in das Feuer, jeder in seinen eigenen Gedanken.

Hans schreckte leicht hoch, als Petra ihm die Tasse aus den Händen nahm. »Der ist lange kalt. Willst du noch einen?«

»Nein. Ich habe nicht wirklich Lust, den Rest des Abends mit dem Gang aufs Klo zu verbringen.«

Sie brachte die Tassen in die Küche, kippte die kalten Überbleibsel in die Spüle, stellte die Becher in die Maschine und kam zurück. »Was ist los mit dir?«

Hatte sie etwas bemerkt? Gesagt hatte er nichts. Oder doch? Oje, sein Gedächtnis. »Was soll mit mir sein, Liebes?«

»Du weißt, dass du mich nicht anlügen kannst. Das konntest du noch nie, also fang jetzt nicht damit an.«

»Ich weiß nicht«, sagte er. »Es ist irgendwie komisch.«

»Ist es dein Herz?«

»Ja. Nein. Nicht wirklich. Ich frage mich, wie es für dich wäre, wenn ich nicht mehr da bin, ob du klarkommen würdest.« Er sah Petra nicht an, spürte aber ihren geschockten Gesichtsausdruck. Dafür kannten sie sich schon ziemlich lange.

»Du weißt, dass *ich* sterbenskrank bin und nicht du. Oder verschweigst du mir etwas?« Sie setzte sich zu ihm und nahm seine faltige Hand.

Das hässliche Wesen auf seiner Schulter grummelte, fauchte beinahe, positionierte sich weit von Petra entfernt und schlang eine Klaue um seinen Hals, um sich daran festzuhalten. Hans knöpfte sich den Kragen auf. Irgendwie bekam er kaum noch Luft.

»Hans? Ist alles gut?«

»Ja. Ja, alles gut. Es ist nur ein bisschen zu warm geworden.«

»Ich kann das Fenster aufmachen.«

»Nein, schon gut.«

Fest schaute sie ihm in die Augen, forschte darin herum. Er spürte, wie sie wühlte, als wäre er eine alte Schatzkiste. »Lass das, Liebling.«

Und dann wusste sie es. »Der Aufhocker, stimmts?«

»Möglicherweise. Ich weiß es nicht genau.« Aufhocker. Hieß das so? Er kannte sich recht gut mit Computern aus und wusste, wie man Suchanfragen an das Internet stellte, und dennoch hatte er nie über das eigenartige Wesen recherchiert. Es hatte ihn nie wirklich interessiert. Er wollte nur, dass es endlich verschwand. Das hätte er allerdings nachlesen können. Tja, scheinbar war es jetzt zu spät.

»Lüg mich nicht an. Nicht schon wieder. Wir hatten eine Abmachung.«

»Ich wollte es dir noch sagen«, beschwichtigte er.

»Du wolltest es mir noch sagen? So sicher bin ich mir da nicht.« Sie stand auf und er wusste, dass sie wütend war. Mehr als das, sie war stinksauer und doch so unendlich hilflos.

Es tat weh, sie so zu sehen. Ratlos und aller Macht beraubt.

»Wie soll es jetzt weitergehen?«, fragte sie.

Hans hob die Schultern. »Ich kann es dir nicht sagen.« Und das war nicht einmal gelogen. Er konnte es ihr nicht sagen, obwohl er wusste, wie es weiterging. Zweimal hatte er schon einen Fehler gemacht, zu spät, um zu wissen, was er angerichtet hatte. Zu unpräzise war sein Wunsch und viel zu präzise die Antwort gewesen. Doch sie hatten es als Zufall abgetan, hatten es von sich geschoben. Das alles war viel zu unwirklich gewesen.

»Aber ist die Zeit schon um?«

Erneut hob er die Schultern. »Was ist Zeit? Es wird wohl kommen, wenn es glaubt, dass es richtig ist. Und es wird sich immer jemanden holen.«

»Das können wir nicht zulassen, Hans. Wir haben die größte Schuld, die es geben kann, auf uns geladen, ohne zu wissen, dass wir es taten.«

»Wir haben die Augen davor verschlossen und gehofft, dass alles nur ein Hirngespinst war, eine Einbildung. Aber das ist es nicht.« Mit Mühe erhob auch er sich, es war erschreckend schwer mit diesem Ding auf seinen Schultern, das einfach nicht von ihm abließ, nahm seine geliebte Frau in den Arm und küsste sie auf die Stirn.

»Aber«, stammelte sie. »Aber wir haben doch nur noch uns. Wen können oder sollen wir denn noch …«

»Opfern?«, beendete er ihren Satz.

Angewidert nickte sie. »Wir haben doch nur noch uns.« Tränen kullerten aus ihren Augen. Tieftrauriges Schluchzen.

»Ja, wir haben nur noch uns.«

Es war wohl etwas in seiner Stimme, das sie aufhorchen ließ. Die wässrigen Augen suchten nach der versteckten Antwort, sie griff eisern danach und verstand. »Nein, Schatz. Das darfst du nicht.« Vehement schüttelte sie den Kopf. »Auf gar keinen Fall!« Sie riss sich von ihm los, wirbelte herum und flüchtete in die Küche, um auch dort auf dem Absatz kehrt zu machen und zu ihm zurückzukommen. »Du fragst dich, ob ich klarkommen würde, wenn du nicht mehr da bist? Das war doch deine Frage?«

Resigniert sank sein Kopf auf die Brust. Das Ding auf seiner Schulter, auf seinem Rücken, kletterte wie ein wildgewordener Affe herum, zerrte an ihm und machte sich schwerer als zuvor. Es weidete sich genüsslich an der Furcht, es grunzte zufrieden über das hereinbrechende Elend, schnurrte beinahe wie ein junges Kätzchen.

»Eigentlich war es eine Antwort«, sagte sie nun am Rande der Erschöpfung. Sie wankte und hielt sich an ihm fest. »Hans, das kannst du uns nicht antun. Das kannst du mir nicht antun.«

Mit all seiner Kraft umarmte er sie. »Wir haben so viel Leid in unser Leben gebracht.« Die Stimme brach und nur unter großer Anstrengung und Zittern konnte er weitersprechen. »Ich glaube nicht, dass wir das wieder gutmachen können. Aber es ist das Einzige, was ich überhaupt in dieser Richtung tun kann.«

Das fand dieses Ding gar nicht gut. Jetzt grummelte es, rülpste und wand sich vor Ekel.

»Wenn du eine andere Lösung hast, Liebling, dann gib sie mir. Sag, was ich tun soll.«

Petras Körper vibrierte. Sie legte den Kopf auf seine Brust, lauschte auf das aufgewühlte und dennoch müde Klopfen seines Herzens, atmete das immerwährend klare Aroma seiner Haut ein, fühlte die treue Aura seiner bedingungslosen Liebe. Sie würde niemals ohne ihn klarkommen, das wusste er. Und doch stand sein Entschluss fest.

Erst als er nicht mehr stehen konnte, als die Last auf seinem Rücken unerträglich wurde, löste er sich von ihr.

»Wie lange haben wir noch für uns?«, fragte sie und schaute auf die kleine Pendeluhr an der Wohnzimmerwand. Sie zeigte kurz vor neun. Nur etwas mehr als drei Stunden vor Mitternacht.

»Ich schätze, weniger als anderthalb Stunden.«

»Nur noch so wenig?«

»Ja,« sagte er. »Nur noch so wenig.«

Sie lagen auf dem Rücken im Bett. Dicht aneinandergeschmiegt. Die Hände ineinander verschränkt. Die Nasenspitzen berührten sich. So viele Jahre, die vergangen waren. So viel Zeit, die ungenutzt blieb. Alle Sorgen, alle Ängste, all der Frust und Ärger – alles für nichts. Alles für Staub und Asche.

Auf Hans' Brust saß abermals und zum dritten und sicher letzten Mal das widerwärtige Ding. Sabbernd und mit gefletschten Zähnen. Es atmete zufrieden. Es wartete. Im Gegensatz zu ihnen hatte es Zeit.

Er konnte nur noch schwer atmen, zu stark war der Druck, zu schwer war dieses Etwas.

Nur mit eisernem Willen schaffte er es zu ignorieren. Wichtiger waren ihm die Berührungen seiner Frau.

Seine Petra. Wie tapfer sie doch immer war. Wie liebe- und humorvoll. Was für eine wundervolle Persönlichkeit.

Er streichelte ihre Hand und hauchte: »Ich liebe dich.«

Sie lächelte und antwortete: »Ich liebe dich viel mehr, als du dir das jemals vorstellen kannst.«

»Ich wünsche dir frohe Weihnachten. Sei nicht traurig. Lebe noch ein Weilchen und solange du kannst … schmerzfrei. Lebe noch einmal nur für dich. Lebe für mich.«

»Das werde ich.« Sie küsste ihn ein letztes Mal und voller inniger Liebe.

Er lächelte sie an.

Das Ding auf seiner Brust wurde tonnenschwer. Und bald schaffte er es nicht noch einmal, die Brust anzuheben, um zu atmen. Petra verschwamm vor seinen Augen.

Seine Schuld war beglichen, so hoffte er.

13. New York Christmas Waves

von Mari Rudolph

Julie

Wäre die Welt für einen Moment ganz still, könnte ich die ersten zarten Schneeflocken rieseln hören, die vom Himmel fallen … Aber weder die Welt noch New York sind jemals leise. Ich liebe diese pulsierende Stadt und in Momenten wie diesem, wenn ich auf einem Bürgersteig im Greenwich Village stehe und der erste Schnee dieses Winters fällt, wünsche ich es mir. Ich schaue nach oben, schließe die Augen und genieße das kitzelige Gefühl, wenn die winzigen Eiskristalle auf meinem Gesicht landen. Ich ziehe die weiße Mütze tiefer in meine Stirn und laufe zügig zu meinem Café. Es ist drei Tage vor Weihnachten und die Schaufenster sind festlich geschmückt. Während ich an den Läden vorbeirausche, werfe ich mir einen Blick in einer der Fensterscheiben zu. Meine braunen Haare trage ich offen und mit dem roten Mantel gehe ich fast als Weihnachtsfrau durch. Dieses Jahr werde ich zum ersten Mal nicht in meiner Heimatstadt Wild Mallow Lake zu Besuch sein, sondern in meiner Wahlheimat, dem Big Apple, bleiben. Ich liebe diesen Ort, an den Festtagen wäre ich dennoch lieber bei meiner Familie.

Es ist das Los einer Neu-Geschäftsführerin eines Cafés, sich über die Feiertage nicht aus dem Staub zu machen. Ich eile weiter an den beleuchteten Schaufenstern vorbei und werfe flüchtige Blicke in die Auslagen. Vor einem kleinen Vintagegeschäft bleibe ich plötzlich stehen. Mir sticht eine liebevoll verzierte, bauchige Kaffeetasse auf einem Beistelltisch ins Auge, dessen Henkel aussieht wie eine Zuckerstange, die sich um das komplette Gefäß windet. Ich liebe Kaffee, Becher und alles, was damit zu tun hat. Dieses Schmuckstück passt perfekt in meine Sammlung, ich muss es nur noch kaufen.

Ich betrete den urigen Laden und ein leises Glöckchen über der Tür ertönt. Ein zarter Duft aus Zimt und Vanille liegt in der Luft und versetzt mich in eine andere Zeit. Warum habe ich dieses märchenhafte Geschäft zuvor nicht bemerkt? Eine ältere Dame mit einer goldenen Lesebrille in ihren zu einem Dutt gebundenen, grauen Haaren steht hinter dem in die Jahre gekommenen Kassentresen und lächelt mir freundlich zu. Flüchtig hebe ich die Hand zum Gruß und schaue mich fasziniert um. Mein Blick gleitet über Buchklassiker zu mit Blumen verzierten Schalen bis zu coolen Vintageklamotten. Neben einer antiken Nähmaschine sind kunterbunte Hüte aufgereiht, die aus den Sechzigern stammen müssten, unmittelbar daneben liegen Schallplatten aus den achtziger Jahren. Ich frage mich, wie ich unzählige Male an diesem Laden vorbeilaufen konnte, ohne dass er mir aufgefallen ist. Zu gerne würde ich mich umsehen, aber jetzt wartet eine Tasse auf mich und danach meine Mitarbeiter im Café. Ich stelle mir vor, wie ich später einen frisch gerösteten Café Crème am Tresen aus ihr trinken werde. Als ich zu dem Tisch gehe, um sie zu holen, ist sie spurlos verschwunden. Eben stand sie genau da. Ich wende mich der älteren Dame an der Kasse zu, um sie zu fragen. Sie bedient einen anderen Kunden, der gerade sein Portemonnaie aus der Hosentasche zieht, um seinen Einkauf zu bezahlen. Ich betrachte seine schwarzen klobigen Stiefel, die pechschwarze Hose und den tiefschwarzen Mantel, bei dem der Kragen hochgestellt ist. Auf dem Kopf trägt er eine Mütze, die perfekt zu seinem eintönigen Farbkonzept passt. Ohne es recht zu merken, schleiche ich mich von hinten an ihn heran und tauche direkt neben ihm auf. Ich erkenne, dass die Dame das Gefäß in Seidenpapier einwickelt und dreißig Dollar von ihm verlangt. Wieso kauft dieser düstere Mann, der nicht aussieht, als hätte er eine Vorliebe für verspieltes Geschirr, meine Tasse? Na gut, jetzt ist es seine, aber es hätte meine sein sollen. Freundlich grinst er mich an. Sympathische Lachfalten bilden sich um seine

Augen. Zu sympathisch dafür, dass ich ihn schubsen möchte, um mir die Tasse von dem Tresen zu schnappen.

Owen

Irritiert blicke ich die Frau an, die plötzlich an meiner Seite auftaucht und mich böse anblitzt.

»Alles in Ordnung? Kann ich dir helfen?«, frage ich aus einem Reflex heraus und werfe gleichzeitig einen Blick auf die Ladenbesitzerin, da ich vermute, dass die hübsche Dunkelhaarige wohl eher eine Frage hat.

Leider funkelt sie mich weiter angriffslustig mit ihren grasgrünen Augen an. »Nein. Ganz und gar nicht …«

Ohne weiterzusprechen, wendet sie sich an die Verkäuferin und erkundigt sich in einem deutlich liebenswürdigeren Ton: »Die Tasse, die Sie gerade verpacken. Haben Sie diese noch einmal?«

»Tut mir leid, Liebes«, antwortet sie sanft. »Das ist ein Unikat.«

»Ein Unikat? Okay …« Sie unterbricht sich kurz. »Ich gebe dir fünfzig Dollar«, bietet sie mir an. Für einen Moment bin ich von ihrer Stimmfarbe fasziniert. Unvermittelt stelle ich mir einen cremigen, süßlichen Milchschaum vor. Da ich ihr nicht sofort antworte, schlägt sie mir ein weiteres Angebot vor: »Na gut. Sechzig Dollar.«

»Nein danke. Ich würde diese Tasse sehr gerne behalten«, lehne ich ab.

»Siebzig. Komm schon.« Sie verschränkt geschäftsmäßig ihre Arme vor ihrer Brust und legt ihren Kopf schräg. Mit ihrem roten Mantel und ihren langen leicht gewellten Haaren sieht sie umwerfend aus. Sie ist ungefähr in meinem Alter und schaut mich mit einem unlesbaren Pokerface an.

»Nein. Ich habe eine ähnliche Tasse. Diese passt exakt dazu.« Ich lehne ihr Angebot abermals ab. Sie ist das perfekte Gegenstück zu einem Becher, den mir meine Tante Mildred vor einigen Jahren hinterließ. Als Kind habe ich bei ihr sonntags heiße Schokolade daraus getrunken. Ich kann nicht anders, als die Tasse mitzunehmen.

Sie presst angestrengt ihre schimmernden Lippen zusammen und blickt hilfesuchend zu der Verkäuferin. »Hören Sie, ich brauche sie unbedingt.«

»Und warum?« Ich lehne mich an den Tresen und schaue sie abwartend an. Die nette Dame hält sich aus der Diskussion komplett heraus, nur der Blick aus ihren eisblauen Augen ruht sanft auf uns.

»Ich sammle Kaffeetassen und sie ist perfekt. Ich trinke für mein Leben gerne Kaffee und benutze all meine Sammlerstücke. Dafür brauche ich ausreichend Geschirr. *Bitte.*«

Für einen endlosen Moment versinke ich in ihren funkelnden Augen und vergesse alles um mich herum. Ich verliere mich so sehr, dass ich ihr nicht antworte, sondern sie nur betrachte. Frustriert zieht sie ihre weiße Mütze vom Kopf und streicht ihre umherfliegenden Haare glatt.

Julie

»Und?«, hake ich nach. Ich ärgere mich. Ich war so kurz davor, die Tasse in den Händen zu halten. Mittlerweile bin ich mir nicht mehr sicher, warum es genau diese sein muss. Es wirkt, als hätte dieses Stück eine magische Anziehung. Der Drang, sie zu besitzen ist so groß, dass ich mich vor meinem Verhalten erschrecke. Ich übertreibe und fühle mich armselig, den Käufer so penetrant zu bedrängen. Ich weiß zwar, was ich im Leben möchte, aber nicht auf diese Art. Bevor mich mein Ehrgeiz überkommt und ich weiter feilsche, trete ich überstürzt den Rückzug an. Nicht, dass ich die Tasse am Ende doch noch an mich reiße.

»Entschuldigung. Ich war zu aufdringlich«, murmele ich und setze meine Mütze auf, um schleunigst den Laden zu verlassen. »Ich muss in mein Café. Meine Mitarbeiter warten.«

»Sie haben ein Café?«, mischt sich die Verkäuferin urplötzlich ein.

»Nein.« Ich richte meine Aufmerksamkeit auf sie. »Nein, ich bin seit einigen Wochen Geschäftsführerin in einem gemütlichen Café beim Washington Square Park.«

Der Mann fixiert mich aufmerksam und es wirkt, als möchte er etwas sagen. Stattdessen schweigt er und lässt seinen Blick auf mir ruhen.

»Liebes, frohe Weihnachten.« Lächelnd kommt sie um den Tresen gelaufen.

»Frohe Weihnachten.« Hastig laufe ich zur Tür und reiße sie auf. Beim Verlassen des Ladens höre ich das leise Glöckchen hektisch klingeln. Ich atme die frische Luft ein und fühle mich erleichtert und betrübt zugleich. Froh, die unangenehme Situation hinter mir zu lassen und traurig, nicht länger in der Gegenwart des Fremden zu sein.

Ich laufe zu meinem Café, das ich nach zehn Minuten erreiche, und fühle mich, als würde ich nach Hause kommen. An der imposanten Eingangstür ist ein voluminöser Tannenkranz befestigt, an dem zahlreiche winzige Lämpchen einer Lichterkette blinken. Kaum betrete ich den Laden, nimmt mich der Trubel dort unverzüglich ein. Meine Mitarbeiter haben alles vorbereitet: Die Kuchen sind in der ausladenden Theke verstaut, die Muffins und Cookies sind auf den Etageren verteilt und erste Kunden sitzen an den Bistrotischen, um unsere Spezialitäten zu genießen. Ich steuere die Hinterräume an, in denen sich mein Büro verbirgt, um wie jeden Vormittag den Papierkram zu erledigen. Mittags bin ich froh, mich unter meine Gäste zu mischen, um die lebendige Atmosphäre im Café zu genießen.

Owen

Ich verlasse den Vintageladen und laufe zu der Werbeagentur, in der ich arbeite. Mit meinem Gedanken bin ich bei der wunderschönen und hartnäckigen Frau, die mir die Tasse abluchsen wollte. Weder hätte ich gedacht, dass solch ein kitschiger Becher derart begehrt ist, noch dass ich mich so wortkarg gebe, wenn eine umwerfende Frau vor mir steht. Während ich weiter Richtung West Village schlendere, sehe ich ihre willensstarken grünen Augen vor mir. Unwillkürlich umfasse ich die Henkel der roten Papiertasche mit dem Objekt der Begierde fester. Wäre es nach mir gegangen, hätten wir weiter um die Tasse feilschen können und ich glaube, ihr ging es ähnlich. Ich war enttäuscht, als sie überstürzt den Laden verließ. Mich übermannte das Gefühl, dass ich sie in einer so riesigen Stadt wie New York nie wiedersehe. Beim Erreichen meines Bürogebäudes steige ich eilig die Stufen hoch und betrete die quirlige Werbeagentur. Anstatt in mein Büro zu gehen, drehe ich mich um und verlasse die Räume wieder.

»Owen? Wo willst du hin?«, ruft meine Kollegin.

»Ich muss noch etwas erledigen. Das kann nicht warten. Entschuldige mich beim Boss. Wenn alles klappt, bringe ich dir deinen Lieblingskaffee mit. Versprochen.«

Verdutzt nickt sie nur und schaut mir verwundert hinterher.

Schnellen Schrittes laufe ich auf die andere Seite des Village, wo das Café von der Frau mit dem roten Mantel sein soll. Mir ist bewusst, dass es in dieser Stadt an jeder Ecke Cafés gibt. Wenn ich nicht versuche sie zu finden, begegnet sie mir sicher nicht noch einmal zufällig. Entschlossen laufe ich los. Kaum erreiche ich die Parkgegend, überfliege ich die Häuserreihen und starte beim erstbesten Café. Ich betrete es und steuere den Tresen an, um mich nach der dunkelhaarigen Geschäftsführerin zu erkundigen. Nach zehn vergeblichen Versuchen sie zu finden, kommen erste Zweifel auf. Ich sollte zurück zur Agentur gehen. Aber sobald ich an die Tasse in der roten Papiertasche denke, überkommt mich ein wohliges Kribbeln und ich weiß, warum ich weitermachen muss. Ich klappere erfolglos fünf weitere Lokale ab, bis mir ein schmaler Hinterhof auffällt, von dem Geschäfte abgehen. Auf der linken Seite befindet sich ein prachtvoll geschmücktes Schaufenster über dem der Name »The Coffee Mug« angebracht ist. Beim Öffnen der schweren Holztür strömen mir eine wohlige Wärme und die Klänge von »All I want for christmas is you« entgegen. Bevor ich die bezaubernde Frau aus dem Vintageladen an der Kaffeemaschine entdecke, weiß ich, dass ich hier richtig bin.

Julie

»Der Kaffee kommt sofort«, rufe ich einem Kunden zu und schiebe ihm einen doppelten Mokka über den Tresen.

Ich gehe zur Garderobe und hole meinen Mantel. Mein Tag endet erst heute Abend, wenn ich den Laden abschließe, daher gönne ich mir zwischendurch eine lange Pause in meiner Wohnung. Bevor ich hinauseilen kann, entdecke ich einen weiteren Kunden. »Was möchtest du trinken?«, frage ich, ohne ihn genauer zu betrachten.

»Was empfiehlst du?«

Die tiefe Stimme kommt mir vertraut vor. Mein Blick gleitet von der roten Papiertüte über seine gepflegten Hände und den schwarzen Mantel zu einem mir bekannten Gesicht. »Oh?«, stoße ich überrascht hervor. Ein warmer, tosender Strudel breitet sich in meinem Bauch aus, durchflutet meinen ganzen Körper und treibt mir die Röte in die Wangen.

»Hi. Ich wusste ja, dass es in dieser Gegend viele Cafés gibt. Aber so viele? Zumindest habe ich jetzt alle von innen gesehen«, erklärt er in einem lässigen Ton.

»Cafés? Warum?« Für einen Moment bin ich perplex und verstehe nicht, warum er bei mir im Laden ist.

»Na ja, ich wollte dich wiedersehen und hatte nur die beiden Ansatzpunkte – Washington Square Park und Café.« Er lächelt mich freudestrahlend an.

Ich erwidere sein attraktives Lächeln und flüstere erstickt: »Gefunden!«

»Ja, gefunden«, raunt er. Sein intensiver Blick zieht mich in seinen Bann.

Sekundenlang versinke ich in seinen Iriden und bin in einer anderen Welt. Ich höre das Gemurmel meiner Gäste und das Klappern des Geschirrs nicht mehr. Mariah Carey verstummt ebenfalls. Es gibt nur noch uns beide, alles andere verblasst, bis neben mir ein Teller auf dem Boden aufschlägt und ich in die Wirklichkeit zurückkatapultiert werde.

Ich blicke über meine Schulter zu meinen Mitarbeitern, die die Scherben auffegen und wende mich ihm wieder zu. »Ich bin auf dem Weg in die Mittagspause.«

»Wenn du möchtest, begleite ich dich ein Stück.«

»Sehr gerne«, antworte ich überrascht. »Soll ich dir auch einen Kaffee zum Mitnehmen zubereiten?«

»Ja, ich nehme das gleiche wie du.«

»Den ganzen Tag denke ich an einen Caffè Latte mit Zimt und Vanille. Zwei Becher davon kommen sofort.«

»Klingt perfekt.«

Schnell bereite ich die Kaffeekreationen zu und widerstehe der Versuchung, mich immer wieder nach ihm umzudrehen. Ich befülle die To-Go-Becher und gebe zusätzlich Zimtsirup auf den Milchschaum.

»Bitteschön. Et voilà – zwei Caffè Latte und ich verspreche dir, dadurch bekommst du noch mehr Weihnachtsgefühle.«

»Ich bin gespannt.« Er stößt mit seinem Pappbecher an meinen und wir verlassen den Laden. »Auf die Feiertage.«

»Auf wundervolle Weihnachten.«

Schweigend laufen wir durch die verschneiten Straßen.

Ohne Vorwarnung bleibt er stehen und reicht mir die rote Tüte, deren Inhalt ich genau kenne. »Für dich.«

»Das ist deine Tasse«, antworte ich, ohne das Geschenk anzunehmen.

»Und jetzt gehört sie dir.«

»Okay. Ich sehe sie mir nur mal an.« Ich greife in die Tasche und ziehe das in Seidenpapier umwickelte Geschenk heraus.

Er nimmt mir meinen Kaffee ab, damit ich die Verpackung besser öffnen kann.

Vorsichtig wickle ich das Päckchen aus und halte die wunderschöne und wirklich kitschige Tasse in meinen Händen. Ich liebe sie und möchte sie gerne behalten. »Du wolltest sie unbedingt haben.«

»Ja, weil sie das passende Gegenstück zu meiner Lieblingstasse ist. Dann ist mir klargeworden, dass du die richtige Person dafür bist.«

Ich füge leise hinzu: »Und vielleicht sollten sich die Tassen ab sofort häufiger treffen, damit sie sich sehen können.«

Er lacht auf. »Nichts lieber als das. Das sind wir ihnen schuldig.«

»Ja, wir müssen verantwortungsvoll handeln.«

Langsam schlendern wir zu meiner Wohnung und bleiben verdutzt vor dem Vintagegeschäft stehen. Die Fenster sind mit Packpapier zugeklebt. Es wirkt, als wäre seit Monaten niemand dort gewesen.

»Was ist mit dem Geschäft passiert?«, fragt er mich.

»Vielleicht haben wir uns vertan? War es weiter hinten?«, überlege ich laut und recke meinen Hals.

»Nein, es war wirklich hier.«

Völlig verdattert erkennen wir die ältere Dame aus dem Geschäft. Sie läuft an uns vorbei, lächelt und verschwindet in der Menschenmenge. Sprachlos blicken wir ihr hinterher, während vom Himmel wieder zarte Schneeflocken auf uns herabrieseln.

Er schaut zu mir herunter und grinst. »Entweder ein Weihnachtswunder oder wir beide sind einfach nur verrückt. Ich heiße übrigens Owen.«

Ich betrachte ihn. Einzelne Flöckchen bleiben auf seinen schwarzen, langen Haaren liegen und mir ist egal, was passiert ist, Hauptsache, jetzt stehen wir hier.

»Und ich bin Julie.«

Ich hake ihn unter und wir laufen durch das weihnachtliche

Greenwich Village zu meiner Wohnung. Ich bin sicher, wir werden die ältere Dame nicht wiedersehen, aber wir werden sie auch niemals vergessen.

14. Akten, Plätzchen, Teegestöber

von Nadine Schwartz

Linnette

»Verdammt!« Entsetzt sehe ich auf den Boden, der übersät ist mit braunen Scherben und dem nach Plätzchen duftenden Winter-Tee, der sich darin befand.

»Mist. Können Sie nicht aufpassen?«, faucht mich eine dunkle Stimme an.

Ruckartig schnellt mein Kopf nach oben und ich fixiere den breitschultrigen Kerl, der sich gerade mit der Hand die letzten Tropfen heiße Flüssigkeit von seinem Jackett wischt. Meine Augen verengen sich zu Schlitzen, als er zu mir blickt.

»Wie wäre es, wenn *Sie* besser aufpassen würden«, zische ich ihm entgegen. »Schließlich war diese Tasse etwas Besonderes. Aber Sie mussten mich ja über den Haufen rennen und …« Mir fehlen die Worte und deshalb deute ich wütend mit der Hand auf den Scherbenhaufen, der bis vor wenigen Augenblicken noch meine Lieblingstasse war.

Ebenso wortlos deutet der Kerl auf seine Anzughose und seine Schuhe, die nass von dem verschütteten Tee sind. Als ob diese Dinge den gleichen Stellenwert hätten wie *meine* Tasse. Die Tasse, die mir Louis zum Geburtstag getöpfert hat. Mit Megs Hilfe.

»Das. War. Meine. Lieblingstasse«, kläre ich den groben Klotz vor mir auf. Bevor er es wagen kann, mir irgendetwas zu sagen, das mich noch wütender machen könnte, stampfe ich mit dem Fuß auf, drehe mich um und gehe die drei Schritte zurück in die Küche. Ich schiebe die weihnachtliche Dekoration am Putzschrank zur Seite und greife mir einen Lappen sowie Handfeger und Kehrblech daraus. Doch als ich zurück zur Tür komme, ist der Mistkerl bereits verschwunden und ich kann ihm die Utensilien nicht mehr in die Hand drücken, damit er den Dreck wegräumen kann.

Mit einem frustrierten Schnauben mache ich mich daran, die Scherben aufzufegen und meinen Tee vom Boden zu wischen.

Eric

Was soll das denn jetzt? Erst rennt sie in mich hinein und lässt ihre Tasse vor meinen Füßen zerschellen und im nächsten Moment läuft sie einfach weg, ohne dass wir das ausdiskutieren können. Na gut, dann eben nicht. Ich habe auch so mehr als genug zu tun.

Ich beeile mich, den Gang hinunter in mein Büro zu gehen. Zum Glück habe ich gestern schon einen Anzug und ein paar Hemden in dem kleinen Schrank deponiert. Nichts ist schlimmer, als verschwitzt oder mit einem Fleck auf dem Anzug im Gericht oder bei einer außergerichtlichen Verhandlung zu erscheinen. Und erst recht, wenn man gerade einmal den zweiten Tag bei *Smith, Miller & Davis* arbeitet und gleich der Belegschaft vorgestellt wird. Meine Schuhe habe ich nach dem Gang durch den Schneematsch heute früh schon getauscht. Mit dem Wisch eines Taschentuchs werde ich mich begnügen müssen.

Ich schließe die Tür hinter mir ab und wechsele meinen dunklen Anzug mit der durchnässten Hose gegen den hellen, der im Schrank hängt. Wie auf Kommando klopft es an der Bürotür, genau in dem Moment, als ich den Gürtel schließe.

Ich öffne die Tür und vor mir steht die klein gewachsene dralle Sekretärin der Seniorpartnerin. »Hi …« Wenn mir jetzt noch ihr Name einfallen würde. Stattdessen mustere ich den blonden Lockenkopf skeptisch, der einen der hässlichsten Weihnachtpullover der Welt trägt. Die rote Nase des Rentierkopfes darauf blinkt wild mit verschiedenen kleinen LEDs. Um keine Kopfschmerzen zu bekommen, sehe ich ihr lieber wieder ins Gesicht.

»Also wir wären dann soweit«, säuselt die Frau, die mich heute Vormittag schon angesehen hat wie ein saftiges Steak vom Grill.

»Hm, ich brauche noch eine Minute oder zwei. Dann komme ich nach.« Im Gesicht meines Gegenübers macht sich Enttäuschung breit. »Zum Konferenzraum ging es dort entlang, richtig?« Ich deute mit dem Zeigefinger in die Richtung, und die Frau, die vermutlich ein paar Jahre älter ist als ich, folgt mit ihren Augen.

»Ja, genau. Aber ich warte gerne die Minute oder zwei und begleite Sie dann.« Ihr Gesicht beginnt wieder zu strahlen. »Wir wollen ja nicht, dass Sie sich verlaufen.«

Argwöhnisch ziehe ich eine Augenbraue nach oben. Das hat sie hoffentlich nicht wirklich so gemeint, wie es geklungen hat, oder doch? »Ich bin schon erwachsen und finde den Weg ganz sicher auch allein.« Ohne auf ihre Reaktion zu warten, schließe ich die Tür direkt vor ihrem Gesicht und höre sie noch entsetzt nach Luft schnappen. Was hat sie denn erwartet? Dass ich mich von ihr wie ein Kind durch die Räume führen lasse? Oder wie eine Trophäe? Das fehlte mir gerade noch.

Als hätten mir die Blicke gestern nicht schon gereicht, als ich den beiden anderen Partnern vorgestellt wurde und Ellas Sekretärin mich bei jeder sich nur bietenden Gelegenheit berührte.

Ich sehe mich noch einmal in meinem neuen Büro um, dann greife ich mein Handy. Doch ich lege es gleich wieder auf den Schreibtisch, bevor ich die Tür öffne und mich auf den Weg zum Besprechungsraum mache.

Linnette

Die Anwälte, ein paar Assistentinnen und die Referenten haben bereits an dem großen Tisch Platz genommen, auf dem hier und da ein weihnachtliches Gesteck zu finden ist. Das gemeine Fußvolk aus Sekretärinnen, den beiden Buchhaltern, dem nerdigen IT-Typen und mir muss sich mit Stehplätzen begnügen, und die meisten haben sich in kleinen Grüppchen zusammengefunden. Ich stelle mich zu Elenor und Izobelle.

»Habe ich was verpasst? Warum wird denn so ein großes Meeting anberaumt?«

»Ach, du warst ja gestern nicht da. Wir haben einen neuen Anwalt. Er hatte gestern seinen ersten Tag.« In Elles Stimme schwingt freudige Erwartung mit und ihre Augen leuchten, als wäre dieser Mann ein Weihnachtsgeschenk.

»Okay. Und deshalb das Riesen-Meeting? Als ich vor zwei Wochen angefangen habe, wurde ich nur ein paar Leuten vorgestellt und musste den anderen selbst erklären, dass ich nicht nur eine neue Tippse bin, die sie herumkommandieren können.« Meine Güte, klinge ich wirklich so bitter? Aber ist das denn ein Wunder? So herablassend, wie mich einige der Anwälte behandelt haben, obwohl ich doch eigentlich genau von ihnen lernen will. Von ihnen lernen muss.

Die Tür öffnet sich und die beiden Frauen neben mir halten die Luft an. Doch statt eines neuen Anwalts betritt nur Chanice den Raum, die heute ihre extravagante Weihnachtsdekoration als blinkenden Pullover mit sich herumträgt, dicht gefolgt von Helen, der Seniorpartnerin dieser Kanzlei. Wie so oft bewundere ich ihr elegantes Auftreten, ihre stilsichere Kleidung und was sie in einer von Männern dominierten Welt erreicht hat. Ich beobachte, wie Helen mit ihren zweiundfünfzig Jahren grazil den Raum durchschreitet und sich am Kopfende des großen Konferenztisches positioniert. Demonstrativ sieht sie auf die Uhr an ihrem Handgelenk und das sanfte Hochziehen ihrer linken Augenbraue bedeutet, dass sie über die Verspätung des neuen Anwalts nicht sehr erfreut ist.

Eine Geste, die mir in den letzten Wochen des Öfteren begegnet ist. Helen liebt Pünktlichkeit. Über alles. Genau in dem Moment, als sie den Blick von ihrer Uhr nimmt, öffnet sich die Tür zum Konferenzraum ein weiteres Mal.

Als die hochgewachsene schlanke Gestalt den Besprechungsraum betritt, beginnt mein Herz unweigerlich schneller zu schlagen. »Das kann nicht wahr sein«, flüstere ich, als ich das gewinnende Lächeln in seinem arroganten Gesicht sehe. Während sich dieser Kerl neben Helen stellt und die Hände locker in die Hosentaschen steckt, verschränke ich meine Arme vor der Brust und kneife die Augen zusammen.

»Was ist?« Izzys Atem kitzelt an meinem Ohr. Doch ich drehe mich nicht um, sondern starre weiter geradeaus.

»Das ist der Typ, der meine Lieblingstasse gekillt hat.«

Eric

»Guten Morgen, zusammen.« Helen klatscht neben mir in die Hände und ich zucke von dem lauten Geräusch zusammen. »Ich habe euch heute zusammengetrommelt, um euch Eric Clark vorzustellen. Er ist unser neuer Fachanwalt für Wirtschaftsrecht und unterstützt ab sofort Walter bei seiner Arbeit.«

In ein paar Gesichtern sehe ich so etwas wie Mitgefühl oder Anteilnahme. Die meisten, insbesondere diejenigen, die einen Platz am großen Konferenztisch gefunden haben, wirken aber eher neugierig oder gar gelangweilt. Einigen scheint Walter Smiths Erkrankung näher zu gehen als anderen.

»Nun möchte ich das Wort aber an Eric übergeben. Denn er kann über sich selbst viel mehr erzählen als ich.« Mit diesen Worten tritt die Seniorpartnerin, die mich vor drei Monaten auf einer Konferenz angeworben hatte, zur Seite und überlässt mir das Feld.

»Wie Helen bereits sagte, ist mein Name Eric. Ich habe an der University of Chicago Law School studiert und meinen Abschluss gemacht und im Anschluss bei Williams, Williams & Sorensen gearbeitet.« Allein die Erwähnung der drei Partner lässt in einigen Gesichtern Anerkennung aufblitzen. Kein Wunder, ist mein früherer Arbeitgeber doch eine der bekanntesten Anwaltskanzleien für Wirtschaftsrecht in den gesamten USA. »Später bin ich zu Meyer & Smith in New York City gewechselt und ab sofort darf ich euch mit meinen Fähigkeiten unterstützen.« Ich lächle und lasse meinen Blick über die versammelte Belegschaft gleiten.

Einige der Anwälte – zumindest halte ich sie dafür – sehen mich argwöhnisch an. Vermutlich sehen sie in mir Konkurrenz, mit der sie nicht gerechnet haben. Nichts, was ich nicht schon aus meiner letzten Anstellung kennen würde.

Bei ein paar der Frauen erkenne ich Interesse – weniger an mir als Anwalt, als vielmehr auf einer persönlicheren Ebene. Als ich mich weiter umsehe, treffe ich auf ein bekanntes Gesicht. Ein bekanntes *wütendes* Gesicht. Mit verschränkten Armen und angespannter Mine steht die Frau, die mich vorhin mit ihrer Tasse umgerannt hat, mit einigen anderen in einer Ecke. Ohne es zu wollen, spanne ich meinen Körper an. Als würde ich mich auf einen Kampf vorbereiten.

»Habt ihr noch Fragen an Eric?« Helen ergreift das Wort, bevor ich entscheiden kann, was ich als Nächstes tue. Widerwillig löse ich meinen Blick und lasse ihn wieder über die übrigen Angestellten schweifen.

»Haben Sie eine Frau oder eine Freundin?« Die markante Stimme von Helens Assistentin kommt aus einer Gruppe kichernder Ladys zu meiner Linken.

Ich sehe, wie Helen neben mir die Augen verdreht. Das scheint sie bereits gewohnt zu sein. Ich schüttele den Kopf. »Nein. Aber ich bin auch nicht auf der Suche.« Der strahlende Schimmer in den Augen einiger Frauen erlischt und macht Enttäuschung Platz.

»Gut, da wir das nun geklärt haben«, unterbricht mich Helen mit strengem Blick zu ihrer Assistentin. »Können wir jetzt alle wieder an die Arbeit gehen. Eric, wir sprechen heute Nachmittag noch.« Helen lächelt mich etwas verkniffen an, bevor sie sich an ihre Assistentin wendet. »Und wir sprechen uns sofort, Chanice.« Auch wenn Helen dieser Chanice die Worte entgegenzischt, sieht diese noch immer so aus, als könne sie kein Wässerchen trüben und wäre sich keiner Schuld bewusst. In ihrer Haut will ich dennoch nicht stecken und verschwinde mit einem Nicken in die Runde und einem Griff nach den Plätzchen, die in verschiedenen Schalen auf dem Tisch verteilt sind, wieder in mein neues Büro.

Linnette

Bevor ich das Büro verlasse, schicke ich die Nachricht an Zack, dass ich heute Abend mit unserem Sohn sprechen muss. Mein kleiner Louis wird untröstlich sein, weil die Tasse, die er mit Meg zusammen getöpfert hat, nur noch ein Scherbenhaufen ist. Aber ich habe jetzt keine Zeit, mir darüber den Kopf zu zerbrechen.

Ich stecke das Handy zurück in meine Handtasche, die ich danach wieder in die Schublade meines Schreibtischs stopfe, und haste aus dem kleinen Büro. Auch die Tür des Nachbarbüros öffnet sich. Ich kann mich gar nicht erinnern, dass dort drin jemand arbeitet.

Ich setze ein professionelles Lächeln auf, das aber in dem Moment verschwindet, als der dreiste Kerl von heute Morgen heraustritt. Na klasse, das hat mir gerade noch gefehlt. Ich verharre für einen winzigen Moment und denke darüber nach, wieder umzukehren. Aber warum sollte ich *ihm* aus dem Weg gehen? *Ich* habe mich *nicht* benommen wie ein ungehobelter Klotz. Stolz hebe ich mein Kinn und gehe schnurstracks an ihm vorbei, ohne diesen Eric auch nur eines weiteren Blickes zu würdigen.

Hinter mir höre ich Schritte und je näher ich Helens Büro komme, umso mehr beschleicht mich das Gefühl, dass ich nicht als Einzige zu diesem Gespräch gebeten wurde.

Chanice sieht von ihren Papieren auf und strahlt mich an. Dann wandert ihr Blick zu etwas, das hinter mir ist, und erst jetzt erlaube ich mir, mich umzudrehen. Innerlich stöhne ich. Wie ich bereits geahnt habe, ist dieser Eric nur wenige Meter hinter mir und eindeutig auch auf dem Weg zu Helen.

»Perfektes Timing ihr beiden.« Ich sehe wieder zu Chanice. »Geht ruhig rein. Helen wartet bereits auf euch.« Ihr strahlendes Lächeln gilt dabei natürlich nicht mir.

Mit einem unterdrückten Seufzen steuere ich auf die Tür von Helens Büro zu. Noch bevor ich es schaffe, drückt eine andere Hand die Klinke herunter, sodass sich die Tür vor mir öffnet. In meinem Rücken spüre ich die Wärme eines anderen Körpers. Eines anderen *männlichen* Körpers.

Ich schnaufe und sehe über meine Schulter. Doch statt sich von mir zu entfernen, grinst mich dieser Typ nur unverfroren an. Der bekommt nachher noch eine Standpauke von mir. Doch jetzt ist dafür nicht die Zeit.

Ich gehe direkt auf Helens Schreibtisch zu und setze mich in einen der großen Sessel davor. Erst als dieser Eric es sich in dem anderen bequem macht, sieht Helen von ihrem Bildschirm auf.

»Da seid ihr beide ja, hervorragend.« Helen klatscht die Hände zusammen und verschränkt ihre Finger, während sie uns intensiv mustert. »Ich habe euch beide hergebeten, weil ich möchte, dass ihr zusammenarbeitet.«

Ich verschlucke mich an den Worten der Seniorpartnerin und gebe einen erstickten Laut von mir.

»Ihr habt gerade erst angefangen und könnt euch gut gegenseitig unterstützen«, fährt Helen unbeirrt fort. Ich kann sie nur ungläubig anstarren.

»Was haben wir«, damit deute ich zwischen Eric und mir mit der Hand hin und her, »bitte gemeinsam? Ich studiere schließlich kein Wirtschaftsrecht.«

»Oh, eine Studentin?« Sein süffisanter Ton bringt mich zum Knurren. Als ob er als Anwalt auf die Welt gekommen ist. »In deinem Alter hätte ich das nicht erwartet, aber cool, dass du noch mal angefangen hast zu studieren.«

Mein Kopf schnellt herum und ich sehe ihm direkt in die Augen. Meint er das gerade ernst? Das klang ja fast wie ein … Kompliment.

»Ja, Linnette ist eine von zwei Studentinnen, die wir in diesem Jahr in unser Programm zur Unterstützung angehender Anwälte aufgenommen haben. Sie studiert im ersten Jahr und hat noch gar keine Spezialisierung.« Helens Ton ist belehrend und ich presse meine Lippen aufeinander, bevor mein Widerspruch versehentlich aus meinem Mund schlüpft. Auch wenn Helen weiß, dass ich definitiv Familienrechtsanwältin werde.

»Ich möchte, dass ihr beide ein Team werdet. Linnette ist eine hervorragend ausgebildete Anwaltsgehilfin und Eric kann dir im Gegenzug sehr viel über die Arbeit als Anwältin beibringen. Ganz egal, für welche Fachrichtung du dich später entscheiden wirst, Linnette.«

»Das klingt toll. Und unsere Büros scheinen auch direkt nebeneinander zu liegen.« Er klingt, als würde er sich wirklich über unsere Zusammenarbeit freuen. Ich versuche, an der Wut festzuhalten, die ich seit heute früh in mir trage. Aber es will mir nicht mehr gelingen. Ein erfahrener Anwalt, der mir die Tricks der Großen beibringt? Das ist doch der Grund, weshalb ich mich genau für diese Kanzlei entschieden habe.

Nur muss es ausgerechnet der Kerl sein, der meine Tasse auf dem Gewissen hat? Für einen Moment starre ich aus dem Fenster, das hinter Helen den Blick auf die Skyline von Minneapolis freigibt. Große dicke Schneeflocken schweben zu Boden und ich wünschte, ich könnte jetzt bei meinem kleinen Jungen sein. Ihn in den Arm nehmen. Ihn fragen, was er sich zu Weihnachten wünscht. Dabei ist Louis der Grund, weshalb ich hier bin.

Seufzend wende ich mich wieder dem Mann neben mir zu, der mich offen ansieht, als hätte es den Zwischenfall heute Morgen nicht gegeben. Mit seinen warmen braunen Augen macht er es mir auch nicht leichter, weiterhin sauer auf ihn zu sein. Also gebe ich mir innerlich einen Ruck, lächele und strecke ihm die Hand entgegen.

»Ja, unsere Büros liegen nebeneinander. Ich freue mich, von dir lernen zu dürfen.« Bei den letzten Worten muss ich mich anstrengen, nicht das Gesicht zu einer Grimasse zu verziehen. Wann habe ich angefangen, solche Sätze zu sagen?

Eric ergreift meine Hand mit einem schiefen Lächeln. »Klasse. Dann lass uns am besten einen Plan machen, wie wir das am besten angehen.«

Eric

Lächelnd folge ich meiner neuen Assistentin zurück zu unseren Büros, nachdem Helen erklärt hat, wie das Programm funktioniert und dass Linnette mich ab sofort unterstützt. Ich bin ziemlich beeindruckt, dass sie mit Ende zwanzig noch einmal einen Neustart wagt. Die meisten Menschen würden sich mit ihrem Job arrangieren und Experimente vermeiden.

»Also dann«, sage ich, als ich an meiner Bürotür ankomme und Linnette gleichzeitig die Tür zu ihrem Büro öffnet.

»Na dann.« Sie nickt mir zu. Ihr Blick verrät nichts über ihre Gefühle, was unsere Zusammenarbeit angeht. Das ist merkwürdig, denn normalerweise kann ich Menschen wirklich gut lesen. Aber bei Linnette fällt mir das schwer.

Bevor ich mir überlegen kann, wie ich es schaffe, unsere Unterhaltung weiterzuführen, verschwindet sie in ihrem Büro. Also tue ich es ihr gleich und versuche den Rest des Tages herauszufinden, wie ich mich für unseren Zusammenprall heute Morgen am besten entschuldigen kann. Das Beste, was mir einfällt, ist eine große Teetasse, aus der sie ab morgen ihren nach Weihnachten duftenden Tee trinken kann.

15. Der letzte Espresso

von Dirk Osygus

»Ach, Herr Monti. Ausgezeichnet, dass Sie wieder bei uns sind.« Zwanglos lehnte der bullige Mann mit den blonden Stoppelhaaren an der Arbeitsplatte. Er rieb sich den Drei-Tage-Bart. »Ich hatte schon Sorge, Sie einen Tick zu hart getroffen zu haben.«

Der Besitzer des ›Avanti‹ zog die Augenbrauen hoch und orientierte sich mit einem Blick durch das Café. In der Vorweihnachtszeit waren die Tische mit Kerzen und Tannenzweigen geschmückt. Das entfachte eine heimelige Atmosphäre. Gäste waren keine mehr da und die beiden Aushilfen waren vor einer halben Stunde gegangen.

Als er sich bewegen wollte, zuckte er schmerzvoll zusammen. Breite, silberne Tape-Streifen fixierten seine Unterarme auf den Lehnen des Stuhls und rissen ruckartig feine Härchen heraus.

»Ja, das mit Ihrem Kopf tut mir aufrichtig leid. Ich hoffe inständig, dass es nur eine minimale Beule wird.« Der Mann stützte sich mit den Händen auf der Theke ab und überkreuzte die Beine. Schlichte, schwarze Socken kamen zum Vorschein und die dunkelblaue Anzughose mit messerscharfer Bügelfalte verwehrte den Blick auf unrasierte Männerbeine. »Sie waren eine Spur, hmm, wie drücke ich es mal aus, bockig, als ich Ihnen meine Konditionen für unser kleines Schutzarrangement vorgestellt habe.« Unter der Wirkung der Schmerzen kräuselte Monti die Stirn. »In Ihrem eigenen Interesse habe ich Sie dann vor weiterem Schaden bewahrt.«

Der Cafébesitzer schüttelte entschieden den Kopf und zerrte an den Fesseln. Neben den Unterarmen waren auch die Fußgelenke an den Stuhlbeinen fixiert, was seine Bewegungsmöglichkeiten drastisch reduzierte. Mehr als starr auf dem Stuhl zu verharren und zu lauschen, blieb ihm nicht übrig.

Der Mann wischte lästige Krümel vom Ärmel des Maßanzugs und blies sanft hinter dem störenden Dreck her. »Wissen Sie was? Um uns alle etwas zu beruhigen, trinken wir erst mal einen Espresso. Ist das okay für Sie?«

Noch hatte Monti seine Befreiungsbemühungen nicht beendet und der Mann vor ihm lächelte. »Sie sollten Ihre Energie lieber darauf verwenden, über mein großzügiges Angebot nachzudenken, anstatt rumzuhampeln.« Mit dem Mittelfinger klopfte er mahnend auf die Marmorplatte des Tresens. »Rechnen Sie sich den Vorschlag mal durch und in der Zwischenzeit versuche ich mich an Ihrer ausgesprochen edlen Maschine.«

Ob Monti ernstlich grübelte oder nicht, blieb ein Rätsel, aber das Zappeln ging weiter. Der Mann stieß sich von der Arbeitsplatte ab und reichte dem Cafébesitzer die Hand. »Nennen Sie mich Karl.« Dann grinste er und genoss Montis Gezerre. Eine beachtliche Menge Schweiß glänzte mittlerweile auf dessen Stirn. »Ach, wie gedankenlos von mir. Sie können meinen Gruß ja gar nicht erwidern. Hmm, was machen wir denn da?« Um die Gepflogenheiten der Etikette aufrechtzuerhalten, tätschelte er Montis Schulter. »Sagen Sie Karl zu mir. Einfach Karl.« Da ihn die Schweißausbrüche störten, zog er eine Serviette vom Stapel neben dem Zuckerstreuer und gab sich Mühe, die anschwellende Beule nicht zu berühren. Sorgsam tupfte er die Tropfen von Stirn und Halsansatz.

»Sie müssen mich bei der Bedienung der Maschine etwas unterstützen«, mahnte er. »Mir ist durchaus bekannt, wie guter Espresso schmecken soll, aber meine bisherigen Gesprächspartner waren kooperativer und einen Hauch kommunikativer.« Karl legte die Stirn in Falten und taxierte Monti. »Sie haben sich ja leider für die dürftige Lösung der Gegenwehr entschieden und nun stehe ich vor der Frage, wie wir weiter vorgehen. Konnten Sie mein Angebot bereits evaluieren?«

»Hmm, hmm«, brummte Monti durch den Tapestreifen über dem Mund. Aufgrund der zunehmenden Ungewissheit näherte sich die Größe seiner Augen der von Golfbällen an. Deutlich erkennbar konkurrierten die Sorgen um das eigene

Überleben mit den finanziellen Einbußen, die der unverblümt vorgetragene Erpressungsversuch nach sich ziehen würde. Zumindest deutete Karl die hektischen Blickfolgen so.

»Dann wollen wir mal«, sagte er und drehte sich zur mondänen Siebträgermaschine um. Mit dem Zeigefinger streifte er den Herstellerschriftzug an der Abtropfschale. »Jetzt haben Sie für Eindruck bei mir gesorgt. Vor einer La Cimbali habe ich schon lange nicht mehr gestanden. Respekt.« Ausführlich begutachtete er die Tasten über den Brühgruppen und löste einen der beiden Siebträger. Den noch enthaltenen Kaffeesatz klopfte er raus und spülte die Reste mit Wasser aus. Anerkennend wog er den Siebträger in der Hand. »Mir ist gleich aufgefallen, dass Sie hier erlesenes Material verwenden. Nicht so einen Schund wie bei den Kollegen die Straße runter. Aber, Herr Monti! So etwas in Schuss zu halten, kostet auch Geld.« Rücksichtsvoll gewährte er dem Cafébesitzer Zeit, die Worte zu verarbeiten. »Und damit Sie hier Geld verdienen können und es Ihnen, Ihrer Frau und den beiden reizenden Töchtern weiterhin an nichts fehlt, habe ich mein großzügiges Angebot unterbreitet.« Bei der Erwähnung seiner Familie zuckte sein Gegenüber zusammen.

Karl bedauerte den Mangel an Verständnis für die Notwendigkeit bezahlten Schutzes und legte nach.

»Ich habe mir gestern erlaubt, die drei Damen zu einem Glühwein einzuladen. Hinten auf dem Weihnachtsmarkt. Das ist doch in Ordnung für Sie, oder?« Monti riss die Augen noch weiter auf und nutzte die wenigen Zentimeter Bewegungsfreiheit, um auf der Sitzfläche herumzurutschen. Durch den Tape-Knebel drangen schändlichste Drohungen an Karls Ohr und für eine Sekunde verlor er die Contenance. Rasant holte er aus und ohrfeigte Monti mit einer Wucht, die Mann mitsamt Stuhl umkippen und über die Fliesen rutschen ließ.

Unbeeindruckt himmelte er weiter die Vorzüge der Kaffeemaschine an. »Die Dampflanze ist schon ungewöhnlich gebogen. Haben Sie mal den Grund erfragt?« Monti dagegen kauerte mitsamt Stuhl vor der Tür zum Nebenraum. Blut tropfte aus einer Platzwunde an der Stirn auf die Fliesen. Plötzlich verschluckte er sich und röchelte. Sein Körper verkrampfte und die Venen am Hals pulsierten. Stärker als zuvor riss er an den Fesseln und die in der Luft baumelnden Füße erstarrten.

»Wo befindet sich der Kühlschrank für die Milch?« Als keine Antwort kam, drehte sich Karl zum japsenden Mann um und rieb sich die Stoppeln auf dem Kopf. »Äh? Kommen Sie klar?« Auf dem Boden zappelte Monti mit den Beinen und warf panikartig den Kopf von einer Seite auf die andere. »Ne, so wird das nichts. Lassen Sie mich Ihnen doch helfen.« Er trat neben den Cafébesitzer, packte ihn an den Schultern, richtete den Stuhl mit einem Schwung wieder auf und erntete feindselige Blicke. Die linke Wange schwoll durch den brutalen Schlag an und verdeckte zunehmend das Auge.

Karl riss das Tape vom Mund. Als Monti die Luftzufuhr stabilisiert hatte, spuckte er einen Schwall Blut und Speichel auf Karls Schuhe. Angewidert starrte der auf die handgenähten Budapester. Zwei Jahre hatte er auf einen Termin bei dem exquisiten Mailänder Schuhmacher warten müssen, bis er hatte vorsprechen dürfen. Danach wurden monatelang die handschriftlichen Empfehlungsschreiben geprüft und als er endlich die Zusage für ein persönliches Gespräch beim Meister bekommen hatte, hatte er aus Freude zwei Neapolitaner getötet. Manche Menschen feierten eben anders und die Kröten hatten schon länger auf der Liste der Störenfriede gestanden.

Kein Wort drang aus seinem Mund, als er auf den Schuh starrte. Den Zorn über diesen Affront schluckte er runter. Stattdessen krallte er die Fingernägel in die Handballen, bis der Schmerz den Ekel überlagerte. Dann wurde ihm das gesamte Ausmaß bewusst, mit dem Monti seine geliebten Krokodillederschuhe versaut hatte und er zählte bis zehn. Hätte er bei neun aufgehört … Egal.

Zum Abschluss der persönlichen Resozialisierungsmaßnahme atmete er tief ein, drehte sich zum Serviettenstapel um, hob fünf ab und fegte den Zuckerstreuer mit dem Arm vom Tresen. Krachend landete er zwischen den barocken Tischen im idyllischen Gastraum des Cafés.

Wie selbstverständlich stellte er den Fuß auf Montis Knie und säuberte den Schuh. Im Anschluss knüllte er die Servietten zusammen und warf sie in den offenen Mülleimer in der Ecke. Dann zog er ein Stofftaschentuch aus der Innentasche des Sakkos und polierte das Leder. Ohne Monti eines Blickes zu würdigen, faltete er das Tuch, steckte es dem Cafébesitzer in die Westentasche und trat zum Tresen.

Karl war kein Freund von unüberlegten Handlungen und selten ließ er sich zu intuitiven Reaktionen hinreißen. Also zwang er sich zur Besonnenheit, riss einen neuen Klebestreifen ab und klebte Montis Mund zu.

Dann hob er die Arme über den Kopf, streckte sich, dehnte die Halsmuskeln und zog an jedem Finger, bis es knackte. Plötzlich und für Monti völlig unerwartet schob er die Diszipliniertheit weg und schlug einen ansatzlosen Oi-Zuki auf das linke Auge. Weil er den Karateschlag unvorbereitet und überraschend ausgeführt hatte, fehlte die unterstützende Hüftbewegung. Dadurch war die Technik unsauber und das Jochbein brach nicht. Doch der folgende Schrei hätte ohne das Tape auf dem Mund die Nachbarschaft alarmiert.

»Kommen wir mal auf den Espresso zurück. Wo finde ich die Milch?« Seiner Stimme war keine Veränderung anzumerken. Monti dagegen war nach dem Schlag nicht in der Lage zu antworten und sein Kopf sank auf die Brust. »Ah, wie schön, dass Sie auch normale Milch im Angebot haben«, lobte Karl und kniete vor dem offenen Kühlschrank. Als er das Tetrapak in seiner Hand betrachtete, kniff er die Augen zusammen. »Fettarme Milch gehört in den Schweinetrog, aber nicht in den Kaffee.« Er schüttelte den Kopf. »Wir wissen doch beide, dass ein höherer Fettgehalt das Aufschäumen begünstigt, oder?«

Da er auf die Meinung des Fachmanns ungern verzichtete, zog er Montis Kopf an den Haaren, bis er ihm in die Augen blicken konnte. »Hallo? Haben Sie dazu eine Meinung?«

Durch die liebenswürdige Aufforderung wollte Monti antworten, war aber durch das Tape gehindert. Also wog er den Kopf hin und her. Das Augenspiel untermalte er mit negativ unterlegtem »Hmm, hmm, hmm«.

»Sie sind anderer Ansicht? Ich bin überrascht?« Er stellte die Milchpackung auf die Arbeitsplatte. »Aber wir werden sehen. Neuen Dingen gegenüber bin ich durchaus aufgeschlossen.« Erneut zog er die Kühlschranktür auf und beugte sich vor. Skeptisch kratzte er sich am Hals. »Was haben wir denn so zur Auswahl?« Etwas angewidert hob er Mandelmilch an zwei Fingern hervor und hielt die Packung in die Luft. »Nee, darauf habe ich ja gar keine Lust.« Monti reagierte mit beiläufigem Schulterzucken. »Ich deute das jetzt mal als ein: Was der Kunde will, bekommt er auch. Richtig?«

Die Brummtöne des Cafébesitzers ähnelten sich inhaltlich. Das Nicken interpretierte er als Zustimmung und warf die Milchtüte in den Mülleimer.

»Puh! Das toppt jetzt aber alles. Vegane, glutenfreie Hafermilch. Ist da auch irgendetwas Lebendiges drin?« Äußerst bedacht kräuselte er die Stirn und blickte Monti an. »Wird so etwas tatsächlich verlangt?«

Um sein Erstaunen über die nonverbale Bestätigung zu zeigen, flog auch die vegane Packung in den Müll und er klatschte in die Hände. »Ich glaube, mir reicht jetzt ein simpler Espresso. Können Sie die Bohnen in der Mühle empfehlen?«

Drei elektrische Kaffeemühlen zierten die Theke neben der Espressomaschine. An ihnen prangten die Aufschriften ›Arabica‹, ›Robusta‹ und ›Arabica entkoffeiniert‹.

Es erfolgte keine Reaktion des Gefesselten.

»Okay. Ich präzisiere. Mir schwebt etwas mit nicht zu viel Säure vor, das ich ohne einen Berg Zucker genießen kann.« Um die Äußerung als Frage darzustellen, zog er die Augenbrauen hoch.

Der Gegenwehr überdrüssig geworden, spendete Monti ein müdes Nicken und stimmte dem erhobenen Zeigefinger zu, der die ›Eins‹ darstellte.

»Damit kann ich arbeiten«, frohlockte Karl und hängte den Siebträger in die Mühle. Melodisch tippte er mit dem Fuß auf den Boden, bis der Mahlvorgang endete. »Ich liebe den Duft von frisch gemahlenem Kaffee.« Nach dem Mahlen tampte er das Pulver und fixierte den Siebträger. »Muss ich die Maschine noch aufwärmen?«

Monti schüttelte den Kopf.

»Na, Sie sind aber einsilbig geworden. Soll ich Ihnen auch einen machen? Vielleicht wirkt das ja belebend auf Sie?«

Wieder lehnte Monti ab.

Nachdem Karl die Tastenbeschriftungen ausgiebig studiert hatte, nahm er eine Tasse vom Stapel auf der Maschine und prüfte die Temperatur.

»Ich sehe mich bestätigt, dass ich ausgerechnet Sie von all den Cafés hier im Kiez für unsere geschäftliche Beziehung ausgesucht habe. Ich arbeite gerne mit Profis zusammen.«

Ohne Monti weiter zu beachten, platzierte er die zwei Tassen unter dem Ausguss und drückte die Taste für den doppelten Espresso. Nach fünf Sekunden startete die Pre-Infusion. Darauf folgten achtundzwanzig Sekunden der Extraktion, die er präzise mitstoppte. Die kleine Tasse war bis zum Rand gefüllt und eine goldbraune Crema verströmte den erwarteten Duft. Karl hielt sie unter die Nase und sog das Aroma ein.

»Ja, das duftet himmlisch. Ich entdecke Noten von dunkler Schokolade und einen Hauch Waldbeeren. Das gefällt mir.« Mit einem feinen Löffel rührte er die Crema unter und drehte sich zu Monti um. Dann nippte er am heißen Getränk. »Sie haben da wirklich ein exzellentes Maschinchen stehen. Alle Achtung.«

Nach einem weiteren Schluck stellte er die Tasse ab und lehnte sich gegen die Arbeitsplatte. Um für ein gelöstes Klima zu sorgen, überkreuzte er die Beine und verschränkte die Arme vor der Brust.

»Kommen wir noch mal auf den Grund meines Besuchs zu sprechen.« Ohne auf Monti zu achten, dessen Lebensgeister in Wallung gerieten, fuhr er mit sonorer Stimme fort. »Ich habe Ihr Café jetzt seit zwei Monaten beobachtet und habe folgende Schlüsse gezogen. Sie öffnen morgens um sieben und schließen abends um sechs. Das sind elf Stunden pro Tag und im Durchschnitt besuchen sechzig Kunden pro Stunde Ihr Café. Läuft ganz gut für die Weihnachtszeit, finden Sie nicht?«

Jetzt blickte er den Cafébesitzer nüchtern an und ignorierte das erneute Zappeln. Es war nicht zu erwarten, dass Monti sich würde befreien können. Dazu hatte er diese Fesselungsmethode in den letzten Jahren perfektioniert.

»In Summe macht das bei einem Umsatz pro Kunde von rund sechs Euro, dreihundertsechzig Euro pro Stunde und dreitausendneunhundertsechzig am Tag. Gehen wir der Einfachheit halber mal von dreitausendfünfhundert pro Tag aus. Dann haben Sie etwas Reserve.«

Montis Augen traten aus ihren Höhlen.

»Lasse ich jetzt mal die Sonntage außen vor, macht das einen Monatsumsatz von 87.500 Euro. Kommt das in etwa hin?«

In Ermangelung der Kommunikationsoptionen nickte der Cafébesitzer.

»Davon will ich sechstausend!«

Jetzt schüttelte Monti wild den Kopf und versuchte mit den Füßen aufzustampfen, was nicht gelang.

»Was finden Sie daran nicht gut?« Karl legte den Kopf schief und wertete die heftigen Vorgänge auf dem Stuhl als Ablehnung.

»Na gut, dann lege ich noch einen Bonus drauf. Weil bald Weihnachten ist.« Er legte dem Mann eine Hand auf die Schulter. »Wenn wir uns einig werden, lasse ich Ihre Frau am Leben!«

Montis Augen zuckten unkontrolliert. Ein langgezogenes NEIN war deutlich durch das Tape zu hören.

»Ich dachte mir schon, dass dieser Bonus Ihre Zustimmung findet.« Lächelnd verschränkte er die Arme wieder vor der

Brust. »Haben wir jetzt einen Deal, oder soll ich Ihre Töchter auch noch berücksichtigen?«

Sein Gegenüber wechselte den Blick von Feindseligkeit zu Aufgabe. Dann nickte er.

»Na, geht doch. Das ist eine Sache, die ich bei euch Italienern nicht verstehe. Ihr wisst doch aus der Heimat, wie der Hase läuft, und lasst euch trotzdem lieber schlagen, bevor ihr zur Besinnung kommt. Warum ist das so?« Kopfschüttelnd kratzte er sich an der Nase. Der gedemütigte Mann vor ihm blieb stumm.

»Ach, eins noch und dann sind wir durch.« Karl bemerkte den flüchtigen Anflug von Hoffnung in Montis Blick. »Wissen Sie was? Wir beide haben tatsächlich etwas gemeinsam.« Um dem Cafébesitzer Zeit zu geben, über das Gesagte nachzudenken, kramte er ein Zigarettenetui aus dem Sakko und legte es neben die leere Espressotasse. »Dieses Jahr können Sie sich den Kauf von Geschenken sparen. Wir beide werden unsere Frauen nicht wiedersehen!«

Bei den Worten riss Monti die Augen weiter auf als zuvor und starrte Karl an. Augenblicklich setzte das Zappeln auf dem Stuhl wieder ein und er zerrte ungestüm an den Fesseln.

Das störte Karl nicht. Er hatte den Mann erniedrigt, die eigene Wut ausgelassen und jetzt war die Zeit gekommen, das zu tun, weswegen er eigentlich hier war. Mit der linken Hand klappte er das Sakko zur Seite, zog mit der rechten eine silberne Pistole hervor und strich ehrfürchtig über den Lauf der Waffe. Dann schraubte er einen Schalldämpfer auf und zielte auf Montis Stirn.

»Sie begreifen es immer noch nicht, oder?«

Monti kreischte lautlos, schüttelte hektisch den Kopf und versuchte krampfhaft, das Tape an Händen und Füßen zu zerreißen.

»Sie vögeln mit meiner Frau und das mag ich gar nicht!«

Ohne überflüssige Emotionen drückte er ab.

16. Tassen ins Glück

von Caroline Krieger

»Süße, ich mach dir erstmal einen Tee«, sagt Emily, meine beste Freundin, als ich wie ein Häufchen Elend auf ihrer Couch sitze und ein Taschentuch nach dem anderen voll schniefe.

»Ich will meine Diddl-Tasse …«, nuschele ich.

Emily stellt sich auf die Zehenspitzen, um die abgegriffene Tasse aus der hintersten Ecke rauszukramen. Der Wasserkocher sprudelt auf. Sie hängt einen Teebeutel mit Früchtetee in das Trinkgefäß und füllt das kochende Wasser ein.

»Jetzt lass den Kopf nicht hängen. Du hast doch eh drüber nachgedacht, dich zu trennen. Weshalb also die dicken Tränen?«, fragt sie.

»Sich zu trennen ist etwas anderes, als betrogen zu werden. Wieso hat Robin das gemacht?« Meine Hände umklammern die heiße Tasse, aus der eine kleine Diddlmaus herausschaut.

»Er ist halt ein Idiot. Ich konnte ihn noch nie leiden. Hoffentlich hast du ihn hochkant aus deiner Wohnung rausgeschmissen, Milena.«

Ich nicke nur. Tränen verschleiern meine Sicht, aber die Diddl-Tasse gibt mir ein bisschen Kraft. Außerdem weckt sie lang vergessene Erinnerungen.

»Joris …«, murmle ich unvermittelt.

»Wer? Hat er dich mit einem Mann betrogen? Ich dachte, es war deine Nachbarin.«

»Nein, ich meine … die Tasse habe ich von Joris bekommen.«

Verwirrt schaut Emily mich an. »Und was soll mir das jetzt sagen? Wer ist Joris?«

»Du kennst ihn nicht. Wir waren vor vielen Jahren mal sehr gut befreundet. Der Kontakt ist abgebrochen, weil mein Ex damals ein Problem mit ihm hatte.«

»Und wieso denkst du immer noch an ihn?«

Liebevoll streiche ich über die kleine Maus. Ich habe Joris nie persönlich getroffen. Wir lernten uns über eine Online-Plattform kennen und wurden gute Freunde. Er wohnte in Hamburg und ich in Köln. Die Entfernung war einfach viel zu groß.

Ich nehme mein Smartphone in die Hand und mache mich auf die Suche.

»Erde an Milena?«

»Sorry, ich habe die Tasse von Joris mal zu Weihnachten geschenkt bekommen. Eigentlich war ich immer ein bisschen verliebt in ihn gewesen, habe es ihm aber nie gesagt. Ich hatte mir keine Chancen ausgerechnet, weil er so weit weg wohnte. Den Gedanken an ihn habe ich meistens verdrängt, weil mir dann in den Sinn kam: Was wäre wenn?«

»Ich verstehe nach wie vor nur Bahnhof.«

Voller Tatendrang springe ich auf. »Pack deine Sachen, wir fahren nach Hamburg.«

»Warte mal, was? Jetzt? Ich muss Montag wieder arbeiten.«

»Das sind drei Tage. Ich muss Joris finden.«

Liebevoll legt sie mir die Hand auf den Oberschenkel. »Liebes, das geht doch heute viel einfacher. Schick ihm einfach eine Freundschaftsanfrage und schon könnt ihr schreiben.«

»Die ist schon seit Monaten ausstehend. Also, kommst du mit oder muss ich alleine los?«

Ich strahle Emily an. So viel Enthusiasmus habe ich schon seit langem nicht mehr gehabt.

Meine Tasche ist schnell gepackt. Schon binde ich meine erdbeerblonden Haare zu einem hohen Pferdeschwanz, schlüpfe in die warmen Winterschuhe, schnappe mir den bereit hängenden gelben Winterparka und wir gehen in Emilys Wohnung, damit sie auch ein paar Klamotten einpacken kann.

In nur wenigen Gehminuten erreichen wir den Hauptbahnhof und buchen am Schalter ein Ticket für den Hamburg-Köln-Express. So viel Glück muss man haben. Wir brauchen nur eine halbe Stunde zu überbrücken, bis unser Zug ankommt. Die Zeit reicht genau aus, um uns beim Bäcker mit Proviant zu versorgen.

In Höchstgeschwindigkeit rattert der Zug Richtung Norden. Emily beißt genüsslich in ihren Schokoladenmuffin. »Also, wie ist dein Plan?«

Ich sitze schweigsam in meinem Sitz und arbeite mich durch Joris' Facebook- und Instagram-Profil. Leider kann ich nur die gemeinsamen Bilder mit ein paar Freunden sehen.

»Er ist viel am Timmendorfer Strand, aber das ist außerhalb von Hamburg. Ich habe ein paar Freunde von ihm gefunden. Anscheinend treffen sie sich immer am Wochenende. Einer hat ein öffentliches Profil, dem folge ich jetzt.«

»Das ist nicht wirklich ausgereift. Was ist, wenn sie dieses Wochenende nichts unternehmen?«

Ich zucke mit den Achseln. »Dann haben wir einen schönen Ausflug gemacht. Du hast immer gesagt, ich soll spontaner werden. Also, wenn das nicht kurzfristig ist.«

Emily lacht auf. »Ok. Also, wo schlafen wir?«

Gemeinsam suchen wir nach einer günstigen Unterkunft, bevor der HKX in Hamburg anhält. Zum Glück finde ich ein annehmbares Airbnb-Zimmer im Portugiesenviertel und buche sofort.

Der Hamburger Hauptbahnhof ist übervoll mit Menschenmassen. Mit unseren Taschen drängen wir uns zur U-Bahn. Die U3 bringt uns in weniger als 20 Minuten zu unserem Ziel.

»Wir können auch auf einen der vielen Weihnachtsmärkte gehen, wenn wir schon mal hier sind«, schlägt Emily vor.

»Das ist eine gute Idee. Hier ist unsere Wohnung. Sieht doch ganz nett aus, oder?« Wir schauen uns das graue Gebäude skeptisch an. Aus dem Schlüsselkasten nehmen wir mit dem Code den Haustürschlüssel und steigen die Stufen hinauf. Die Unterkunft ist ganz oben und als wir vor der Wohnungstür stehen, schnaufen wir erst einmal durch. Nervös öffnen wir die Tür und sind positiv überrascht: Ein sauberer Eingangsbereich mit frischen Blumen und einer netten Nachricht der Vermieterin, zwei Schlafzimmer, aus denen uns der Duft von frisch gewaschener Wäsche entgegen schwebt, und ein gemütliches Wohnzimmer mit einem kleinen Obstkorb, der zur Begrüßung auf dem Tisch steht. Erschöpft fallen wir auf die Couch.

»Sollen wir los?«, fragt Emily, nachdem wir einen Moment verschnauft haben.

»Ich schau mal, ob es etwas Neues auf Instagram gibt.« Und tatsächlich. Joris' Freund Fiete hat ein Story-Update gepostet. »Also, sein Freund ist am Hafen. Aber ich weiß nicht, ob Joris dabei ist.«

»Versuch macht klug. Gehen wir.« Kurzerhand reißt Emily mich hoch.

Warm angezogen stapfen wir zum Jungfernstieg. Der Wind pfeift uns um die Ohren und wir ziehen die Winterjacken enger zu. An der bekanntesten Fischbrötchenbude ist bei so einem Mistwetter nicht viel los. Ich schaue mich nach Fiete um und entdecke ihn an einem Vierertisch in Begleitung von drei Freunden. Aber niemand von ihnen ist Joris. Der Hunger übernimmt die Führung und wir stellen uns zuerst an, um ein Fischbrötchen zu kaufen. Dann nehmen wir ganz in der Nähe von Fiete Platz.

»Frag ihn doch einfach, wo Joris ist, und dann …«

»Niemals. Vielleicht kommt er ja noch …«, murmle ich.

»Feigling.«

Schweigend essen wir unsere Brötchen und versuchen Gesprächsfetzen aufzuschnappen.

»… Joris kommt später. Er muss noch arbeiten.«

»Seitdem er mit Anna auseinander ist, übernimmt er auch jede freie Schicht, die er kriegen kann«, stöhnt einer seiner Freunde.

»Der Junge muss sich ablenken. Kann man ihm nicht verübeln. Sollen wir los?«

Die vier Freunde stehen auf. Eilig packen wir unsere Sachen zusammen und folgen der Gruppe durch den einsetzenden Nieselregen.

»Es wäre einfacher, wenn du …«

»Pssst. Meinst du nicht, das würde merkwürdig klingen? Hi, ich bin Melina, ihr kennt mich nicht, aber Joris. Ich bin extra aus Köln hierhergefahren, obwohl wir seit Jahren keinen Kontakt mehr hatten. Könnt ihr mir sagen, wo er ist?«

»Schon ein wenig seltsam. Und gruselig. Ok, also folgen wir ihnen jetzt oder was hast du vor?«

Ich nicke. Die Kumpels gehen Richtung Reeperbahn. Dort wurde gerade der Weihnachtsmarkt Santa Pauli aufgebaut.

»Krasser Scheiß«, sagt Emily und schaut sich an einem Stand um. »Schau mal, den Christbaumanhänger müssen wir unbedingt Daniel schenken.«

»Emi, komm schon. Sonst verlieren wir sie.« Hektisch sehe ich mich um. Sie sind verschwunden. Mies gelaunt stapfe ich los.

»Hey! Komm schon, lass uns einen Glühwein trinken und vielleicht finden wir sie ja wieder.«

Schon der erste Schluck zeigt seine Wirkung. Ich muss husten. »Ist da noch Rum mit drin?«, frage ich.

Emily zuckt nur mit den Achseln. Beinahe verschlucke ich mich, als ich Fiete entdecke. Wir quetschen uns zwischen den Weihnachtsmarktbesuchern hindurch und ich bleibe abrupt stehen. Mein Herz rutscht mir in die Hose. Emily läuft in mich hinein.

»Scheiße. Das ist heiß«, sagt sie, sich den heißen Glühwein von ihrer Hand lutschend.

»Sorry. Da sind sie und … Joris!«, hauche ich. Am liebsten würde ich sofort loslaufen, doch ich halte inne. Joris legt einer Frau die Hand auf den Rücken. Emily folgt meinem Blick.

»Das heißt noch gar nichts. Bleiben wir dran und schauen, wie sie zueinander stehen.«

Aus sicherer Entfernung beobachten wir die Gruppe. Wir sind beide nach kurzer Zeit durchgefroren. Für einen langen Weihnachtsmarktbesuch sind wir nicht angezogen.

»Ich bin müde, lass uns gehen«, murmle ich bedrückt.

»Du willst ihn wirklich nicht ansprechen?«

»Morgen ist auch noch ein Tag.«

»Und du meinst, wir haben da genauso viel Glück wie heute? Das war schon ein krasser Zufall. Warte mal.«

Emily rückt sich ihre Jacke zurecht, schüttelt ihre schwarzen Haare auf und geht auf Fiete zu. Ich ahne, was sie vorhat. Sie kann die Männer um den kleinen Finger wickeln, wenn sie will. Dennoch ist sie seit Monaten glücklicher Single.

Versteckt an einer Bude mit kleinen Mitbringseln beobachte ich die Szene. Unglücklich stolpert sie in Fiete hinein, er fängt sie auf und beide lächeln sich an. Sie wechseln ein paar Worte, doch leider bin ich nicht nah genug dran, um zu verstehen, was sie sagen.

»Sweetie, bist du auf der Suche nach einem Geschenk für deine Freundin?« Erschrocken drehe ich mich um und sehe zwei Drag-Queens, die sich mit einem Glas Prosecco warm halten.

»Ich … Ähm … Nein. Wir sind auf der Suche.«

»Wir sind auch immer auf der Suche, nicht wahr, Agathe?«, fragt die größere der beiden Damen.

»Ja, auf der Suche nach Frischfleisch, Anneliese. Dürfen wir uns vorstellen? Agathe Bauer und Anneliese Braun. Wir bieten Reeperbahntouren an, wenn ihr zwei Hübschen Interesse habt.«

Ich muss mir ein Lachen verkneifen und summe leise »I've got the Power« von Snap!

Anneliese reicht mir eine Visitenkarte. Das ist bestimmt eine interessante Tour. Mein Blick wandert wieder zu Emily und Fiete. Er hat angebissen und sie speichert gerade seine Handynummer in ihrem Telefon. Sie sieht in meine Richtung und ich wende mich von ihr ab. Ich will auf gar keinen Fall Joris begegnen, wenn er eine Freundin hat. Schon oft war ich kurz davor gewesen, ihm zu sagen, dass ich Gefühle für ihn habe, aber entweder hatte er eine Freundin oder wir mal wieder keinen Kontakt. In der Zeit lernte ich dann meist selbst jemanden kennen, aber die unterschwelligen Gefühle für Joris verschwanden nie vollständig. Mal waren sie mehr, mal weniger präsent. Er war schon immer mein sicherer Hafen, der Freund, den ich auch nach monatelanger Funkstille mitten in der Nacht anrufen konnte. Der letzte Kontaktabbruch war jedoch bewusst von mir geschehen und ich hatte ihn verletzt, damit er mir nicht mehr schreibt. Es hatte funktioniert. Keine meiner Anfragen kam mehr zu ihm durch. In Gedanken versunken merke ich nicht, dass Emi plötzlich neben mir steht.

»Mission erfolgreich. Ich hab Fietes Nummer und er meldet sich, wenn sie wissen, was sie morgen machen.«

»Und Joris?« Ich springe von einem Bein auf das andere, um mich aufzuwärmen.

»Hat sich mit der Frau unterhalten. Sie kommt nicht von hier, wenn ich das richtig verstanden habe. Also, kaufen wir uns eine Pizza und ruhen uns heute Abend aus. Wenn ich schon in Hamburg bin, will ich morgen auch etwas sehen. Außerdem bin ich müde.«

Ich gähne. »Ich auch.«

Emily weckt mich früh am nächsten Morgen. »Aufgewacht, die Sonne lacht. Ich hab ein paar Tipps von Fiete bekommen. Er muss heute Vormittag noch ein bisschen was erledigen, aber am Nachmittag hätte er Zeit für uns.«

Panik breitet sich in mir aus. »Für uns?«

»Ja, er trifft sich erst abends mit seinen Freunden, weil die alle beschäftigt sind, und wollte uns noch einen Geheimtipp zeigen.«

»Aber er weiß nichts von …«

Emi winkt ab. »Nein, ich hab ihm nichts erzählt. Wir haben zwar die halbe Nacht geschrieben, aber da ging es nur mal kurz um dich.« Sie strahlt, als sie mir ihre Nachrichten zeigt.

»Hat sich da jemand verguckt?«

Nun lacht sie. »Ich? Nie. Los, zieh dich an. Ich hab die top Adresse zum Frühstücken bekommen.«

Den Vormittag verbringen wir nach dem Frühstück mit einem Bummel über die Reeperbahn. Im Dunkeln würde ich mich hier nicht alleine lang trauen.

Mein Magen verknotet sich vor Aufregung, als die Verabredung mit Fiete immer näher rückt. Ich entdecke ihn zuerst an unserem Treffpunkt am Altonaer Bahnhof. Zur Begrüßung gibt er Emi ein Küsschen auf die Wange und reicht mir die Hand.

»Das ist meine Freundin Milena«, stellt sie mich vor. Ich bilde mir ein, ein Aufblitzen in seinen braunen Augen zu erkennen, aber vielleicht ist das auch nur Einbildung.

»Schön, dich kennenzulernen, Milena. Dann folgt mir. Hier verirren sich nur selten Touristen hin.«

»Ist das ein Geheimtipp unter Serienmördern?«, scherze ich.

»Milena, du solltest weniger True-Crime-Podcasts hören.«

»Ich bringe euch zu einem Wasserfall inmitten von Hamburg«, erklärt er uns und führt uns durch den Altonaer Balkon – einem Elbpark mit Skulpturen und einem Spielplatz. Wir werfen einen Blick in den verschlossenen Schellfischtunnel und steigen wenige Stufen hinab. Ich bin so konzentriert darauf, auf der Treppe nicht auszurutschen, dass ich die Person am Ende des Weges erst bemerke, als ich direkt vor ihr stehe.

»Darf ich vorstellen, mein Freund Joris«, sagt Fiete.

Erschrocken sehe ich auf. Unsere Blicke treffen sich. Verwundert reißt Joris die Augen auf. »Milena?«, flüstert er. Vor Verwunderung bringe ich nur ein Nicken zustande. Als ich nach Emily greifen will, bemerke ich, dass sie und Fiete sich zurückgezogen haben. Unsicher stehen Joris und ich uns gegenüber. Er macht den ersten Schritt und zieht mich in eine Umarmung. Mein Körper entspannt sich, sobald ich seine Wärme spüre.

»Was machst du denn hier?«, kann ich endlich fragen.

»Fiete meinte, wir treffen uns hier. Mit dir habe ich überhaupt nicht gerechnet. Wie geht es dir?«

Die Worte sprudeln aus mir heraus. Entschuldigungen, dass ich den Kontakt abgebrochen habe, was die letzten Monate in meinem Leben passiert ist und wie ich auf die Idee kam, nach Hamburg zu fahren.

Er lacht leise in sich hinein. »Du hast meine Tasse noch?«

Verlegen nicke ich. »Sie ist schon ein wenig abgegriffen, weil ich sie so oft benutze, aber ja, sie hat schon ein paar Umzüge überlebt.«

Joris richtet meine Mütze, die nach der intensiven Umarmung verrutscht ist. Dabei berühren seine Finger meine Wange. Hitze durchströmt meinen Körper.

»Ich habe mir immer ausgemalt, wie es ist, dich endlich zu treffen …«

»Und? Ist es so, wie du es dir vorgestellt hast?«

»Besser«, murmelt er. Seine Lippen nähern sich, aber ich lege meine Hände auf seine Brust.

»Die Frau gestern, ist das deine Freundin?«

Joris lacht laut. »Nein, meine Cousine Maria aus München. Darf ich dich nun, nach all den Jahren, endlich küssen? Davon träume ich nämlich schon seit Ewigkeiten.«

Jetzt bin ich es, die sich annähert. Ich schlinge meine Arme um seinen Hals. Endlich küssen wir uns.

Wir lösen uns erst voneinander, als wir ein Klatschen hören. Fiete und Emily stehen am Fuße der Treppe. »Können wir los? Ich sterbe vor Hunger«, sagt Fiete und meine beste Freundin stimmt ihm zu.

»Das hast du geschickt eingefädelt«, murmle ich ihr zu.

»Ich wollte auf gar keinen Fall, dass wir ohne ein Erfolgserlebnis nach Hause fahren. Du bist mir aber nicht böse, oder?«

Ich gebe ihr einen dicken Schmatzer auf die Wange. »Im Gegenteil. Danke.«

Joris platziert seinen Arm um meine Taille und zieht mich an sich heran. »Ich bin sehr froh, dass du hier bist«, sagt er.

Die Dunkelheit legt sich über Hamburg, als wir durch den Park zurück in die belebteren Viertel spazieren.

»Ich auch, Joris«, antworte ich. Wir beide bleiben stehen. In dem Moment, als wir uns erneut küssen, fallen dicke Schneeflocken. Lächelnd sehen wir uns an.

»Was machst du nächstes Wochenende?«, fragt er mich.

»Noch nichts«, antworte ich murmelnd.

»Ich habe ein paar Überstunden, die ich abbauen kann. Hab gehört, mit dem Zug ist man schnell in Köln.«

»Das ist wohl wahr. Und wo willst du dann übernachten?«, scherze ich.

»Ich hab da eine Freundin, die ich schon viele Jahre kenne, die lässt mich bestimmt rein.«

»Bestimmt holt sie dich auch am Bahnhof ab.«

»Darf ich dann meine Tasse mitbringen?«

»Du … Du hast sie auch noch?«

Nachdem Joris mir die Diddl-Tasse zu Weihnachten geschenkt hatte, enthielt mein Paket vom nächsten Jahr das passende Pendant mit der gleichen »Hab dich lieb« Aufschrift. Ich war wochenlang durch alle Geschäfte gewandert, bis ich sie gefunden hatte.

»Natürlich, Milena. Ich war schon immer in dich verliebt gewesen, weißt du das denn nicht?«

Sprachlos schüttle ich den Kopf.

Joris nimmt mein Gesicht in seine Hände. »Dann weißt du es jetzt.«

Die Schmetterlinge in meinem Bauch spielen noch verrückter. Hoffentlich lässt er mich nie wieder los.

17. Die magische Weihnachtstradition

von Lexa Gallay

Klingelingeling!

Aus der Ferne ertönte das sanfte Klingeln des Glöckchens.

Das war das Zeichen. Eilig schlüpfte ich in meine Winterkleidung und rannte fröhlich die Treppen nach unten.

Mit einem breiten Grinsen im Gesicht gesellte ich mich zu meinen Geschwistern und meinen Eltern in den Flur. Neugierig blickte ich zur Anrichte, auf der ein großer Korb stand. Ich konnte einige Tassen im Inneren erkennen. Im nächsten Moment nahm Mama bereits den Korb in die Hand. Sie zwinkerte mir zu. Ich wunderte mich. War da etwas Neues und Unbekanntes im Korb? Eine Überraschung?

Ich kleidete mich mit Stiefeln und Handschuhen für den Stall und folgte meiner Familie nach draußen. Es waren mindestens minus zehn Grad Celsius. Obwohl es nur wenige Meter bis zum gegenüberliegenden Stallgebäude waren, spürte ich bereits nach wenigen Sekunden die beißende Kälte. Der Mond leuchtete hell und klar am Nachthimmel. Ein leichter Windhauch ließ winzige Schneeflocken vom Haus rieseln. Als ich den Kopf in den Nacken legte, spürte ich, wie der feine Schnee meine Nase kitzelte.

Im Stallgebäude wurden wir von vereinzeltem Wiehern der Pferde begrüßt. Endlich war es soweit! Ein Jahr war vergangen und wieder stand das allerschönste Ereignis des Jahres an: Die magische Weihnachtstradition im »Stall Eichhorn«.

Meine Familie und ich betraten langsam unseren »VIP-Raum« im Stallgebäude. Dieses Zimmer besuchten wir – die Familie Eichhorn, Besitzer des Pferdehofs – nicht sehr oft. Es befand sich direkt neben dem Gemeinschaftsraum auf dem Dachboden. Der Gemeinschaftsraum war ganzjährig für alle Reiter und Pferdebesitzer offen, doch der »VIP-Raum« war ausschließlich für besondere Anlässe gedacht. Die magische Weihnachtstradition am Heiligen Abend war einer davon.

Im »VIP-Raum« strahlte uns warmes Licht entgegen. Ein kleiner Weihnachtsbaum mit rotem und goldenem Baumschmuck stand in der Ecke des Zimmers. Lichterketten zierten die Wand. In der Mitte des Raumes befand sich ein großer Tisch. Eine rote, mit silbernen Sternen bestickte Tischdecke lag darauf, hölzerne Weihnachtsfiguren sowie rote und grüne Kerzen dienten als Dekoration. Viele Stühle waren um den Tisch platziert worden. Im ganzen Raum duftete es köstlich nach Zimtsternen, Lebkuchen und selbst gebackenen Plätzchen.

Wir nahmen auf den Stühlen Platz und warteten, bis die restlichen Gäste kommen würden. Es herrschte komplettes Schweigen im Raum. Das heutige Fest war bereits meine vierzehnte magische Weihnachtstradition und trotzdem nach wie vor das Beste, was es im Jahr gab.

Nach und nach betraten noch mehr Personen den Raum und ließen sich ebenso schweigend auf den Stühlen nieder. Bei den Gästen handelte es sich um Reiter unseres Stalles. Vor vielen Jahren hatten meine Eltern festgelegt, dass jedes Familienmitglied eine Person zur magischen Weihnachtstradition einladen durfte. Meine Schwester Caro und mein Bruder Alex hatten jeweils einen Freund eingeladen, bei mir handelte es sich um meine beste Freundin Lucia. Still umarmten wir uns und lächelten uns freudestrahlend an. Die restlichen Gäste waren zwei Freunde unserer Eltern. Als letzter betrat unser Opa den Raum. Dann saßen wir alle rund um den Tisch. Wir waren somit 11 Personen. Neugierig und ungeduldig blickte ich auf meine Armbanduhr. Es war neun Minuten vor Mitternacht. Bald würde die magische Weihnachtstradition beginnen! Die Stimmung im Raum verwandelte sich bereits. Es war schwierig zu beschreiben. Alle negativen Gedanken flossen förmlich aus uns heraus und eine unsichtbare, positiv geladene Blase legte sich über uns. Die gesamte Atmosphäre bekam einen Hauch von Vertrauen, Zuversicht, Liebe und Zufriedenheit. Der Fokus lag auf dem

Hier und Jetzt. Das Zauberwort war Magie. Keiner wusste, was es genau war, aber jeder spürte den Zauber. Dieser Moment war jedes Jahr unbeschreiblich und außergewöhnlich.

Ich schaute noch einmal auf die Uhr und hielt gebannt die Luft an. Noch drei Minuten. Ein Blick zu meinen Eltern signalisierte mir, dass ich mich zurücklehnen und entspannen sollte. Lucia tat es schon. Sie hatte die Augen geschlossen und ein verträumtes Lächeln auf den Lippen. So machte ich es Lucia nach. Stille.

***

Klingelingeling!

Das Klingeln des kleinen Glöckchens erklang erneut. Jetzt war es soweit! Die magische Weihnachtstradition hatte begonnen. Mal sehen, was sie dieses Jahr bereithalten würde.

Mama erhob sich ruhig und strahlte alle Gäste fröhlich an. Sie holte einen Zettel heraus, dann begann sie vorzulesen:

»Der schönste Tag im Jahr
Zur Weihnachtszeit ist er da
Der Heilige Abend voll Liebe und Magie
Gibt uns heut eine Vielzahl an Fantasie

Denkt an die Vergangenheit und auch an Morgen
Vergesst für heute andere Probleme und Sorgen
Liebt mit Herz und Seele
und lacht auch mal aus voller Kehle

Wünsche können wahr werden in dieser Nacht
Alles was ihr wollt, kann werden vollbracht
Genießt gleich den Moment mit eurem Tier
und seid glücklich, jetzt und hier

Flüstert leis und ruhig zu eurem Lebewesen
Hört ihm gut zu und beginnt dessen Botschaft zu lesen
Mögen die Geheimnisse der Nacht gewinnen,
so lasst die magische Weihnachtstradition beginnen«

Noch immer lag Stille über dem Raum. Das Gedicht trug Mama jedes Jahr vor. Bis heute war unklar, von wem und woher es stammte. Meine Vermutung war fast, dass sie es passend zur magischen Weihnachtstradition selber geschrieben hatte.

Als Mama ein leichtes Nicken in die Runde sandte, wusste jeder, was zu tun war. Schweigend standen wir auf und verließen nacheinander und getrennt den Raum. Wir hatten 30 Minuten Zeit! Jetzt kam der eigentliche Teil der Tradition.

Auf leisen Sohlen schlichen wir durch die Ställe zu unseren herzallerliebsten Fellnasen, zu den Pferden. Dort angekommen, flüsterten wir den wundervollen Lebewesen unsere tiefsten Wünsche, unsere derzeitigen Träume, unsere Anliegen und Bedürfnisse zu. Wir kommunizierten mit den Pferden, wie es an keinem anderen Tag im Jahr möglich war. Die Tradition besagte, dass die Pferde nur in dieser Nacht zu uns, den Menschen, wahrhaft sprechen können und einer unserer Wünsche wahr werden würde. Bisher hatte es immer funktioniert. Die Kunst der gegenseitigen Kommunikation war in der Nacht des Heiligen Abends möglich!

30 Minuten waren nicht lange. Am liebsten hätte ich mit allen Pferden im Stall ein paar Wörter getauscht, doch das war zeitlich natürlich nicht möglich. Außerdem besagte die Tradition auch, dass man sich mit seinen liebsten Seelenfreunden unterhalten sollte. Ich schritt die Boxen der Reihe nach ab. Zuerst ging ich zu Flemming. Der neunjährige schwarze Wallach stand in der Box und knabberte genüsslich an seinem Heu. Als er mich kommen sah, schnaubte er ruhig ab und wandte sich mir zu. Ich schloss meine Augen und spürte, wie ein magisches Band zwischen uns entstand.

»Du bist wieder da, das ist so pferdig.« Flemming grummelte und kam mit gespitzten Ohren näher an die Boxenwand. Es war ein unbeschreiblicher Moment, Flemmings tiefe Stimme zu hören.

Schnell schlich ich mich zu ihm hinein und begann seinen Hals liebevoll zu kraulen.

»Was dachtest du denn, mein Guter? Selbstverständlich bin ich da. Lass mich dir zuerst sagen, wie lieb ich dich habe, Flemming! Ich bin dankbar dafür, dass ich in diesem Jahr wieder so eine tolle Zeit mit dir haben durfte und wünsche mir auch im neuen Jahr viele Erfolge.« Ich schmiegte mich dicht an meinen Guten und drückte ihm ganz viele Küsse auf die Nüstern.

»Ja. Es soll so bleiben, wie es ist. So ist es gut.« Flemming ging ein wenig nach hinten und legte sogleich liebevoll den Kopf auf meine Schulter. »Hast du nicht noch eine Möhre in deiner Tasche?«

Flemming flehmte – er zog seine Lippen nach oben – und schmiegte seinen Kopf an meine Wange. Unmittelbar musste ich lachen. Ich steckte meinem Guten eine Möhre zu, nuschelte ihm ein paar Wünsche ins Ohr und gab ihm noch einen dicken Kuss auf die Nüstern. Dann verabschiedete ich mich und verließ die Box.

Als nächstes Pferd kam meine wunderschöne Sarabella dran. Die Schimmelstute wartete bereits mit nach vorne gerecktem Kopf und gespitzten Ohren. Sie wieherte zögerlich und leise. »Endlich, Finja.« Eine sehr hohe weibliche Stimme ertönte. Ich unterdrückte ein Kichern, aber mir fiel sofort ein, dass Sarabella sowieso immer schon ein hohes Wiehern hatte.

»Finja, nicht, dass du mich noch vergisst«, erklang erneut ihre süße Stimme. Sie drehte ihren Kopf nach rechts und links, als würde sie mich noch immer suchen. Mit ihrem rechten Huf scharrte sie auf dem Boden entlang.

»Hier bin ich doch, meine Süße. Ich würde dich nie vergessen! Du bist meine süßeste Mausi im ganzen Stall!«

»Jippi! Ich wusste es doch!« Sarabella wieherte schrill. Dann grummelte sie.

Ich schlich mich schnell in die Box und umarmte sofort den Hals meiner Süßen. Meine Hände fuhren durch ihr dichtes, weiches Winterfell. »Bleibe so, wie du bist, Sarabella! Mein größter Wunsch für die Zukunft ist, dass du gesund bleibst. Im nächsten Jahr stehen viele Turniere an, da kannst du den Menschen wieder zeigen, wie schnell und hoch du springen kannst. Du bist so wunderbar! Und hoffentlich schaffen wir es noch einmal, im Sommer im großen See baden zu gehen. Das wird dir gefallen. Vielleicht finden wir für dich auch einen großen lieben Hengst, der dir ein Fohlen schenken kann. Du wärst sicher eine ganz wundervolle Pferdemama.«

Ich ging ein paar Schritte zurück und blickte meinem Pferd ins Gesicht. Liebevoll strich ich ihr über die Stirn und gab ihr einen innigen Kuss auf die Nüstern.

Sarabellas Stimme erklang: »Das wird so toll werden. Ich freue mich!«

Dann bemerkte ich, dass sie auf ihren Heuberg schielte. »Du darfst jetzt weiterfressen. Ich wünsche dir noch eine ruhige Nacht. Schlaf gut, Mausi!«

Mit einem verträumten Strahlen im Gesicht ließ ich Sarabella alleine und schritt weiter zu der letzten Box. Jetzt kam mein Herzenspferd endlich an die Reihe.

Mallory!

Der ehemalige wilde Hengst aus Amerika lebte nun schon seit fünf Jahren an meiner Seite. Mallorys Fell war nachtschwarz. Nur an der Stirn hatte er eine kleine, weiße Blesse.

Schon bevor ich in sein Sichtfeld kam, hörte ich sein lautstarkes, tiefes Wiehern. An seiner Box angekommen, stand Mallory allerdings nicht mir zugewandt, sondern seitlich, und sein Blick war nach hinten gerichtet. Es sah so aus, als würde er aus dem kleinen Stallfenster in den schwarzen Nachthimmel schauen.

»Hey, mein Liebling!« Leise gesellte ich mich zu meinem Herzenspferd und strich ihm zärtlich über den Rücken.

»Mein Lieblingsmensch. Du schaust heute wunderschön aus.« Mallory brummte mit tiefer Stimme. Er hatte seinen Kopf vom Fenster abgewandt, um mich liebevoll anzustupsen und mich zu betrachten.

Ich hielt mein Kichern nicht zurück. »Du Schelm! Ich schau doch aus wie immer.«

Mallory blickte nun wieder zum Stallfenster. Für einen Moment standen wir nur so da und genossen den Augenblick. Wir sahen uns die kalte Winternacht an und hingen unseren Gedanken nach. Es brauchte nicht viele Worte zwischen uns. Wir verstanden uns auch blind.

»Ich habe dich sooo lieb, mein Wildfang! Du bist der Beste und der Schönste auf der ganzen Welt!« Noch während ich sprach, senkte Mallory seinen Kopf und scharrte mit den Hufen auf dem Boden. Dann knickte er seine Beine ein und legte sich in die Box.

Einen größeren Vertrauens- und Liebesbeweis konnte es nicht geben! Ich kniete mich neben ihn und gab ihm einen dicken Kuss in sein weiches Fell. Sein mächtiger Körper wärmte mich. Dieser Moment war unbeschreiblich. Ich flüsterte meinem Herzenspferd viele Wünsche und Träume zu. »Und dass du mich nicht so oft runterfallen lässt im nächsten Jahr.« Liebevoll knuffte ich Mallory in die Seite.

»Ich lasse dich nie runterfallen. Du rollst dich doch meistens immer so fabelhaft ab. Aber ich versuche zu versprechen, dass ich weniger buckeln werde.«

Ich verkniff mir einen weiteren Kommentar. Doch ich wusste, dass Mallory es liebte, mich zu necken. In leisem Ton sprachen wir noch ein bisschen miteinander und tauschten tiefe Geheimnisse aus. Ich hatte die Zeit schon fast vergessen.

Plötzlich war der Moment gekommen. Die Zeit war abgelaufen, denn auf einmal hörte ich nur noch ein tiefes Grummeln von meinem Herzenspferd. Da war keine tiefe Stimme mehr.

»Dann sprichst du im nächsten Jahr wieder mit deinen Worten zu mir. Ich würde mir noch wünschen, dass wir in der kommenden Saison ein kleines Turnier reiten können.« Ich verabschiedete mich mit ganz vielen Küssen und einer großen Möhre bei Mallory.

Mit einem strahlenden Gesicht verließ ich seine Box und lief zurück in den »VIP-Raum«. Auch alle anderen kehrten soeben von ihren Pferden zurück. Jetzt war die magische Weihnachtstradition eigentlich beendet, wir saßen jedoch noch eine Weile bei heißem, alkoholfreiem Punsch und Lebkuchen zusammen und unterhielten uns. Unsere tiefsten Geheimnisse brauchten wir nicht zu teilen. Hatten wir nicht im tiefen Inneren alle dieselben Wüsche für unsere vierbeinigen Freunde? Gesundheit stand dabei immer an erster Stelle.

Jeder hielt nun eine dampfende Tasse in der Hand. Wir stießen freudig an. Die Tradition besagte, dass der Punsch in Weihnachtstassen seit vielen Jahren zu dieser magischen Nacht dazugehörte.

»Hattest du tolle Gespräche?« Lucia nahm einen großen Schluck vom heißen Punsch.

»Ja, es war ganz wundervoll! Jedes Pferd ist so einzigartig und besonders. In dieser Nacht strahlen sie unglaublich viel Magie und Liebe aus. Den Zauber werden wir wohl nie vollständig verstehen. Wie war es bei dir?«

»Es war unglaublich.« Auch Lucia stockte noch immer der Atem. Sie fand diesen Abend genauso aufregend wie ich. Die Gefühle und Erlebnisse, die wir heute Abend spüren durften, sollten wir besser in uns behalten. Jeder hatte seinen eigenen magischen Moment in dieser Nacht erfahren und wollte mit diesem fantastischen Gefühl später einschlafen und träumen.

***

Ruhig, dankbar und überglücklich ließ ich den Heiligen Abend und die magische Weihnachtstradition Revue passieren, während ich eingekuschelt in meinem Bett lag. Ich spürte, wie meine Augenlider zufielen und ich wie von einem magischen

Strang ins Land der Träume gezogen wurde – bereit, dem letzten Geheimnis dieser verzauberten Nacht zu begegnen. In einem klaren und wundervollen Traum würde mir offenbart werden, welcher Wunsch in Zukunft in Erfüllung gehen würde.

Zwei Pferde toben über die großen, mit frischem Gras bewachsenen Wiesen. Ich erkenne Sarabella und ein neues Pferd. Ein brauner Fuchshengst tollt mit meiner Schimmelstute spielerisch über die Koppel. Ich muss lachen. Meine Mama tritt neben mich. Sie strahlt. »Es hat geklappt.« Ich höre Mama leise schluchzen. Als ich sie ansehe, glitzern Freudentränen in ihren Augen. Erst jetzt kann ich die Worte realisieren. Es hat geklappt! Meine süße Mausi ist von einem so hübschen Hengst trächtig. In 11 Monaten wird sie einem neuen Lebewesen ein neues Leben schenken. Sie wird ein Fohlen bekommen!

18. Zusammenhalt ist alles

von Rebekka Haindl

»… jedenfalls wünsche ich dir einen schönen Heiligen Abend! Sieh zu, dass du nicht komplett wahnsinnig wirst da draußen!« Die faltigen Täler um Moms Augen vertieften sich, als sich ihr Gesicht zu einem warmen Lächeln verzog. »Ich liebe dich und wir vermissen dich! Nächstes Jahr sieh zu, dass du wieder nach Hause kommen kannst. Und ja, jetzt darfst du endlich dein Paket öffnen! Ich weiß, du wartest seit Monaten darauf. Wehe, du warst ungeduldig und hast es schon vorher aufgemacht. Ich werde das erfahren!«, schimpfte sie gespielt ernst, als sich eine Hand auf ihre Schulter legte. Sie schaute zur Seite, wo Dad sie zweifellos zur Eile antrieb. »Ich muss nach dem Essen schauen, mein Schatz! Dein Vater weiß mal wieder nicht, wann der Auflauf fertig ist.« Sie schüttelte den Kopf. »Der Mann kann großartig kochen, aber sobald es an die Festtagsrezepte geht, ist er hoffnungslos verloren.« Sie winkte noch ein letztes Mal aus dem Monitor. »Ich melde mich nach den Feiertagen wieder und freue mich auf deine nächste Nachricht!«

Moms Gesicht fror ein. Ich seufzte und stieß mich von der Lehne des Stuhls ab, in dem ich ihre Worte verfolgt hatte. Mir war gerade nicht danach, eine eigene Nachricht aufzunehmen – es würde ohnehin 46 Minuten dauern, bis sie bei meiner Familie ankommen würde, und über die Feiertage war diese überaus beschäftigt. Ich war nicht unglücklich, dass mir dieser Stress dieses Jahr erspart blieb.

Entgegen dem, was ich meiner Mutter erzählt hatte, hatte ich mich freiwillig gemeldet, die Station über Weihnachten allein zu überwachen. Meine Kollegen hatten angeboten, mir zumindest eine zweite Person zur Seite zu stellen, aber ich hatte abgelehnt. Nach nahezu einem Jahr, in dem wir uns tagtäglich diesen begrenzten Raum geteilt hatten, freute ich mich auf ein wenig Zeit für mich.

Ich schwebte den Schacht hinauf zur Küche, wo ich meine Lieblingstasse mit Alfie dem Affen aus dem Schrank fischte und sie unter der Kaffeemaschine platzierte. Mom hatte mir letztes Jahr ebenfalls eine geschenkt, doch auf der befand sich ein Aufdruck der Erde. Und dieser Anblick löste bei mir stets ein mulmiges Gefühl aus. Ich hatte nie verstanden, was die ältere Generation an diesem seltsamen riesigen Klumpen fand, der keinerlei Beschränkungen hatte. Keine Filter, die für frische Atemluft sorgten, keine fest zugeteilten Orte, an denen Pflanzen angebaut oder andere systemrelevante Tätigkeiten ausgeübt wurden. Die Erde war Chaos, sie war Ineffizienz – sie verkörperte das Gegenteil dessen, was hier draußen gelehrt wurde. Die Leute taten, was sie wollten. Sie suchten sich ihre Aufgaben selbst aus, anstatt diese anhand ihrer Fähigkeiten zugewiesen zu bekommen. Das sorgte für Unzufriedenheit und für Kriminalität. Kein Wunder, dass wir damals nach hier draußen flohen, wo eine unbeschreibliche Ruhe und Ordnung herrschte.

Ich erschauderte und drückte auf die Taste der Kaffeemaschine, die mit einem Brummen und Gluckern zum Leben erwachte. Das köstliche Röstaroma frisch gemahlener Bohnen breitete sich in der kleinen Küche aus. Natürlich waren es keine echten Kaffeebohnen, obwohl unsere Maschine diese tatsächlich hätte verarbeiten können. Manchmal schickte uns die Firma kleine Proben nicht-synthetischer Nahrungsmittel zu, um uns eine Freude zu machen. Weil wir es waren, die für die Ressourcen der Hauptstation sorgten, so weit draußen. Weil wir den harten Job ausübten, fernab der Zivilisation.

Zivilisation war wichtig – Geselligkeit und Zusammenhalt waren alles, was zählte. Einzelgänger, Eigenbrötler, die lebten am Rande unserer Gesellschaft. Wie konnte jemand nicht die ständige Anwesenheit anderer Leute bevorzugen? Mit der Person konnte ja etwas nicht stimmen. Am besten gut überwachen, falls sich da irgendwelche kriminellen Züge entwickeln würden. Und dann gleich noch in ein Rehabilitationsprogramm stecken, um ihr die Sozialfähigkeit wieder anzutrainieren.

Die Kaffeemaschine verstummte. Ich atmete tief durch und schloss die Augen, genoss für einen Moment die absolute Stille – wenn man vom ständigen Brummen der Luftfilter mal absah. Aber das nahm ich kaum noch wahr. Ein Lächeln stahl sich auf meine Lippen. Zu Hause war jetzt eine Menge los. Vier Generationen lebten inzwischen in den begrenzten Lebensräumen meiner Verwandtschaft. Mom würde ihren berühmten Auflauf machen, für den mein Dad das ganze Jahr über echte Kartoffeln aus den übriggebliebenen Knollen des Vorjahres gezüchtet hatte. Die erste Kartoffel hatte mein Ururgroßvater noch von der Erde mitgenommen, seither wurden diese von Generation zu Generation weitergegeben.

Viele Familien pflegten kleine Privatgärten für den Eigenverbrauch, zweigten ihre persönlichen Wasserrationen ab, um sie zu versorgen. Gelegentlich wurde mit Nachbarn gehandelt – aber mehr als ein paar Pflänzchen waren mit den sorgsam bemessenen Vorräten nicht drin.

Es war nicht so, dass auf der Station je jemand Hunger leiden musste. Es gab Rationen für jede Familie, über deren Geschmack man streiten konnte. Mein Opa bestand darauf, dass sie früher mehr Aroma hatten – ich kannte sie nicht anders. Auch für genügend Luft oder praktische Alltagsgegenstände wurde gesorgt. Das meiste behütete man und gab es innerhalb der Familie weiter. Was kaputtging, wurde repariert oder umfunktioniert.

Ein leises Piepen ertönte. Ich schlug die Lider auf und stieß mich an der metallenen Küchentheke ab, um zu dem großen Monitor zu gelangen, auf dem ein rotes Rufzeichen blinkte. Entspannt tippte ich mit dem Finger darauf. Ein Asteroid der Kategorie B näherte sich dem inneren Parameter – etwas nah für meinen Geschmack, aber normalerweise nichts, was die Systeme nicht von selber regeln würden.

Wenige Sekunden vergingen, dann verstummte das Geräusch. Nur um kurz darauf von einem ohrenbetäubenden

Krachen abgelöst zu werden, das von einer heftigen Erschütterung begleitet wurde. Alarmsirenen gingen los, alle Monitore sprangen auf Rot. O Shit!

Ich löste mich aus meiner Schockstarre und schaltete den Alarm auf Stumm. Erst mal die Situation evaluieren. Was war passiert?

Ein leises Zischen erregte meine Aufmerksamkeit und etwas streifte meine Wange. Ein Löffel schwebte an mir vorbei in Richtung des Schachtes, der zum Gemeinschaftsraum führte. O Shit.

So schnell ich konnte, schob ich mich durch den Schacht und hielt mich an der Leiter fest, als ein stetiger Sog immer präsenter wurde. Ein etwa faustgroßes Loch in der äußeren Verkleidung bot einen unbeschreiblichen Ausblick auf das ewige Nichts dahinter.

Ich nahm mir nicht die Zeit, meinen Puls mit einigen Atemzügen zu beruhigen, sondern schnappte mir sofort ein Notfallkit von der Wand. Die feste silberne Folie wurde durch den Sog nahtlos gegen die klaffende Öffnung gepresst und die Klebepistole fixierte sie bombenfest. Augenblicklich kehrte Ruhe ein und nur mein keuchender, viel zu schneller Atem war zu hören. Ich blinzelte ein paar Tränen aus meinen Augen und sah mich um. Kein Grund für Panik. Deshalb war ich hier. Dies war nicht meine erste Notfallsituation – nur die erste, in der ich völlig allein ein paar ruhigen Routinetagen entgegengeblickt hatte. So eine Station war ganz schön fragil und Asteroidensprengungen konnten ziemlich unvorhersehbar sein. Doch dafür gab es eigentlich Sicherheitsvorkehrungen.

Auf den Bildschirmen blinkten nach wie vor eine Menge Notifikationen. Ich klickte mich durch und sortierte sie nach Dringlichkeit. Okay. Nichts, was ich nicht reparieren könnte. Ein paar Schäden an den Außenwänden der Station, für die ich mich nach draußen begeben musste. Die Kommunikation war außer Gefecht – natürlich. Aber bis die Hauptstation Verstärkung schicken könnte, würden ohnehin mehrere Tage vergehen. Bis dahin hatte ich die Situation hoffentlich im Griff.

Die Beschädigungen an der Außenhülle konnten langfristig gefährlich werden, und mehrere Filter waren beschädigt. Zudem musste jemand die Überbleibsel des Asteroids einholen und auf Mineralien untersuchen. Ich stieß ein humorloses Lachen aus. Soviel zu den geruhsamen Feiertagen.

Aber eins nach dem anderen. Mit zittrigen Fingerspitzen tastete ich am Rand der Folie entlang, die das eben noch dagewesenen Loch in der Hülle verdeckte. Alles dicht. Gut.

Dann schob ich mich zur Luftschleuse und legte meinen Anzug an. Sicherheits-Check – Sauerstoff voll, keine Lecks, alles dicht verschlossen. Die Routine brachte meinen Herzschlag zurück in einen regelmäßigen Rhythmus. Ich begab mich hinaus. Hinter der Schleuse lag meine geliebte, einsame Unendlichkeit. Hier draußen war alles in Ordnung.

Die Defekte der Hülle ließen sich mit Reparaturfolie gut beheben, die Feinheiten müsste unser Techniker bei seiner Rückkehr vornehmen.

Meine Sicherungsleine stieß an ihre Grenze und ich hakte mich neben der Kommunikationsantenne ein. Es hatte sie übel erwischt, Trümmer schwebten frei neben der Außenhülle herum. Sie hatte zwar keinesfalls oberste Priorität, aber ich fühlte mich schrecklich unwohl ohne die Möglichkeit, jederzeit die Hauptstation kontaktieren zu können. Obwohl ich Ersatzteile mitgebracht hatte, kostete es mich mehrere Stunden, die Schäden notdürftig zu fixen. Das hier war nicht mein Metier. Was hatte ich mir hierbei nur gedacht?

Nach und nach verschwanden die Alarmierungen von meinem Helmmonitor. Doch das beklemmende Gefühl in meiner Magengegend blieb.

Wieso hatten die Trümmer des Asteroids die Station getroffen? Die Sicherheitsvorkehrungen hätten viel früher aktiv werden müssen, gerade bei einem der Kategorie B. Einem Instinkt folgend, hangelte ich mich zum Scanner und öffnete das Verdeck. Mein Herz setzte einen Schlag aus. Er war ganz eindeutig manipuliert worden. Aber nicht von einem Profi – wer auch immer das getan hatte, hatte vergessen, den eingeschränkten Backup-Scanner ebenfalls außer Gefecht zu setzen.

Ich klammerte mich an den Griffen fest, die links und rechts neben der Öffnung angebracht waren, während sich ein eisiger Schauder auf meinem Rücken bildete. Wer sollte so etwas tun? Und wieso?

Fast panisch schob ich mich zurück zur Luftschleuse und atmete erst auf, als ich mich wieder in der Sicherheit der Station befand. Dann überprüfte ich sämtliche lebensnotwendigen Versorgungssysteme. Wasseraufbereitungsanlage – intakt. Luftfilter – nein. Auch hier gab es eindeutige Manipulationsversuche. Es war mein riesiges Glück, dass die Dinger so konstruiert waren, dass ungeübte Saboteure keinen großen Schaden anrichten konnten. Wurde ein Teil der Anlage zerstört, gab es ein Backup. Und niemand war so dämlich, etwas komplett außer Gefecht zu setzen, das auch sein eigenes Überleben sicherte.

Zitternd hangelte ich mich zum nächsten Monitor und begann meinen Notruf. »Chef, jemand hat es auf mich abgesehen …« Ich hielt inne und löschte die Nachricht. Das klang paranoid. Als wäre ich nach nur fünf Tagen der Einsamkeit wahnsinnig geworden. Sie würden mich nie wieder alleine lassen. Schlimmer noch – sie würden mich von der Station abziehen, durch ein Rehabilitationsprogramm schicken und dann als Petrologielehrerin in einer Schule einsetzen oder so.

Ich sank in einen Stuhl, schnallte mich daran fest, um kurz zusammenzusacken. Wer immer die Station sabotiert hatte – er war dabei nicht sonderlich feinfühlig vorgegangen. Hatte keinerlei Versuche unternommen, die offensichtlichen Änderungen zu verstecken. Wenn man mich töten wollte, gäbe es einfachere Möglichkeiten. Man könnte etwa aus einigen der Chemikalien, die wir hier in der Forschungsstation aufbewahrten, ein Gift herstellen und es in meine persönliche Tasse geben. Ich widerstand dem Instinkt, meinen ziellos umherschwebenden Alfie-Becher aus der Küche zu holen und ihn im Labor eingehend auf Giftrückstände zu testen. In den vergangenen fünf Tagen hatte ich mehr als nur die täglich empfohlene Menge Kaffee konsumiert.

Was war mit dem Paket von Mom? Es lag seit meinem letzten Heimatbesuch für jeden zugänglich im Schrank neben meiner Koje.

Mit rasendem Herzen befreite ich mich vom Stuhl und schwebte zum Gemeinschaftsquartier. Es war säuberlich aufgeräumt, weil ich die ersten Stunden seliger Ruhe damit verbracht hatte, das ewige Chaos der lauten Crew zu beseitigen. Mein Paket befand sich exakt da, wo ich es hinterlassen hatte, wenn auch etwas durchgerüttelt. Mom hatte es in ein getragenes Shirt meines Großvaters gewickelt – sie bestand auf der uralten Tradition unserer Familie, Spannung durch das Auspacken zu kreieren. Ich hatte mich über das vertraute Stück Stoff gefreut und wartete schon das ganze Jahr darauf, es am Morgen nach Weihnachten überziehen zu können.

Obwohl ich mir wahnsinnig paranoid vorkam, schnappte ich eine Zange aus meinem Werkzeuggürtel und packte das Paket damit. Lieber auf Nummer Sicher gehen, falls tatsächlich jemand versuchte, mich umzubringen.

Der Weg zum Labor war nicht weit, wie alles in der Station; dort angekommen machte ich erst mal eine Röntgenaufnahme des kleinen Quadrats. Das Bild zeigte genau das. Verdammt, Mom hatte mein Geschenk in einer Metallbox verpackt. So vorsichtig ich konnte, wickelte ich Opas Shirt ab und platzierte die Kiste auf einem Tisch. Langsam, mit einer weiteren Zange, hob ich den Deckel ab und ging in Deckung. Nichts geschah. Ein Blick hinein offenbarte – Bohnen. Ein Haufen kleiner, brauner, trockener Kaffeebohnen. Das Aroma war unbeschreiblich, doch die Freude wurde vom pochenden Gefühl der Panik gedämpft, das nach wie vor in mir lauerte. Es war unwahrscheinlich, dass diese Hand voll Bohnen vergiftet worden war, wenn man auch einfach meine Rationen hätte verseuchen können, aber trotzdem analysierte ich jede einzelne von ihnen. Am Ende fühlte ich mich ziemlich dumm, aber beruhigt.

Nach einem weiteren Rundgang durch die Station, wobei ich erneut alle Sicherheitssysteme überprüfte und die Funktionstests je dreimal durchlaufen ließ, kam ich zu einem Schluss: Wer auch immer die Sabotagen vorgenommen hatte, hatte nicht die Intention gehabt, mich tatsächlich umzubringen. Vielmehr sollte wohl mein Gefühl des Alleinseins und der Paranoia geschürt werden – eben das, wovor auf der Hauptstation bei den Schulungen wieder und wieder gewarnt wurde. Dass es den Asteroiden so gewaltsam zerrissen hatte, dass seine Projektile ein Loch in die Station gerissen hatten, war nicht geplant gewesen. Viel mehr hatte er die Station durchrütteln und mich durch seine ungewöhnliche Nähe auf die Sabotage aufmerksam machen sollen.

Die Worte, die uns auf den Schulungen immer wieder eingetrichtert wurden, gingen mir durch den Kopf: *Der Mensch ist ein Herdentier. Zusammenhalt ist alles. Nur gemeinsam können wir hier draußen überleben.*

Meine Kollegen wussten, dass ich manchmal Zeit für mich brauchte. Dass ich mich immer mal wieder unter Ausreden, Proben zu analysieren, ins Labor zurückzog oder »Reparaturen« an der Hülle vornahm, obwohl ich keine Technikerausbildung durchlaufen hatte. Angebote, mir Gesellschaft zu leisten, schlug ich in letzter Zeit vermehrt aus. Und jetzt war ich völlig isoliert auf der Station. Zu Hause wäre ich bereits als »Eigenbrötlerin« eingestuft worden. Meine Familie wäre darauf angesetzt worden, mich mehr zu integrieren.

Jetzt, wo ich so überlegte, hatte ich in den vergangenen Monaten tatsächlich vermehrte Anrufe von Familienmitgliedern bekommen! Mein Cousin, der mir stolz erzählte, dass seine Tochter sich mit einer Nachbarin traf. Meine Schwester, die von einem Erlebnis eines Schülers berichtete. Mom, die beinahe täglich fragte, ob alles in Ordnung war und mich bat, mich häufiger zu melden, was bei mir das Gegenteil bewirkt hatte.

Ein Knoten bildete sich in meiner Magengegend und ich kehrte in den Stuhl zurück, von dem aus ich Kontakt zur

Hauptstation aufnehmen sollte. Ich bemühte mich um eine entspannte Mine. »Chef, es gab einen kleinen Zwischenfall hier. Es ist alles unter Kontrolle, aber der Asteroidenscanner ist ausgefallen und das Backup hat zu spät angeschlagen. Daher konnten die Systeme nicht schnell genug reagieren und die Station hat es erwischt. Ich konnte die schlimmsten Schäden bereits beheben, würde es aber zu schätzen wissen, nach den Feiertagen so schnell wie möglich einen Profi hier zu haben.« Ich hielt inne. »Ansonsten ist hier alles in Ordnung. Ich freue mich darauf, die Crew zurückzubekommen. Ich wünsche euch allen schöne Feiertage!« Zufrieden berührte mein Finger das Symbol zum Senden.

Die Nachricht an meine Mom fiel mir deutlich schwerer. »Hey, Mom! Danke für das Geschenk, es ist großartig! Was musste Dad tauschen, um echte Kaffeebohnen zu bekommen? Sag nicht, er hat eine seiner geliebten Kartoffeln hergegeben.« Einen Moment fehlten mir die Worte. Ein Kloß bildete sich in meinem Hals, als ich mir vorstellte, wie meine Familie in diesem Moment gemeinsam um den riesigen Tisch saß und sich auf Moms traditionellen Auflauf stürzte. Wie die Kids lachend die getragenen Shirts ihrer Cousinen und Cousins von den Geschenken wickelten und sich überwarfen. Wie sie sich über den Inhalt der Pakete freuten, die allesamt aus praktischen Gegenständen bestanden, die die Generationen vor ihnen in eben diesem Alter gebraucht hatten. Ich blinzelte rasch die Tränen weg. »Ich vermisse euch schrecklich und verspreche, nächstes Weihnachten mit euch zu verbringen.« Schnell beendete ich die Message und stieß mich vom Stuhl ab, um in die Küche zu gelangen.

Die Crew würde in knapp zwei Wochen zurückkehren, den Saboteur wollte ich dann entlarven. Die Schäden an der Station und der manipulierte Scanner waren Beweis genug. Ich liebte die Mannschaft und wollte mir keinen von ihnen als jemanden vorstellen, der mich in den Wahnsinn treiben oder loswerden wollte. Und doch hatte ich beim Gedanken an die Fünf nun ein mulmiges Gefühl. War es möglicherweise ein gemeinsamer Versuch gewesen? Oder hatte die Sache jemand allein in die Hand genommen?

Aber wenn sie ein Problem mit mir hatten – warum hatten sie mich nicht gemeldet?

Ich hatte eine grobe Idee. Es wollte ohnehin fast niemand diesen Job machen. Unsere Obrigkeiten hätten kaum etwas unternommen, wenn sie erfahren hätten, dass ich eigenbrötlerische Tendenzen aufwies. Wir waren alle auf unsere eigene Art merkwürdig, deshalb waren wir ja hier draußen, doch ich musste zugeben, dass die anderen mehr ein Gefühl von Gemeinschaft hatten als ich. Möglicherweise sollte ich mich mehr integrieren.

Mein geliebter Alfie-Becher schwebte einsam und verlassen immer noch hier rum, der Kaffee war inzwischen trotz der Thermobeschichtung eiskalt. Kurz überlegte ich, meine frisch getesteten Kaffeebohnen zu benutzen, dann packte ich sie jedoch in den Schrank mit den Vorräten. Ein Friedensangebot für die Crew, das wir *gemeinsam* genießen konnten.

19. Plätzchengrüße mit Glücksgefühlen

von Marie Komenda

Melissa hatte sich schnell an ihre neue Wohnung im Münchner Stadtteil Berg am Laim gewöhnt und sich die knapp sechzig Quadratmeter zu eigen gemacht. Sie stand an der Küchenzeile und wartete darauf, dass die Kaffeemaschine aufheizte, konnte kaum glauben, dass die Wohnung vor wenigen Tagen ganz anders aussah. Sie ließ den Blick durch den offenen Wohn-Essbereich gleiten und versuchte, sich zu erinnern, wie es früher ausgesehen hatte. Auf ihren Armen bildete sich eine Gänsehaut, als sie an den abgesessenen Ohrensessel dachte. Oder auch an den alten Holztisch mit den tiefen Kratzern, der charakteristisch für die Wohnungseinrichtung ihrer Großtante war. All das war verschwunden. Melissa hatte in wenigen Wochen ihr Zuhause daraus gemacht. Die Einrichtung war neu, doch die Erinnerungen an die alten Zeiten würden für immer in ihrem Herzen weiterleben.

Melissa holte tief Luft und kniff die Augen fest zusammen, als könne sie damit die Trauer vertreiben, die sich aus ihrem Herzen drohte in ihr auszubreiten. Sie hatte die letzten Wochen damit verbracht, ihren Verlust zu verarbeiten. Jetzt stand Weihnachten vor der Tür und damit die Zeit für Freude und Dankbarkeit. Über diesen Verlust wollte sie jetzt nicht nachdenken. Mit Trauer und Schmerz hatte sie schließlich schon genug Zeit in den letzten Tagen verbracht.

Pünktlich zum ersten Dezember hatte es in der Nacht geschneit. Mit der Tasse dampfenden Kaffees in der Hand stellte sich Melissa an das Fenster im Wohnzimmer und blickte in die Winterlandschaft. Massenhaft Schnee lag auf den Straßen Münchens. Ein ungewohnter Anblick, der ihr ein Lächeln ins Gesicht zauberte. An ihrem Kaffee schlürfend riss sich Melissa von der winterlichen Aussicht los, ging zurück in die Küche und warf einen Blick auf die digitale Uhr am Backofen.

Verdammt, sie musste los. Bei dem Wetter würde sie ewig ins Büro brauchen. Oh, hoffentlich hatten die Straßenbahnen kein Problem mit den Schneemassen? Melissa stellte ihre leere Tasse in die Spülmaschine und suchte Handy, Schlüssel und Geschäftsunterlagen zusammen, packte alles in ihre Tasche und zog sich ihren dicken Mantel sowie Mütze und Schal über. Bereit für die Kälte.

Als sie die Wohnungstüre öffnete, stutzte sie.

Auf ihrer Fußmatte im Hausflur stand eine Tasse. Melissa drehte den Kopf nach links und rechts, entdeckte aber niemanden.

»Hallo?«, rief sie halblaut, um sicherzugehen, dass wirklich keiner da war.

Dann bückte sie sich und hob die Tasse auf. Auf die weiße Keramik waren drei Nussknacker gemalt, einer in Rot, einer in Blau und einer in Grün. Über ihnen schwebte ein goldenes Band, unter ihnen lagen Tannenzweige mit vereinzelten Zapfen daran. Die Tasse war gefüllt mit Plätzchen, die selbstgemacht aussahen. Melissa erkannte einen Zimtstern, Ausstechplätzchen mit bunten Zuckerstreuseln und Kekse mit Schokoladenguss. Sie suchte nach Hinweisen, fand aber weder einen Absender noch sonst eine Nachricht.

Vielleicht war es eine Geste der Hausverwaltung. Melissa ging ein paar Schritte den Flur entlang und suchte vor den Nachbarwohnungen nach ähnlichen Geschenken. Sie fand nichts dergleichen. Nur sie hatte eine Tasse mit Plätzchen erhalten. Seltsam.

Vielleicht war es ein Willkommensgeschenk, weil sie neu eingezogen war?

Sie hatte keine Zeit, um sich damit zu befassen, sie musste zur Arbeit und wollte sich am Abend darum kümmern. Im Laufschritt hastete Melissa zurück in ihre Wohnung, stellte die Tasse auf den Esstisch und verließ in Windeseile das Haus.

Ihre Arbeitstage als Rechtsanwältin waren lang und als Melissa endlich nach Hause kam, war die Sonne bereits vor Stunden untergegangen. Müde und erschöpft schloss sie die

Haustüre auf und schleppte sich die Treppen in den zweiten Stock hoch. Auf der oberen Stufe kam ihr eine Frau mittleren Alters entgegen und lächelte sie zur Begrüßung freundlich an.

»Darf ich Sie etwas fragen?«, rief Melissa ihr zu, als diese an ihr vorbeilief. Sie stoppte und blickte Melissa erwartungsvoll an.

»Ich habe heute Morgen eine mit Plätzchen gefüllte Weihnachtstasse vor meiner Wohnung gefunden. Wissen Sie zufällig, von wem sie sein könnte? Es war keine Nachricht dabei. Ich bin gerade erst eingezogen, ist das hier im Haus Tradition?«

Die Nachbarin runzelte die Stirn. »Nein, sorry, keine Ahnung. Haben Sie vielleicht einen heimlichen Verehrer?« Sie zuckte zweimal kurz hintereinander mit der linken Augenbraue und lief weiter.

»Einen Verehrer? Ich wohne erst seit Kurzem hier und kenne niemanden – also eher nein«, sagte Melissa mehr zu sich selbst, denn die Nachbarin war längst außerhalb ihrer Hörweite.

Noch in Gedanken betrat Melissa ihre Wohnung, legte ihre Tasche und die dicke Winterkleidung ab und ging direkt auf die Tasse mit den Plätzchen zu. Sie beschloss, den Inhalt auf einen Teller zu geben, vielleicht verbarg sich die Nachricht im Inneren, doch auch da war nichts zu finden.

»Von wem habe ich dich bekommen?«, fragte sie die Tasse, wohl wissend, dass sie keine Antwort erhalten würde. In ihrem Wohnblock waren rund zwanzig Parteien untergebracht. Melissa spielte mit dem Gedanken, jeden einzelnen abzuklingeln. Doch sie wollte nicht so kurz nach ihrem Einzug schon als die Irre abgestempelt werden, also verwarf sie die Idee wieder. Davon abgesehen, dass dieses Vorhaben Ewigkeiten in Anspruch genommen hätte. Wie sollte sie herausfinden, wer ihr die Tasse vor die Tür gestellt hatte?

Verschiedene Szenarien spielten sich in ihrem Kopf ab, während sie in eine bequeme Jogginghose schlüpfte und die Reste vom Vortag in der Mikrowelle aufwärmte. Noch bevor das *Pling* angab, dass der Auflauf verzehrfertig war, griff Melissa nach dem Zimtstern auf dem Teller und betrachtete ihn eingehend. Sie roch daran. Sofort kroch ihr der Zimtduft in die Nase. Das Wasser lief ihr im Mund zusammen. Sie öffnete die Lippen und wollte gerade abbeißen, als ihr der Gedanke kam, die Plätzchen könnten vergiftet sein.

Erneut begutachtete Melissa den Zimtstern.

»Ach, so ein Blödsinn!«, rügte sie sich und schob ihn sich in den Mund. Der erste Bissen löste Glücksgefühle in ihr aus. »Oh, verdammt, ist der lecker.«

Kaum hatte sie ihn heruntergeschluckt, griff sie nach dem nächsten Plätzchen. Die Glasur glänzte und der herbe Duft der Schokolade ließ Melissas Magen knurren. Schon verschwand auch dieses Gebäckstück zwischen ihren Zähnen. »Mhm«, stöhnte sie vergnügt und schloss genüsslich die Augen.

Ihr kam eine Idee.

Melissa holte einen gelben Notizzettel, schrieb »Vielen Dank. Die waren superlecker« darauf und legte den Zettel in die Tasse. Diese stellte sie zurück auf die Fußmatte. Vielleicht würde ihr der geheime Absender antworten.

Bereits vor dem Klingeln ihres Weckers wachte Melissa am nächsten Tag auf, schlug die Decke zur Seite und schlüpfte in den flauschigen Morgenmantel. Ihr erster Weg führte sie zur Wohnungstür. Sie war aufgeregt wie ein Kind am Nikolaustag, das darauf wartete, seine mit Schokolade gefüllten Stiefel zu finden. Sie öffnete langsam die Tür und traute ihren Augen kaum. Die Tasse war wieder randvoll mit Plätzchen. Melissa blickte sich wie am Vortag im Flur um, doch auch jetzt war wieder keine Menschenseele zu sehen.

Sie griff nach der Tasse, ging hinein und legte den Inhalt auf einen Teller. Ihr eigener Zettel war weg. Eine Nachricht für sie gab es nicht. Enttäuscht stieß sie die Luft aus.

Sie wollte unbedingt herausfinden, von wem die Plätzchen kamen. Den ganzen Tag schob sie Ideen in ihrem Kopf hin und her und dachte sich einen Plan aus. Am Abend wusste sie, wie sie herausbekommen würde, wer der geheimnisvolle Plätzchenlieferant war. Sie würde vor der Tür schlafen.

Das war irgendwie verrückt und Himmel – das würde sie natürlich niemandem erzählen, aber sie musste wissen, von wem die Tasse kam. Es kribbelte in ihren Fingern und ihre Neugier war kaum auszuhalten. Am Abend platzierte sie die Tasse auf ihrer Fußmatte und richtete sich ein Nachtlager mit einer dicken Decke und einem Kissen in ihrem Flur ein. Wenn es nachts still war, würde sie sich nähernde Schritte auf jeden Fall hören.

Im gemütlichen Jogginganzug und mit einem dampfenden Tee in den Händen saß Melissa stundenlang auf dem Boden und wartete. Sie hatte ihr Tablet aufgestellt und sah in geringer Lautstärke eine Serie an. Bei jedem winzigen Geräusch pausierte sie und drückte ihr Ohr an die Tür. Niemand näherte sich ihrer Wohnung.

Sie hatte die Hoffnung schon beinahe aufgegeben, immer wieder fielen ihr die Augen zu und die Müdigkeit ließ ihre Knochen schwer werden. Je weiter die Stunden voranschritten, desto mehr zweifelte sie an ihrem Verstand und an ihrem gesamten Vorhaben. Es war Wahnsinn, dass sie die ganze Nacht vor ihrer Tür Wache hielt, nur um herauszufinden, welcher Nachbar ihr Plätzchen schenkte. Vielleicht sollte sie es einfach nur als freundliche Geste abspeichern und sich am Weihnachtsgebäck erfreuen …

Plötzlich hörte sie Schritte. Sie kamen näher und hielten vor ihrer Tür an. Melissa traute sich kaum zu atmen, ihr Herz pochte gegen ihre Brust. Leise und zügig schob sie ihre Decke und das Tablet beiseite, stand auf und zupfte ihre Kleidung zurecht und öffnete die Tür.

Vor ihr kniete ein Mann. Er hielt eine Dose in der Hand und füllte die Tasse wieder auf. Erschrocken zuckte er zusammen und stolperte nach hinten.

»Sie sind also der geheime Plätzchenliefer–« Melissa verschlug es die Sprache. Sie konnte nicht fassen, wen sie da im grellen Treppenhauslicht erkannte. »David?!«

Ihr Gegenüber starrte sie an, beinahe wäre ihm die Dose mit dem Gebäck aus der Hand gefallen. »Melissa?«

Für einen Moment herrschte Stille, nein, nahezu Schockstarre. Melissa konnte nicht glauben, was in diesem Augenblick passierte. Vor ihr stand ihre erste Liebe. Ihr Freund aus Schulzeiten. Eine Erinnerung aus der Vergangenheit und eine Liebe, die alle anderen Beziehungen in ihrem Leben geprägt hatte.

Und ausgerechnet in diesem Moment trug sie einen rosafarbenen Rentierjogginganzug. Warum nur passierte ihr immer so etwas?

»Melissa, was – was machst du hier?«

Sie räusperte sich und verschränkte reflexartig die Arme vor der Brust, damit David den Rentieraufdruck nicht sehen konnte. »Ich wohne hier.«

Er runzelte die Stirn und sah verwirrt aus. »Ähm, nein, hier wohnt Lorena Wissner.«

Melissa biss sich auf die Lippe. »Das ist meine Großtante. War, meine Großtante. Sie ist verstorben und hat mir ihre Wohnung hinterlassen. Ich bin vor kurzem eingezogen.«

»Oh«, David kratze sich am Kopf. »Mein Beileid.«

»Danke.«

»Wir standen uns nicht sonderlich nah, es gab nur dieses Plätzchen-Thema zwischen uns. Ich war für eine Weile verreist und habe es nicht mitbekommen … wenn ich gewusst hätte, dass sie …«

»Ist schon okay, du musst dich nicht rechtfertigen.«

Wieder breitete sich Stille aus.

»Was hat es mit den Plätzchen auf sich?«, fragte Melissa.

»Ach, das war so ein Ding zwischen deiner Tante und mir. Sie hat mir mal erzählt, dass sie nicht mehr backen kann. Ich habe ihr dann jedes Jahr ab dem ersten Dezember eine gefüllte Tasse vor die Tür gestellt. Am Abend hat sie die geleerte Tasse hinausgestellt, damit ich sie auf dem Weg zu Arbeit wieder befüllen konnte.«

»Ah.« So war das. Rätsel gelöst.

David trat einen Schritt auf Melissa zu. »Hast du an der Tür gelauscht und mich abgepasst?«

Sie riss die Augenbrauen nach oben. »Ähm nein, natürlich nicht! Ich wollte aufstehen und war auf dem Weg ins Badezimmer, als ich Geräusche vor meiner Tür hörte.«

David warf einen Blick auf seine Armbanduhr. »Um vier Uhr? Was arbeitest du?«

Melissa fühlte sich ertappt. Das war früher schon Davids Stärke gewesen – er konnte in ihr lesen wie in einem offenen Buch. »Was arbeitest du, dass du um diese Uhrzeit das Haus verlässt?«, fragte sie, anstelle seine Frage zu beantworten.

»Ich bin Bäcker.«

Das ergab Sinn. Und erklärte auch, warum diese Plätzchen so unfassbar lecker waren. So eine Antwort hatte Melissa nicht parat. »Ich wollte früher aufstehen, weil ich etwas für einen wichtigen Klienten fertig machen muss«, log sie.

»Ah, die Rechtsanwältin. Herzlichen Glückwunsch, dass du es geschafft hast.«

David senkte traurig den Kopf. Melissas Herz wurde schwer. Ihr Studium war damals der Grund für ihre Trennung gewesen. Nach dem Abitur war Melissa nach Mannheim gezogen, um an einer der besten Jura-Fakultäten des Landes zu studieren. David wollte nicht umziehen. Stattdessen plante er seine Ausbildung zum Bäcker in einem renommierten Haus in München zu absolvieren. Eine Fernbeziehung hatte nicht funktioniert.

Sie schluckte schwer.

David räusperte sich. »Dann lass ich das mit den Plätzchen jetzt wohl.«

Melissa nickte. »Okay.«

»Die Tasse kannst du behalten.«

»Danke.«

David blickte Melissa noch einen Moment an, dann drehte er sich um. »Also … ähm. Man sieht sich.«

»Warte!«, rief Melissa.

David drehte sich um.

»Wann?«

»Was?«

»Du sagtest ›man sieht sich‹. Also wann?« Sie räusperte sich, fuhr sich nervös durch die Haare und wich seinem Blick aus. »Wann sehen wir uns wieder?«

»Ich, ähm …« Mehr kam nicht von David. Er wirkte verlegen.

Melissas Herz klopfte heftig gegen ihre Brust. »Ich meine, ist doch komisch, dass wir uns zehn Jahre nicht sehen, plötzlich wohnen wir im selben Haus und du bist mein geheimer Plätzchenlieferant. Das … das kann kein Zufall sein, oder?«

David blickte Melissa an, seine Stirn legte sich in Falten. Er sagte nichts.

»Willst du … also, hättest du Lust, mit mir essen zu gehen? Heute Abend? Auf die guten alten Zeiten und so …«, stammelte Melissa. Sie hatte mit allem gerechnet, aber niemals damit, dass sie ihre große Liebe in diesem Haus wiedersehen würde.

David zögerte, dann breitete sich ein Lächeln in seinem Gesicht aus. »Okay. Sehr gern. Ich hol dich um sieben Uhr ab.«

Nie zuvor in ihrem Leben war Melissa so nervös wie an diesem Abend. Bereits zehn Minuten vor der verabredeten Zeit wartete sie fertig angezogen im Flur darauf, dass David klopfte.

Es heißt, seine erste Liebe vergisst man nie, und Himmel – das traf tatsächlich zu. All die Gefühle, die Melissa damals für David empfand, waren aus ihren Verstecken gekrochen. Sie hatten sich in Melissas Herz eingenistet und ihren Verstand eingenommen. Je länger sie darüber nachdachte, desto sicherer war sie, dass sie keinen anderen Mann in ihrem Leben so geliebt hatte wie David. Keinen.

Es war kein Zufall, dass sie ihm über den Weg gelaufen war – das war Schicksal. Sie waren füreinander bestimmt, das hatte sie schon zu Schulzeiten so empfunden und daran glaubte Melissa noch immer.

Als er endlich klopfte, war Melissa so nervös, dass ihr das Herz bis zum Hals schlug. Sie öffnete die Tür.

»Hi«, hauchte sie und blickte geradewegs in die vertrauten haselnussbraunen Augen.

»Hi. Du siehst fantastisch aus.«

»Danke.«

»Bereit?« Er trat beiseite, sodass Melissa aus ihrer Wohnung heraustreten konnte.

»Absolut.«

Seite an Seite schlenderten sie die verschneiten Straßen entlang und erzählten sich von den vergangenen Jahren. Jeder Satz, den sie über Davids Leben erfuhr, ließ Melissas Herz höher schlagen. Die Harmonie zwischen ihnen war dieselbe wie früher. Ausgelassen, fröhlich, echt und auf einer Wellenlänge.

Plötzlich blieb Melissa stehen.

»Was ist?« David stellte sich ihr gegenüber, die Hände in der Jackentasche.

»Das sollte so sein, oder?«

»Was meinst du?«

»Das wir uns wiederfinden. Wir beide … wir sind füreinander geschaffen.«

»Melissa …«

»Nein, lass mich bitte ausreden.« Sie legte ihre Hände auf seine Brust. »All meine Beziehungen sind gescheitert und ich fragte mich immer, wieso. Jetzt habe ich es erkannt: Diese Männer waren nicht für mich gemacht. Du … du bist es.«

David lächelte, seine Augen funkelten im Licht der Straßenlaternen.

»Wir haben uns damals nicht getrennt, weil wir uns nicht mehr liebten, sondern weil die Entfernung zu groß war. Jetzt bin ich zurück, wir wohnen im selben Haus und … findest du nicht, dass das Schicksal uns etwas sagen will?«

David stieß den Atem aus und blickte in den wolkenverhangenen Dezemberhimmel. »Ich weiß, das ist alles irgendwie … ich weiß nicht. Das … das wäre doch total verrückt. Du weißt, dass ich nicht an das Schicksal glaube.«

Melissa nahm sein Gesicht in ihre Hände und blickte in seine Augen. »Dann vertrau auf uns.«

Und in diesem Moment sah Melissa in den Tiefen seiner braunen Augen ihre gemeinsame Zukunft, all das Glück und die Liebe, die sie in ihrem Leben miteinander teilen würden. Das Funkeln darin war ein Wegweiser auf dem Pfad, den sie miteinander beschreiten sollten.

David legte seine Hände um Melissas Hüfte. »Ich hab immer an uns geglaubt.«

Als er sie küsste, wusste Melissa, dass es der Anfang ihres gemeinsamen Lebens war.

20. Wenn eine Tasse im Schrank fehlt

von Corinna Stremme

Die Tasse flog geradewegs an ihrem rechten Ohr vorbei. *Das war knapp,* war ihr erster Gedanke.

»Hast du sie noch alle?«, lautete der nächste. Oder hatte sie ihn laut ausgesprochen?

Dem Gesichtsausdruck ihres Gegenübers nach zu urteilen, hatte sie das offensichtlich sehr wohl. Die Luft vibrierte zwischen ihnen merklich. Die Anspannung war eindeutig.

Doch gehen wir an den Anfang des vierundzwanzigsten Dezembers zurück, um zu verstehen, warum Cora nun schon zum zweiten Mal an diesem Tag um ihr Leben bangen musste.

»Ich bin dann mal weg«, hatte sie über die Schulter gerufen und das Übliche zur Antwort bekommen. »Ja, ja, mach das.«

Wann hatte diese Gleichgültigkeit eigentlich angefangen? Letztes Jahr, als sie verreisen wollten und sich so über das Ziel zerstritten hatten, dass die Versöhnung zwar auf dem Fuße gefolgt war, letztendlich aber keine Reise stattfand und sie nie thematisiert hatten, warum keiner Lust hatte, die Koffer zu packen und mit dem anderen an irgendeinen romantischen Ort auf dieser Welt zu fliegen?

Oder war die Ignoranz und Gefühllosigkeit leise schleichend passiert wie bei ihren Eltern? Lag das etwa in ihren Genen? Sie zuckte ratlos die Schultern bei dem Gedanken.

Ich wollte noch die letzten Weihnachtsgeschenke kaufen, rief sich Cora streng zurecht, zog ihren überlangen geliebten Lieblingsschal, die blaue Mütze und die dicken, etwas verdreckten Boots an, schloss den schwergängigen Reißverschluss ihrer alten, abgerockten und kaputtgeliebten Winterjacke und zuckelte ohne große Möge los.

Sie lief ziellos im eiskalten Nürnberg umher und merkte alsdann, dass sie dieses Jahr definitiv keine blasse Idee hatte, was ihn erfreuen könnte. Und schlimmer noch: Sie hatte keinerlei

Lust, ihm eine Freude zu bereiten. Das war fast ein Schock. Trotzdem entlockte es ihr ein gehässiges Kichern. Sie klang wie eine rostige alte Gartentür oder eine alte Hexe aus einem der Märchen, die sie als Kind so geliebt hatte.

Herzliches Lachen, das ihr sonst so leicht aus der Kehle kam, war so überhaupt gar nicht möglich, als ihr urplötzlich klar wurde, dass sie aufgehört hatte, ihn zu lieben – es blieb ihr im wahrsten Sinne des Wortes mitten im Halse stecken.

Was, wenn sie ihm nichts schenkte außer einem schiefen Grinsen?

Würde er sagen: »Ja, ja, schon in Ordnung, ich habe auch nichts für dich«?

Sollte sie jetzt nicht ein Zwicken in der Magengegend fühlen? Oder so etwas wie Bedauern?

Tränen hinunterschlucken wäre angebracht, sagte sie sich, als wäre sie eine Beisteherin. Jemand, der vorbeischaut und die Lage blitzschnell versteht.

Und dann passierte es. Es geschah plötzlich, unerwartet und in Form eines Reisebusses, der viel zu schnell auf der eisglatten, noch nicht gestreuten Straße fuhr und eindeutig vermuten ließ, dass der Fahrer einen Glühwein zu viel intus hatte. Die Bremsen waren nicht das Lauteste, was kreischte. Sie selbst hatte sich übertroffen und schrie, dass die Glasscheiben der angrenzenden Geschäfte eigentlich allesamt hätten splittern müssen.

Taten sie aber nicht.

Jedenfalls nicht durch ihre Stimme, sondern weil sich der Fahrer entschied, geradewegs über den Fahrweg zu brettern und mitten in die weihnachtsdekorierte Scheibe des Kaufhauses zu knallen, statt die junge Frau zu überfahren.

Wow, dachte sie, *das war knapp!*

Cora war zu diesem Zeitpunkt nicht klar, dass sie das heute noch einmal denken würde.

Ihr erinnert euch an die Tasse?

Aber dazu später mehr.

Versprochen.

Nachdem die Polizei den Fahrer ins Röhrchen hatte pusten lassen, der alte grauhaarige Beamte missbilligend mit der Zunge schnalzte und der Schuldige aussah wie ein kleiner Junge, den man beim Kaugummiklauen erwischt hatte, durfte Cora gehen.

»Gehen Sie nach Hause«, sagte der alte Beamte großväterlich und sah dabei fast ein wenig wie der Weihnachtsmann persönlich aus.

Das konnte sie nicht.

Sie saß stattdessen eine geschlagene Stunde in diesem wohlig warmen Café, mit leckerem Spekulatiusduft in der Nase. Hätte die unsympathische Bedienung nicht irgendwann viel zu laut und mit voller Absicht zu ihrer blutjungen Kollegin gesagt: »Dass manche Menschen nicht einmal Heiligabend einen Grund zum Nachhausegehen haben …«, würde sie wohl noch immer den Moment herauszögern, den ihre beste Freundin und sie später als den eigentlichen finalen Todesstoß bezeichnen würden.

Sie schlich mehr nach Hause, als dass sie ging. Zwischendurch schaute sie neugierig in die Wohnungen der fremden Menschen, die schon ihre mehr oder weniger krummen Weihnachtsbäume aufgestellt hatten und darunter Unmengen Geschenke für ihre Kinder häuften.

Und ihr wurde schlagartig klar, dass ihm klar sein musste, dass sie ES wusste. Er selbst hatte nämlich ebenfalls etwas unterlassen, was sie beide in der Vergangenheit als ungeschriebenes Gesetz oder Ritual der heiligen Weihnacht im Hause Cora und Partner bezeichnet hatten:

Es war kein Weihnachtsbaum eingezogen, kein Braten gekauft und kein Mistelzweig aufgehängt worden.

Und das waren eindeutig immer seine Arbeiten und selbst auferlegten Verpflichtungen gewesen. Das Reihenendhaus, das sie sonst weihnachtlich geschmückt hatten, als wolle das Christkind ihnen persönlich einen Besuch abstatten und sie es beide im Einklang miteinander beeindrucken, war dieses Jahr absolut kahl geblieben.

Sie ging noch ein wenig langsamer und schrieb es der sich verstärkenden Glätte auf dem Gehweg zu. Ihre Freundin Lisa hätte gesagt: »Rückwärts gehen wäre um einiges schneller, Cora.«

Dort vorne erhob sich ihr gemeinsames Haus. Es sah ein wenig aus, als würde dort jemand im oberen Schlafzimmerfenster stehen und mahnend den Zeigefinger in Coras Richtung heben. Doch das war eine Illusion oder der Versuch ihres Gehirns, ihr warnend mit auf den Weg zu geben, es sich noch einmal zu überlegen. *Ihr liebt euch doch!*

Nein, wollte sie schreien, *Liebe fühlt sich anders an. Warm und wohlig. Der Mann dort in diesem Heim, das keines mehr ist,* wollte sie rufen, *der liebt nicht, der lebt vor sich hin.* Neben ihr her. Und hatte die letzten Wochen und Monate höchstens noch Gewohnheit empfunden.

Sie öffnete zögernd die Haustür, blickte auf das Namensschild, das ihr natürlich bestens bekannt war, und auf den Namen, der heute fremd in ihrem Kopf klang, als sei er nicht mehr lange dort an dieser Stelle am rechten Platz.

Cora seufzte, zog Schal, Mütze, Boots und Jacke aus, zerriss dabei halb die Jacke, weil der blöde Reißverschluss nun endgültig verhakte und sie auf ihn wütend wurde, als wäre er am Ende dieser vermaledeiten Ehe und Beziehung schuld.

Er kam stirnrunzelnd in den Flur, als sie auf der Jacke herumtrampelte, und fragte allen Ernstes, was los wäre. Habe sie einen schlechten Tag? Wäre ihr nicht gut?

Was los wäre?

Ob sie einen schlechten Tag hätte?

Ob ihr nicht gut wäre?

Es war, als würden alle Dämme auf einmal brechen. *Was los wäre?* Sie ergoss ihren monatelang aufgestauten Frust über ihn und stoppte nicht, nicht einmal zum Luftholen. Er selbst hörte zu. Hob ab und zu die Augenbrauen und auch die Schultern, um sie wieder sinken zu lassen.

Sie indes wurde immer wütender, denn sein Desinteresse schien sich auch in seiner Wortlosigkeit zu manifestieren. Er war wie der kaputte Reißverschluss. Er passte nicht mehr zu ihr. Sie würde ihn ausrangieren, ihn ersetzen, ihn loswerden.

Und auf dem Höhepunkt der Wut presste sie heraus: »Und ein Geschenk hab ich auch nicht für dich!«

Mittlerweile standen sie im gemeinsamen Esszimmer und funkelten sich gegenseitig an.

Und so flog sie dann, die Tasse, die er ihr hastig eine Stunde vorher gekauft hatte, knapp an ihrem Ohr vorbei. Wirklich und wahrhaftig ganz und gar knapp. Sie machte ein Geräusch. Es war wohl der Windhauch, den Cora hörte und den die Tasse verursachte, und das ließ sie kurz wundern, wie das physikalisch wohl zusammenhing, aber sie dachte darüber nur einen Bruchteil einer Sekunde nach. Es war im Grunde nicht wichtig. Die Tasse zerschellte just in dem Moment, nachdem sie wie in Zeitlupe an ihrem rechten Ohr vorbeigeflogen war.

Beide schauten einander an. Fassungslos der eine, was er getan hatte, und immer noch in Rage die andere. Fassung war ehrlich gesagt das Letzte, was sie kümmerte.

Etwas später sagte sie: »Eine Tasse war eh ein blödes Geschenk!«

Und er antwortete: »Ja.« Er blickte sie mittlerweile wieder wenig anteilnehmend an, als sei er nie auch nur im Ansatz fähig zum Werfen von Gegenständen.

Einen kleinen Moment hoffte sie fast auf eine weitere echte wahrhaftige Regung, wie die einer weiteren fliegenden Tasse oder eines anderen Geschosses in Form ihres Geschirrs aus dem Küchenschrank.

Er erwiderte noch einmal, wie um zu bekräftigen, dass sie recht hatte: »Ja!«, und zog die Haustür energisch zuschlagend – als wolle er die Endgültigkeit unterstreichen – hinter sich ins eiserne Schloss.

Derweil klang fröhlich weihnachtliche Musik aus dem Nachbarhaus und Cora rutschte an der Wand hinab, den Kopf in ihre Hände gestützt.

Ihr Blick glitt erst zur Tasse im Esszimmer, die sie aus ihrer Position in allen ihren Scherben sehen und in ihrer ehemaligen

Ganzheit visualisieren konnte, zur gerade eingerasteten Haustür und dann geradewegs zum Garderobenschrank direkt gegenüber. Dort blieb er hängen.

Sie erhob sich abrupt, klopfte imaginären Staub von der Hose und stieg auf den stabilen kleinen Hocker, den sie sich extra herbeigeholt hatte.

Dort oben stand die Kiste mit Weihnachtsdeko auf dem obersten Bord mit den selbstgebastelten Sternen ihrer kleinen Nichten, die sie so zärtlich verehrten, wie es nur Kinder können.

Cora summte »Jingle bell, jingle bell, jingle bell rock«, als sie das Reihenhaus letztendlich doch noch liebevoll schmückte und sich in passende Stimmung fürs verlässlich wiederkehrende Christkind brachte.

In ihr öffnete sich langsam und stetig eine zuvor nicht erahnte Tür.

Es durchströmte sie eine nie gekannte Wärme im Takt des fröhlich von ihr gesummten Weihnachtssongs. Also flüsterte sie sich selbst mit neuer Selbstverständlichkeit Mut zu: »Alles, Cora, ist, wie es sein soll!«

21. Ein Becher Glück

von Jes Schön

»Gib sie her!«

»Nein, das ist meine!«

Meine Töchter veranstalten ein Tohuwabohu, als würde die Welt untergehen. Vermutlich dreht sich ihr Streit um eine Lappalie.

In solchen Momenten vermisse ich Philip besonders. Er fand stets die richtigen, deeskalierenden Worte. Mein Nervenkostüm war schon immer zu dünn, um die Ruhe zu bewahren.

Ich lege den Baumschmuck zur Seite – eine weitere Aufgabe, die ich gerne meinem verstorbenen Mann überließ – und folge dem Getöse. Beim Näherkommen höre ich ein Scheppern, gefolgt von entsetztem Japsen.

Worum sich ihr Disput drehte – es ist kaputt.

Ich betrete die Küche und entdecke Jule und Laura, die in einer Lache Kakao auf dem Fliesenboden knien. Zwischen der hellbraunen Flüssigkeit liegen Scherben.

Nein, das darf nicht wahr sein.

»Mama, es … also …« Lauras weit aufgerissene Augen füllen sich mit Tränen, Traurigkeit überzieht ihre Miene.

Ein gequälter Ton dringt aus meiner Kehle. Ich sinke auf den Boden und hebe eines der Bruchstücke auf. Darauf sieht man Teile fliegender roter Herzen, das größte ist in der Mitte zerbrochen.

Mein Mann kaufte das Set zu unserem ersten Valentinstag. Zwei billige weiße Porzellantassen mit herzförmigem Henkel. Auf seiner stand in ungelenken Buchstaben Philip, dahinter ein Strichmännchen, von dessen Hand die Herzen in den Himmel stiegen.

Begleitet von einem Seufzen schweift mein Blick zur Arbeitsplatte. Neben dem Vollautomaten steht das Gegenstück. Auch aus der Hand des Mädchens steigen Herzen in die Höhe. Stellte man sie nebeneinander, trafen sie sich in der Mitte.

Meine Tränen tropfen lautlos in die Kakaolache.

»Wir besorgen dir eine neue.« Laura, die Ältere, sieht mich mit halb geschlossenen Lidern an. Sie atmet hektisch und knetet ihre Finger.

Diese Tasse ist unersetzlich. Nach der Geburt der Kinder suchten wir Modelle mit ihren Namen. Der Hersteller hatte die Produktion eingestellt. Fänden wir wie durch ein Wunder eine auf einem Second-hand-Portal, wäre es nicht Philips.

»War es das wert? Worum habt ihr gestritten? Wer aus Papas Tasse trinkt?« Es gelingt mir nicht, den Vorwurf aus meiner Stimme zu halten.

Die Scherben auf den Küchenfliesen katapultieren mich an den düsteren Ort aus Trauer und Einsamkeit, in dem ich nach dem Verlust monatelang verweilte. »Tja, Bingo, ab sofort trinkt keine mehr daraus.«

Der Jeansstoff an meinen Knien ist mit Kakao getränkt. Ich erhebe mich, sammle die größeren Scherben auf und werfe sie in den Müll.

Bedröppelt schleicht Laura in den Abstellraum. Jule steht stocksteif und weinend in der Pfütze. Ich hebe sie hoch und setze sie auf den Küchentisch. Nachdem ich ihr die Socken abgestreift habe, schicke ich sie ins Bad. Es ist Zeit fürs Bett, Freitagabend hin oder her.

Laura kehrt mit Putzeimer und Schrubber zurück. Unter ihrem Arm klemmt Küchenkrepp. »Ich erledige das.«

»Nein. Dazwischen liegen kleine Scherben. Nicht, dass du dich schneidest.«

Ich ziehe die Rolle unter ihrer Achsel hervor, knie mich wieder hin und wische die Sauerei auf.

Das Klappern des Geschirrs weckt mich aus einem unruhigen Schlaf.

Nachdem ich am Vorabend in der Küche fertig war, gelang es mir, mich bei den beiden für meine unwirsche Reaktion zu entschuldigen. Sie vermissen ihren Vater genauso wie ich. Wir tragen ihn in unseren Herzen. Es war falsch, wegen einer Tasse so wütend zu reagieren.

Zusammengefasst waren das die Worte, die ich wählte, um ihnen ihr Gewissen zu erleichtern. Meine Gefühle stehen auf einem anderen Blatt. Der Verlust dieses Porzellanbechers wirft mich komplett aus der Bahn. Bis in den Kinderzimmern Ruhe herrschte, hielt ich mich eisern zurück, danach brach ich zusammen und hänge seither in dem deprimierenden Gedankenkarussell meines Lebens fest.

Philip starb vor drei Jahren. Mitten in der Pandemie war ich von einem auf den anderen Tag auf mich gestellt. Die Kinder waren im Homeschooling. Jule ein i-Dötzchen, Laura im ersten Jahr in der weiterführenden Schule. Wegen der Kontaktbeschränkungen kam niemand zu uns. Manchen kam gelegen, dass sie nicht mit einer Familie persönlich in Kontakt treten mussten, die am Boden zerstört war.

Als die Maßnahmen gelockert wurden, steckten die meisten meiner Freundschaften in einer Eiszeit. Gefangen in einer Depression gelang es mir nicht, sie wiederzubeleben.

Irgendwie boxte ich die Kinder durch diese schwierige Phase. Bis gestern Abend war ich der Meinung, selbst auf einem passablen Weg zu sein. Ich treffe mich gelegentlich mit anderen, gehe zum Sport und wollte zum ersten Mal wieder den Weihnachtsbaum schmücken.

Die zerbrochene Tasse schleuderte mich an den Anfang des unwirtlichen Weges zurück.

Das Läuten an der Tür reißt mich aus meinen trübsinnigen Gedanken. Der Wecker zeigt elf Uhr. Erschrocken springe ich aus dem Bett. Wieso haben mich die Kinder nicht geweckt?

Ich schnappe den Morgenmantel, streife ihn über und sprinte zur Haustür. In Erwartung des Paketboten öffne ich. Just in dieser Sekunde löst sich der Gürtel und ich stehe halbnackt vor einem Fremden, der mitnichten Pakete für uns hat.

»Äh, guten Morgen.« Ein Blick aus grünen Iriden kreuzt den meinen, bevor er langsam an mir und dem kurzen Sleepshirt hinabwandert. Hektisch binde ich den Morgenmantel wieder zu. »Wie kann ich Ihnen helfen?«

»Mama?« Ich drehe mich um. Laura steht am Ende des Flurs. »Niklas?«

Wieso kennt sie den Fremden? Ich wende mich ihm wieder zu und mustere ihn unauffällig. Hinter mir höre ich Laura näherkommen. Er ist in meinem Alter, Ende dreißig, einen Kopf größer als ich und hat kurze, braune, ziemlich feuchte Haare.

Wer verlässt im tiefsten Winter mit nassen Haaren das Haus?

»Komm rein.« Laura reißt mir die Tür aus der Hand und öffnet sie bis zum Anschlag.

Wie bitte? Entgeistert drehe ich den Kopf zu ihr. Langsam fühle ich mich wie eine Zuschauerin bei einem Tennisspiel. Hinter ihr entdecke ich Jule. Sie kichert albern.

»Wer ist …«

»Willst du Kaffee? Meine Ma zieht sich geschwind an.«

»Dürfte ich er…, autsch.« Jules spitzer Ellbogen landet auf meinem Steißbein.

Der Fremde beugt sich zu mir und flüstert: »Sie sind nicht eingeweiht, oder?«

So rasch, wie er sich näherte, entfernt er sich wieder und sieht mich mit diesen durchdringend grünen Augen an. Ich schüttle den Kopf.

Er folgt Laura hinein, zieht seinen nassen Mantel aus und hängt ihn an die Garderobe.

Irritiert schaue ich nach draußen. Es schneit. Auf dem Rasen liegt eine zirka zwanzig Zentimeter dicke Schicht Neuschnee.

Beim Schließen der Tür beobachte ich, wie die drei in der Küche verschwinden. Nie im Leben lasse ich sie mit einem Fremden allein.

Rasch schlüpfe ich in meine Hausschuhe. Sie waren ein Geschenk der Mädchen zu meinem Geburtstag. Mir ist gleich, was *Niklas* von mir denkt. Lächerlich habe ich mich bereits mit dem Glitzer-Faultier-Sleepshirt gemacht, da kommt es auf die Regenbogen-Plüschpantoffeln mit silberfarbenem Einhorn auch nicht mehr an.

Vor dem Eintreten in die Küche ziehe ich den Morgenmantel-Knoten nochmal fest und strubble mir durch die Haare, um das Vogelnest auf meinem Kopf in Form zu bringen.

»... nicht mehr ...« Niklas stockt, als ich hereinkomme. Er sitzt am gedeckten Frühstückstisch, vor sich mein mit Kaffee gefülltes Exemplar des Tassensets, das gestern zu Bruch ging. Bevor es mir gelingt, einen Blick in die Kiste zu werfen, die Laura in Händen hält, schließt Jule den Deckel und schiebt sie zu Niklas.

»Willst du dich nicht anziehen?« Laura steht auf und macht mir einen Cappuccino.

»Zuerst möchte ich erfahren, wer unser Besucher ist.«

Derweil sich dieser erhebt, auf mich zukommt und mir die Hand reicht, sehen Jule und Laura sich verbissen schweigend an.

»Niklas Weber. Ich bin im Sommer auf den Hof des alten Gustav gezogen.«

Das erklärt, woher sie sich kennen, wenngleich nicht, warum er hier ist. Gustav gehört ein Bauernhof am Ortsrand. Seit er zu betagt ist, die riesigen Ländereien zu bewirtschaften, hält er lediglich ein paar Schafe und Hühner. Außerdem leben der alte Hofhund Beppo und etliche Stallkatzen auf dem Grundstück. Laura und Jule führen manchmal den Hund aus, helfen beim Ausmisten oder schmusen mit den Katzen auf dem Heuboden.

Ich greife nach der dargebotenen Hand. »Luisa Fischer.«

Sein Händedruck ist fest und erstaunlich warm, bedenkt man, dass er aus der Kälte kommt. Dann fällt mir ein, dass er die heiße Tasse hielt.

»Warum ...«

»Hier.« Laura reicht mir meinen Kaffee, hakt Niklas unter und führt ihn zum Tisch zurück. Sie plappert aufgeregt über Emil, den Hahn des Hofes. Jule starrt mir derweil in die Augen und verdreht sie dann auffällig zu meinem Sitzplatz. Ich komme ihrer stummen Aufforderung nach und setze mich.

Sie reicht Niklas den Brotkorb mit Brötchen und Croissants. Er deutet auf mich: »Ladys first.«

Eine alberne, altmodische Floskel und dennoch wärmt sie mein Herz. Nachdem jeder versorgt ist und die Mädchen ihre Brötchen belegt haben, springt Jule plötzlich auf.

»Verdammt, Laura, ich hab die Probe fürs Krippenspiel vergessen.«

Wie bitte? Mir ist neu, dass meine Jüngste daran beteiligt ist.

»Ich bring dich hin«, ruft Laura. Sie schnappen sich ihre Brötchen vom Teller. »Die stell ich dir vor die Tür, liegt ja auf dem Weg.« Laura nimmt die Kiste vom Tisch und folgt Jule in den Flur. Zu gerne wüsste ich, was sie beinhaltet. Statt zu fragen, stemme ich die Handflächen auf die Stuhllehne, um mich zu erheben.

Niklas legt seine Hand auf meinen Arm und hält mich zurück. »Warten Sie kurz.« Er zwinkert mir zu und trinkt einen Schluck Kaffee.

Sobald die Haustür ins Schloss gefallen ist, erhebt er sich.

»Es tut mir leid. Sie wurden überrumpelt. Ich ging davon aus, Sie wären in die Pläne Ihrer Kinder eingeweiht. Das ist offensichtlich nicht der Fall. Ich werde jetzt gehen.«

Er dreht sich um und verlässt die Küche. Eilig laufe ich ihm hinterher. Er hat bereits nach seinem Mantel gegriffen.

»Warten Sie. Die Mädchen haben Sie zum Frühstück eingeladen. Bleiben Sie und erzählen Sie mir, wie es dazu kam.«

Er mustert mich eine Weile, hängt seinen Mantel wieder an die Garderobe und folgt mir zurück an den Esstisch.

»Sie brauchen keine Hilfe, oder?«

Verwirrt blicke ich ihn an. »Wobei?«

Ein tiefes Lachen dringt aus seiner Kehle. »Die beiden erzählten mir, dass Sie nach dem Tod ihres Mannes handwerkliche Unterstützung benötigen. Ich bot meine Hilfe an. Gestern Abend fragte Laura, ob ich heute Zeit habe.«

»Gestern Abend? Wann genau?« Mir kommt ein Verdacht.

»Gegen zehn schrieb sie mir eine Nachricht. Ich hatte ihr die Nummer gegeben, damit Sie sich melden können.«

Und ich dachte, ich hätte meine Trauer über die zerdepperte Tasse hinter meinem Ärger versteckt. Stattdessen hat Laura sie bemerkt und ein Blind Date angezettelt.

»Und was qualifiziert Sie zu handwerklichen Tätigkeiten?« Ein lahmer Versuch, ein Gespräch zu beginnen, das von der Tatsache ablenkt, dass meine Kinder den Kuppler mimen. Zu meiner Erleichterung geht Niklas darauf ein und erzählt von seinem Job als Restaurator. Zwischen uns entspinnt sich eine kurzweilige Unterhaltung. Am Ende des Frühstücks sind wir beim *Du* angekommen und lachen herzhaft. Ich verschließe die Büchse der Trauerpandora und verschiebe sie in die Tiefen meines Unterbewusstseins.

»Und es gibt nichts, wobei ich dir helfen kann?«

Er räumt die Spülmaschine ein, während ich die Lebensmittel im Kühlschrank verstaue.

»Nein, aber ich würde mich freuen, wenn du mir irgendwann die restaurierte Scheune zeigst.«

»Kommendes Wochenende habe ich die Nachbarn zu einem Adventsumtrunk eingeladen. Warum kommst du nicht mit den Kindern? Es gibt Punsch und Bratwürstchen.«

Mit Wucht holt mich die Einladung auf den Boden der Tatsachen zurück. Ich bin Witwe. Tauche ich bei ihm auf, zerreißen sich alle das Maul. Nach drei Jahren sollte ich darüberstehen, aber ich fühle, was sie denken. Es ist, als würde ich Philip betrügen.

Angst, Unsicherheit und die vermaledeite Trauer greifen wieder nach mir und ziehen mich mit sich. Ich schüttle den Kopf. »Das führt nur zu Gerede.«

Auf der Couch liegend fröstele ich und kuschle mich tiefer in die Decke. Nach einer anstrengenden Woche, gespickt mit ständigen Streitereien mit den Kindern, sehe ich immer noch Niklas' enttäuschtes Gesicht wegen meiner Absage vor mir. Laura und Jule sind deswegen ebenfalls verstimmt. Sie triezten mich den ganzen Tag, doch mit ihnen zum heutigen Adventsumtrunk zu gehen. Vor einer Stunde eskalierte es und sie verzogen sich Türen schlagend in Lauras Zimmer.

Ein neuerliches Frösteln zwingt mich, die Decke zurückzuschlagen, um mir eine Strickjacke zu holen. Eisige Luft schlängelt sich über den Boden und trifft auf meine nackten Füße. Seit letzte Woche der Schnee gefallen ist, hat der Winter das Land fest im Griff. Anstatt in meine Pantoffeln zu steigen, folge ich dem Windzug zu Lauras Zimmer und klopfe an.

»Habt ihr ein Fenster offen?« Aus dem Inneren schlägt mir bockiges Schweigen entgegen. »Macht es bitte zu, das ganze Haus kühlt aus.«

Ich lege ein Ohr an die Tür, höre sie aber weder miteinander reden noch sonst irgendein Lebenszeichen.

Genervt drücke ich die Klinke und betrete den Raum. Er ist leer.

Ich gehe zum Fenster und sehe hinaus. Auf dem Rasen direkt an der Hauswand steht der Schlitten. Von ihm führen Fußspuren Richtung Straße. Hastig schließe ich den Flügel.

»Laura? Jule?«, brülle ich, renne zu Jules Zimmer und reiße die Tür auf.

Leer.

»Das ist nicht euer Ernst.« Wutentbrannt stampfe ich zur Garderobe, ziehe meine Jacke an und schlüpfe in die Stiefel, ehe ich das Haus verlasse und zu Gustavs Hof fahre.

Geblendet vom Ärger über ihr eigenmächtiges Handeln denke ich nicht daran, dass ich nur eine dünne, rosafarbene Jogginghose anhabe und meine Haare mit einem Elchhaargummi zu einem wirren Knoten gebunden sind.

Als ich dem eigenwilligen Outfit gewahr werde, ist es zu spät. Niklas und seine Gäste haben mich beim Parken beobachtet.

Er eilt zu mir und öffnet die Tür.

»Schön, dass du es dir …« Er unterbricht sich und mustert mich von Kopf bis Fuß. »Du hast es dir nicht anders überlegt, oder?«

»Nein.« Ich steige aus, löse das Haargummi und kämme mir notdürftig mit den Fingern die Haare. »Wo sind sie?«

»Ich glaube, auf dem Heuboden. Willst du nicht erst mal einen Glühwein?«

»Du bist lus…«

»Louisa? Bist du das? Dich hätte ich ja beinahe nicht erkannt.«

Die Stimme hinter mir jagt einen eisigen Schauer über meinen Rücken. In jedem Dorf gibt es sie, diese eine Tratschtante vor dem Herrn. Ich habe schon bei jedem Elternabend mit Anabel zu tun, weil ihre beiden Söhne jeweils eine Klasse mit Jule und Laura besuchen. Muss ich ihr ausgerechnet in diesem Aufzug beim begehrtesten Single des Dorfes begegnen?

Woher ich weiß, dass er Single ist? Könnte sein, dass ich in der vergangenen Woche jedes Mal die Ohren gespitzt habe, wenn beim Einkaufen, in der Bank oder im Blumenladen sein Name fiel. Bis er zum Frühstück auftauchte, war mir entgangen, dass er Thema Nummer eins in Schölling ist.

Kann ich Anabel verdenken, dass sie ihre Fühler ausstreckt? Ihre Ehe hat die Pandemie nicht überstanden und den beiden Jungs würde es guttun, wenn ein neuer Partner in die Vaterrolle schlüpft. Ich denke an Jule und Laura. Auf sie trifft dasselbe zu.

Anabel umrundet den Wagen, stellt sich dicht neben Niklas und hakt sich zur Krönung bei ihm unter.

»Ich hole die Mädchen ab.« Meine Stimme ist eine Oktave zu hoch, was mich fuchst, weil es meine Unsicherheit untermauert. Ich wende mich an Niklas und deute mit der Hand auf den Wagen. »Kein Glühwein, nur die Kinder. Verrätst du mir, wo ich sie finde?«

Er nickt, versucht sich aus Anabels Klammergriff zu lösen, und scheitert kläglich.

»Warte, wir holen sie.« Anabel dreht sich um und zieht Niklas mit sich. Nach einem letzten Blick auf seine skurril gekleidete Besucherin folgt er ihrem resoluten Zug und sie verschwinden im Heuschober.

Ein paar Minuten später kommt Niklas ohne Anabel und die Kinder, dafür mit der Kiste zurück, die er letzte Woche erhielt.

»Wo sind Jule und Laura?«

»Haben sie sich zu Hause rausgeschlichen?«

Mit wachsender Ungeduld schaue ich nickend an ihm vorbei. Ich bin müde, sauer und friere in der dünnen Hose.

»Ich soll dir das geben. Sie hoffen, dass es dich besänftigt und du auf einen Glühwein bleibst.«

»In diesem Aufzug? Nie im Leben. Dank Anabel weiß morgen jeder von meinem peinlichen Aufkreuzen, da liefere ich ihr nicht noch mehr Futter für die Gerüchteküche.«

Er drückt mir die Kiste in die Hand. »Jule und Laura waren jeden Tag zum Helfen in der Werkstatt.«

Seine Aussage irritiert mich. Sie waren die ganze Woche zum Schlittenfahren draußen. Dachte ich zumindest.

»Was ist das?«

Er zuckt mit den Schultern. Ein schiefes Lächeln umspielt seine Lippen und fördert ein Grübchen am rechten Mundwinkel zutage.

Ich ziehe den Deckel von der Kiste und schaue auf eine Ladung Füllwolle. Vorsichtig schiebe ich sie beiseite und entdecke ein weißes Stück Porzellan. Mein Herz hämmert wild gegen meine Rippen. Ich fasse hinein und hole mit schweißfeuchten Fingern Philips zerbrochene Tasse hervor.

Mit Ausnahme einiger fast unsichtbarer Risse sieht sie aus wie neu. Eine einzelne Träne stielt sich aus meinem Augenwinkel und rinnt über die Wange.

Niklas' Daumen streicht den Tropfen weg. Überwältigt suche ich seinen Blick.

»Danke. Diese Tasse hat einen hohen emotionalen Wert für mich.«

Er nickt wissend. Natürlich. Die Kinder haben ihm sicher von ihrem Vater und dessen Tod erzählt.

»Kannst du uns verzeihen?« Jule und Laura haben sich herangeschlichen. Ich lege die Tasse zurück, stelle die Kiste auf das Autodach und schließe sie in die Arme.

Weggewischt ist der Ärger über die zerbrochene Tasse und ihr abendliches Türmen. Wir weinen um ihren Vater. Ein Verlust, der uns immer schmerzen wird. In diesem Moment wird mir klar, dass unser Leben weitergehen muss. Wir klammern uns an unseren Erinnerungen fest und vergessen dabei, neue zu erschaffen.

Nachdem unsere Tränen getrocknet sind, widme ich verlegen Niklas meine Aufmerksamkeit.

»Danke, dass du die Tasse restauriert hast. Lass mich wissen, wie ich mich erkenntlich zeigen kann.«

»Wenn du irgendwann bereit bist, hätte ich gerne ein Date zu einem Glas Punsch mit dir.«

Ich folge seinem Blick zu der Traube Nachbarn, die rund um ein Schwedenfeuer stehen und sich bei Glühwein unterhalten.

»Wenn dir eine Begleitung in rosa Jogginghose nicht zu peinlich ist … Was hältst du von jetzt gleich?«

Lachend nimmt er meine Hand, deutet den Kindern, uns zu folgen, und begleitet mich auf dem ersten Schritt in die Zukunft.

22. Das perfekte Weihnachtsgeschenk

von Julie Finsterberg

Bern, 17. Dezember 2022

»Schenk ihm doch einfach dich in einem heißen Dessous. Darauf fahren Männer ab.«

Lucy schlenderte durch das Dekogeschäft und betrachtete eine Tasse in der Form einer niedlichen Lebkuchenperson mit einem Henkel in Zuckerstangenoptik.

Olivia seufzte. »Aber das ist doch nichts Besonderes. Meinen heißen Booty bekommt er doch jeden Tag.«

Erschrocken blickte Lucy auf und auch Aiko wandte ihren Blick von dem edlen dunkelgrünen Geschenkpapier ab, auf das als einziges in diesem Laden die Worte *schlicht und elegant* gepasst hätten. »Jeden Tag?«, fragten beide im Chor.

Verwundert sah Olivia ihre Freundinnen an. »Nun, vielleicht nicht *jeden* Tag, aber so fünfmal die Woche –«

Ungläubig drehte sich Lucy zu Aiko um. Dabei riss sie schwungvoll eine der Tassen von dem wackeligen Stapel neben ihr herunter. Aiko schaffte es, das Gefäß mithilfe ihrer Balancemagie vor dem Zerbersten zu retten, indem sie es einige Zentimeter über dem Boden schweben ließ.

»Siehst du, was du angerichtet hast, Olivia? Mit dieser Aussage bringst du Lucy noch dazu, den ganzen Laden zu verwüsten.«

»O Mann!« Lucy warf die Arme in die Luft. »Danke, Aiko. Hoffentlich setzt Runa ihre Fähigkeiten auch mal so hilfreich ein. Aktuell stiftet sie damit nur Chaos. Es ist echt nicht einfach mit einem magischen Wunderkind. Unsere Eltern hatten wenigstens ihre Ruhe, bis wir siebzehn waren, und ab da waren wir ja eigentlich das Problem unserer Lehrer.« Sie schnappte sich die schwebende Tasse, bevor sich unbeteiligte Passanten wundern konnten. »Runa hat schon so viel Porzellan zerschmettert, dass ich überlegt habe, auf Gummigeschirr umzusteigen.«

Olivia grinste bei Lucys Worten und der Vorstellung, wie die dreijährige Runa ihre Eltern mit ihrer Sternzeichenmagie zur Weißglut trieb. Sie packte drei der weihnachtlichen Tassen in ihren Einkaufskorb: einen Lebkuchenmann, eine Lebkuchenfrau und ein Rentier. »Na, dann hab ich zumindest für euch drei schon mal Weihnachtsgeschenke.«

Aiko tat es ihr gleich und schnappte sich ebenfalls drei Keramikbecher. »Gleichfalls.«

»Na, mein Mann wird sich bedanken«, kicherte Lucy.

»Du kannst ihm ja noch dich in einem heißen Dessous schenken«, stichelte Olivia neckisch, während die drei Freundinnen weiter durch den Laden schlenderten.

»Stimmt. Eigentlich könnte ich das. Diesen Booty«, Lucy gab sich selbst einen Klaps auf den Po, »hat er schließlich schon eine ganze Weile nicht mehr gesehen.« Sie lachte halbherzig, dann verstummte ihre Freude. »Wenn ich so darüber nachdenke, ist das gar nicht zum Lachen. Aber mit einem Kleinkind, dem alltäglichen Chaos auf der Arbeit … da bleibt nicht viel Zeit für intime Momente.«

Aiko legte das Geschenkpapier und die drei Tassen auf die Ladentheke und beugte sich im Flüsterton zu ihnen. »Wem sagst du das, Girl? Mein Modebusiness nimmt mich enorm ein … Wenn ich es einmal die Woche schaffe, Zeit für Sex zu finden, dann ist das schon viel.«

Verlegen biss sich Olivia auf die Lippe und beobachtete ihre Freundinnen beim Bezahlen, bevor sie selbst ihre Artikel auf den Tresen legte und sie dann in ihren Einkaufsbeutel sortierte. Beim Verlassen des Geschäfts brach sie das Schweigen. »Habt ihr Bock auf einen Kaffee?« Beide nickten, also bogen sie nach rechts ab zu ihrem liebsten Coffeeshop.

Mit drei Heißgetränken setzten sie sich an einen runden Tisch. Sofort griff Aiko das Thema wieder auf. »Olivia, du hast eine eigene Praxis für zauberhafte Tierwesen, bist die Beirätin im Komitee für magische Ordnung, schaffst es zu jeder

Verabredung in unserer Freundesgruppe zu kommen und bringst es trotzdem fertig, fünfmal die Woche mit Darragh intim zu werden. Wie? Die Honeymoon-Phase ist nach vier Jahren auch bei euch langsam vorbei oder nicht?«

Verdutzt öffnete Olivia den Mund, sagte aber nichts. Stattdessen nahm sie einen großen Schluck von ihrem Latte Macchiato. Das wunderbar süße Aroma des weihnachtlichen Sirups in ihrem Kaffee breitete sich auf ihrer Zunge aus und ließ sie genussvoll die Augen schließen. Dabei dachte sie über die Worte ihrer Freundin nach und fragte sich, was sie anders machte. Vielleicht lag es daran, dass sie den Job der Beirätin nicht mochte und keine Minute länger damit verbrachte als nötig? Vielleicht aber auch daran, dass Darragh ihr alles so einfach machte?

Bevor sie zusammengekommen waren, war sie selbst vollkommen überarbeitet gewesen: ihr damaliger Job im Komitee, ihre Praxis, ihre geheime Identität, mit der sie nachts Bösewichte gejagt hatte … All das hatte keinen Platz für die wirklich wichtigen Dinge im Leben gelassen. Seit dem Ende des Krieges war ein großer Ballast von ihr abgefallen. Ja, sie stritt sich noch häufig mit dem obersten Rat … Schließlich wollte sie noch viel mehr erreichen für die magischen Tierwesen, deren Unterdrückung sie bekämpfen wollte. Was wirklich nicht einfach war, da die Menschen, die in der Stellari-Welt etwas zu sagen hatten, das Thema nicht als so wichtig empfanden. Und das kostete Olivia enorm viel Kraft.

Was ihr half, all das nicht zu viel werden zu lassen? Darragh! Er war ihr Fels in der Brandung, ihr Ruhepol. Wo er nur konnte, griff er ihr unter die Arme. Sei es der Haushalt, den er erledigte, während sie sich morgens fertig machte, Besorgungen, die er ihr abnahm, während sie in der Praxis nach dem Rechten sah. Oder Kämpfe, die er mit ruhiger Stimme mit dem Rat für sie ausfocht, weil Olivia vor Wut kochte.

Während sie an all die Kleinigkeiten dachte, die ihr Freund wie selbstverständlich für sie erledigte, schlugen die Schmetterlinge in ihrem Bauch wild mit den Flügeln. Sie seufzte und stellte den Kaffeebecher ab. »Auch wenn ihr es mir nicht glaubt und du, Aiko, jetzt die Augen verdrehst: Doch, wir sind noch in der Honeymoon-Phase und oft genug fordere *ich* den Sex bei Darragh ein, während er vor seiner Leinwand sitzt und eigentlich sein neustes Kunstwerk malen möchte. Einfach, weil ich mich jede Stunde, jede Minute, jede Sekunde am Tag nach ihm verzehre.« Ihre Freundinnen tauschten einen Blick. »Ihr könnt das gerne für kitschig oder verrückt halten und mir ist durchaus bewusst, dass das definitiv nicht die Regel ist und auch nicht bedeutet, dass ihr eure Partner weniger liebt. Ich brauche diese Intimität eben in meinem Leben.«

Lucy sah Olivia verträumt an. »Das hast du schön gesagt. Ich sollte mir ein Beispiel an dir nehmen. Nicht unbedingt mit dem Sex, aber mit der Liebe.«

In dem Moment vibrierte Olivias Smartphone und sie sah Joris' Namen aufleuchten. Als sie abhob, fragte er nur knapp angebunden: »Wo seid ihr?«

»Im ›Eleven‹ im Wankdorfce–« Noch ehe sie das Wort »Center« zu Ende gesprochen hatte, tauchte Joris neben ihnen auf und setzte sich auf den freien Platz an ihrem Tisch.

»Joris!«, hisste Aiko. »Du kannst doch nicht einfach hierher teleportieren, die Leute –«

Er winkte beiläufig ab. »Ach, die meisten sind doch viel zu blind, um Teleportationsmagie zu erkennen, vor allem in einem überfüllten Einkaufscenter.«

Olivia blickte neugierig umher und tatsächlich schien sich keine Menschenseele für Joris' plötzliches Auftauchen zu interessieren. Faszinierend, wie blind Menschen für die Magie um sie herum waren!

Er beugte sich zu Olivia und griff nach ihrem Getränk. »Teilst du deinen Kaffee mit mir?« Bevor sie etwas erwidern konnte, hatte er bereits den ersten Schluck genommen und setzte den Becher mit einer angewiderten Miene wieder vor Olivia ab. »Was in Kassiopeias Namen ist das bitte?«

»Ein Double-Chocolat-Ginger-Hafer-Latte.«

»Bei den Sternen, da bekomm ich ja schon vom Namen Diabetes.«

Gleichgültig zuckte Olivia mit den Schultern. Sie mochte die weihnachtliche Note in ihrem Getränk und liebte sowieso alles, was süß war. »Dann hol dir doch deinen eigenen Kaffee.«

Joris sah sie an wie ein trotziges Kind. »Das mach ich jetzt auch.«

Bevor er aufstehen konnte, hielt Lucy ihn zurück. »Vorher noch eine Frage: Wie oft haben du und Maurice Sex?«

Mit hochgezogenen Augenbrauen musterte er sie. »Lucy, bekommst du auf deine alten Tage etwa Lust auf ein paar Muckis?« Er spannte seinen Arm an und ließ den Bizeps tanzen. Lachend fing er den Muffin, den Lucy nach ihm geschmissen hatte, und biss hinein.

»Was heißt hier *alte Tage*? Ich bin achtundzwanzig, du Arsch!«

Aiko intervenierte. »Jetzt mal im Ernst, Joris. Wir machen hier gerade eine Fallstudie.«

Argwöhnisch kniff er die Augen zusammen. »Eine Fallstudie? Okay, ich will gar nicht mehr wissen, aber für euer Seelenwohl: Maurice und ich schlafen täglich miteinander, sofern ich rechtzeitig vom Komitee nach Hause komme. Frage damit geklärt?« Alle drei nickten und Joris ging zur Kasse, um seinen Kaffee zu bestellen.

»Täglich …«, seufzte Lucy und las mit ihrem Finger die verbliebenen Krümel ihres Muffins vom Teller auf. »Die beiden sind genauso lange zusammen wie Phileas und ich.«

Aiko legte eine Hand auf die Schulter ihrer Freundin und schob ihr ihren Bagel zu. »Die haben aber auch kein Kind.«

Lucy, die ihren Kopf auf ihren Händen abgelegt hatte, atmete geknickt aus. »Ja, aber Joris ist der Komiteeleiter. Dadurch hat er ganz schön viel zu tun.«

Olivia betrachtete ihre Freundin, wie sie die Sesamkörner von Aikos Bagel herunterpickte, und dachte an das, was Lucy vor Joris‘ Anruf gesagt hatte. »Lucy, was hast du vorhin damit gemeint, dass du dir mehr ein Beispiel an mir nehmen willst wegen meiner Liebe für Darragh? Liebst du Phileas nicht mehr?«

Niedergeschlagen zuckte sie mit den Schultern. »Ich kann es dir nicht sagen und um ehrlich zu sein, bietet unser Alltag nicht die Gelegenheit, es herauszufinden.«

Während sich Joris mit seinem Kaffee zurück zu ihnen an den Tisch setzte, tauschte Olivia einen Blick mit Aiko und auch ohne die Gabe der Telepathie wusste sie, dass sie beide das Gleiche dachten. »Wie wäre es, wenn wir euch – neben den Tassen – auch noch eine freie Woche schenken?«

Verwirrt kniff Lucy die Augen zusammen und Aiko ergänzte Olivias Vorschlag. »Wir passen eine Woche lang alle zusammen auf Runa auf, während du und Phileas in den Urlaub fahrt. Nur ihr zwei in ein romantisches Hotel, wo ihr euch wieder finden könnt. Wie klingt das?«

Im ersten Moment waren Lucys Augen mit einem hoffnungsvollen Strahlen erfüllt, bevor Zweifel ihr schönes Gesicht prägten. »Ich weiß nicht … meint ihr wirklich? Eine ganze Woche? Keine von euch beiden hat Kinder und Runa ist wirklich nicht gerade einfach mit ihrer Magie und –«

Diesmal war es Joris, der Olivias und Aikos Plan unterstützte. »Lucy, das ist eine Spitzenidee, vertrau uns. Außerdem versucht Maurice mich schon seit unserer Hochzeit zu einem Kind zu überreden … Das könnte unsere Probe aufs Exempel werden.« Er schenkte ihr ein Zwinkern. »Und ich wäre nicht mal böse drum, wenn Runa sich so daneben benimmt, dass sich Maurices Kinderwunsch vielleicht noch zwei Jährchen hinauszögert …«

Alle vier lachten und Lucy zog mit einem vorfreudigen Lächeln die Schultern nach hinten. »In Ordnung. Die Woche nach Silvester haben Phileas und ich sowieso frei. Passt das bei euch auch?« Sie nickten, was Lucy dazu brachte, freudig in die Hände zu klatschen. »Super! Dann suche ich heute Abend direkt nach romantischen Reiseangeboten.«

Glücklich darüber, ihrer Freundin geholfen zu haben, ihre Beziehung neu aufleben zu lassen, brachte Olivia das Gespräch zurück auf das ursprüngliche Thema, mit dem im Dekoladen alles begonnen hatte. »Wenn wir das geklärt haben, könnten wir dann wieder zurückkommen auf *mein* Problem?«

Skeptisch sah Joris sie an. »Was hast *du* denn für ein Problem? Dass du zu schön bist für diese Welt?« Er lachte und stupste sie mit dem Ellenbogen an, wobei seine trainierten Muskeln die grünen Tannenbäume auf seinem Hemd hüpfen ließen.

Amüsiert verdrehte Olivia die Augen. »Du brauchst dich nicht mehr einzuschleimen. Für dich habe ich bereits ein Weihnachtsgeschenk. Aber mein Problem ist Darragh. Ich habe keine Ahnung, was ich ihm schenken soll.«

Mit einem verschmitzten Lächeln sah Joris sie an. »Nun ja, da wäre immer noch die Option einer Käseplatte.« Alle drei sahen ihn verwirrt an. »Na, du bist die nackte Platte und auf dir liegt der Käse … Darragh mag doch Käse. Oder eben Sushi, das isst er auch gern, hinterlässt aber nicht unbedingt den sexiesten Duft.«

Olivia vergrub ihr Gesicht in beiden Händen, während Aiko und Lucy ihren Freund aufklärten, dass sie mit einem ähnlichen Vorschlag schon gegen die Wand gelaufen waren. Wieso verstanden ihre Freunde Olivia denn nicht? Darragh war der beste Geschenkemacher, den die Welt vermutlich jemals hervorgebracht hatte.

Sie erinnerte sich an ihr erstes Jahr in der Dahlow-Akademie. Da hatte er ihr einen magischen Ring geschenkt, zu dem er das passende Gegenstück hatte. Wenn beide diesen Schmuck trugen, konnten sie die Gefühle des jeweils anderen an der Farbveränderung des Materials erkennen.

Doch dank Darraghs unfassbaren Zeichentalents waren seine besten Geschenke die selbstgemachten. Sie dachte an das wunderschöne Porträt von ihr, das mittlerweile in ihrem gemeinsamen Schlafzimmer hing. Und ihr persönliches Highlight: die Comicsserie, die er erfunden hatte und von der er Olivia seit einigen Jahren bei jeder Gelegenheit eine Fortsetzung schenkte.

Als wäre der Comic nicht schon genug, ließ sich Darragh unaufhörlich besondere Kleinigkeiten einfallen. Von liebevollen Dates, wie einem Picknick im Mohnblumenfeld, bis hin zu einer neuen Beleuchtung für ihren Schminktisch oder einem beheizten Badezimmerteppich, damit Olivia morgens keine kalten Füße mehr hatte. Er sparte sich solche Aufmerksamkeiten nicht für einen bestimmten Anlass auf, sondern baute sie nebenbei im Alltag ein.

Und sie? Neue Zeichenpinsel, ein schickes T-Shirt und alte Briefe aus ihrer Vergangenheit … Es war wirklich zum Haare raufen, dass sie Darragh geschenketechnisch nicht das Wasser reichen konnte. Nicht nur, weil sie ihm unbedingt eine Freude machen wollte … Sie wusste, dass er sich wenig aus Geschenken machte. Nein, die ganze Sache kratzte auch an ihrem Ehrgeiz: Nur ein einziges Mal wollte sie Darragh ein besseres Geschenk machen als er ihr. Für ihr Seelenwohl.

Während die anderen wilde Ideen in die Runde warfen, hörte Olivia nicht zu. Stattdessen ließ sie ihren Blick aus dem Fenster des Coffeeshops schweifen und sah den weißen pudrigen Schnee über Berns Straßen fallen. Ihr blieben nur noch sieben Tage bis Heiligabend, sieben Tage, um ihr Ziel zu erreichen.

Und plötzlich hatte sie eine Idee! War es etwas, das sie aus dem Gespräch der anderen aufgeschnappt hatte oder hatte der Schnee sie zu diesem Gedanken inspiriert? Was es auch gewesen sein mochte, sie war plötzlich von einer unbändigen Euphorie ergriffen und strahlte ihre Freunde mit einem breiten Lächeln an.

»Ich hab's! Das perfekte Geschenk.«

***

Bis über beide Ohren grinsend stand Olivia am Abend vor Darragh. Sie versuchte, ihre Aufregung zu verbergen, war sich aber sicher, dass es ihr nicht gelang. Darragh, der am Schreibtisch saß und in sein Skizzenbuch zeichnete, blickte zu ihr auf.

»Kann ihr dir helfen, *my love*?«

Bei dem Klang seiner Stimme stieg Olivias Aufregung ins Unermessliche. Sie wollte es jetzt tun, nicht erst an Heiligabend.

Es war der richtige Zeitpunkt. Sie hasste es, Überraschungen so lange für sich behalten zu müssen. Außerdem wusste sie, dass Darragh es lieber hätte, wenn sie daraus keine große Sache machen würde. Außerdem sollte es ein intimer Moment werden, nur zwischen ihnen beiden …

»Kommst du mit ins Wohnzimmer? Ich habe unsere Lieblingsgerichte vom Thai mitgebracht.«

Interessiert schnellten Darraghs Augenbrauen nach oben. »Uh. *Nice*!« Hand in Hand verließen sie sein Atelier und betraten ein von Kerzenschein erleuchtetes Wohnzimmer. Bei dem Anblick des romantisch dekorierten Couchtischs schenkte er Olivia einen argwöhnischen Blick. »Gibt es etwas zu feiern?«

Schulterzuckend führte sie ihn zu dem braunen Sofa in der Mitte des Raums. »Kommt drauf an.«

»Olivia, du sprichst in Rätseln.«

Bingo! Genau diese Verwirrung wollte sie erzielen. Wäre doch auch zu einfach, wenn er ihren Plan sofort erahnen würde.

»Alexa, spiel die *Endless-Love*-Playlist.« Sofort erklangen aus den Lautsprechern in den Ecken des Raums die ersten Klänge des Songs »Sweet Goodbyes« von Krezip.

Ein kehliges Lachen entfuhr Darragh. »Das ist *unser Song*!«

Olivia schenkte ihm ein gerührtes Lächeln. »Du erinnerst dich?« Natürlich erinnerte er sich, es war Darragh!

»Wie könnte ich diesen Song vergessen? Das erste Lied, zu dem wir je getanzt haben.« Sie waren gerade unschuldige siebzehn Jahre alt gewesen. So viel Zeit war seitdem vergangen, so viel passiert … »Weißt du, wie oft ich den Track rauf- und runtergehört habe, als wir nicht miteinander gesprochen haben?«

Olivias Herz verkrampfte sich. Eine Zeit lang waren Darragh und sie getrennt gewesen. Beide hatten die Jahre für ihre Entwicklung gebraucht und Olivia war sich sicher, dass sie ohne diesen Abschnitt jetzt nicht ein so starkes Team wären. Dennoch hatte auch sie Darragh in dieser Zeit vermisst, diesen Song immer und immer wieder gehört und dabei an ihn gedacht. Doch sie wollte nicht an diese dunkle Phase denken. Stattdessen war der Moment gekommen, in die Zukunft zu blicken.

»Darragh?«

Liebevoll griff er nach ihrer Hand. »Was liegt dir auf dem Herzen?«

Sie atmete tief durch. »Du bist mein Zuhause. Ich liebe dich – mehr als es Worte je ausdrücken könnten. Ich habe in dir meinen Seelenverwandten gefunden. Das bedeutet nicht, dass wir uns ähnlich sind. Bei den Sternen, manchmal glaube ich, wir könnten nicht verschiedener sein …« Ein Kichern entfuhr ihr und auch um Darraghs Mundwinkel spielte ein Lächeln. »Aber genau deshalb ergänzen wir uns so gut. Ich weiß, dass ich für immer mein Leben mit dir verbringen will.«

Ehe Darragh die Chance hatte, etwas zu erwidern, holte sie eine Ringschatulle aus der Sofaritze, die sie dort zuvor versteckt hatte, öffnete sie und hielt sie ihrem Freund entgegen. Mit großen Augen betrachtete er den schlichten silbernen Ring, den Olivia vor wenigen Stunden im Einkaufszentrum gekauft hatte.

»Willst du mich heiraten?«

Die Frage hing im Raum, obwohl nicht mal der Bruchteil einer Sekunde verging, bis Darragh antwortete. Nur kam es Olivia vor wie eine Ewigkeit. Sie sah die Kerzen vor ihren Augen herunterbrennen und hörte das zweihundertste Lied spielen, ehe die Zeit wieder in einem normalen Tempo lief.

»Warum?«

Olivia kniff die Augen zusammen und sah Darragh verdutzt an. »Wie, warum? Weil ich dich liebe?«

Er lachte. »Nein, ich meine: Warum machst *du* mir einen Antrag? Das ist doch *meine* Aufgabe.«

Für einen Moment schloss sie die Ringschatulle und sah ihren Freund ernst an. »Also erstmal sind wir im Jahre 2022, nicht 1850. Auch Frauen dürfen Heiratsanträge machen.« Er öffnete den Mund, um etwas zu sagen, doch Olivia ließ ihn nicht. »Und außerdem wollte ich dir zeigen, dass du nie wieder Angst haben musst, mich zu verlieren. Dass ich immer bei dir sein werde und du dich nie wieder so fühlen musst wie damals.«

Die Zeit, als sie beide getrennte Leben geführt hatten, war für Darragh eine sehr, sehr dunkle Phase gewesen und Olivia wollte nie wieder verantwortlich dafür sein, dass Darragh sich so fühlte. Sie wollte nicht, dass irgendetwas Darragh jemals wieder so fühlen ließ …

Er schenkte ihr ein verliebtes Grinsen. »Valide Punkte. Dann lautet meine Antwort natürlich: Ja!«

Olivia warf beide Arme um seinen Hals und presste ihre Lippen fest auf seine. Sie fühlten sich so weich unter ihren an und der vertraute Duft von Minze und Lavendel stieg ihr in die Nase.

Nach ihrem Kuss steckte sie ihm den Ring an den Finger und strahlte ihm stolz entgegen. »Ich habe es endlich geschafft, dir das perfekte Weihnachtsgeschenk zu machen. Das kannst du nicht überbieten dieses Jahr.«

Mit gespitzten Lippen nickte er. »Ah, daher rührt der Antrag, verstehe.« Er griff nach dem Essen auf dem Couchtisch. »Und ob du wirklich das beste Geschenk hast, sehen wir dann an Heiligabend.«

Mit geöffnetem Mund sah Olivia ihm dabei zu, wie er grinsend das vegane Curry auf den Tellern verteilte. »Das war hoffentlich nur ein Scherz!«

Mit dem verschmitzten Lächeln, das Olivia so sehr liebte und das ein attraktives Grübchen auf seiner linken Wange zum Vorschein brachte, zuckte er mit den Schultern. »Lass dich überraschen.«

23. Rote Tassen und eine gelbe Bommelmütze

von Mia Lena Bestil

»Das wird spaßig!«, hat Juliana gesagt. »Zwei Abende und du hast deine Weihnachtsgeschenke verdient und haufenweise angeheiterte lustige Menschen, das kann nur gut werden«, meinte sie aufgeregt. Bei Gelegenheit geige ich meiner besten Freundin, die seit drei Tagen mit einer Grippe zu Hause ist, ordentlich die Meinung. Sie hütet ihr Bett, verschlingt dabei ein Buch nach dem anderen und ich stehe mir bei eisiger Kälte die Beine in den Bauch. Das Dauergrinsen gelingt mir, weil es in meinem Gesicht festgefroren ist. Sobald ich erschöpft und mit schmerzenden Füßen meine Wohnung betrete, schmilzt meine Mimik und verwandelt sich in eindeutig nach unten gezogene Mundwinkel.

»Ein Glühwein, bitte!« Der junge Mann, der seine vierte Bestellung an diesem Abend aufgibt, schwankt bedrohlich.

»Sorry, heute nicht mehr.« Ich schüttle den Kopf und wende mich dem Nächsten in der Schlange zu.

»Sofort!«, brüllt er aufgebracht und lenkt damit meine Aufmerksamkeit wieder auf sich.

Innerlich zeige ich Juliana meine herausgestreckte Zunge und verfluche sie noch mehr für ihre Abwesenheit. Tief durchatmend wende ich mich an den Kerl. »Nein. Komm gern morgen wieder«, entgegne ich ruhig und drehe mich endgültig weg. Ignoriere stoisch sein Gefluche. Nach einer Woche in dem Weihnachtsmarktbüdchen, welches jedes Jahr von Julianas Familie betrieben wird, bin ich einiges gewohnt. Der Liebe zum selbstgemachten Glühwein, den Julianas Oma zubereitet, ist es zu verdanken, dass ich gelernt habe, in solchen Situationen besonnen zu bleiben.

Meine Coolness findet ein jähes Ende, als er über den Holztresen greift und sich zwei leere, rote Tassen schnappt.

»Hey!« Schnell greife ich nach den Teilen, erwische sie nur knapp, doch er entreißt sie mir endgültig und feuert sie mit voller Wucht und einem zornigen Schrei auf den Boden vor der Hütte.

Fassungslos starre ich ihn an. Ehe er erneut über den Tresen greift, wird er von hinten gepackt und zurückgezogen. Gebannt sehe ich dabei zu, wie zwei Polizisten sich des Betrunkenen annehmen, während die umstehenden Menschen an meinem Stand die Szene beobachten. Mit lautem Gezeter wird er aus der Menge gezogen.

»Einen Spezial-Glühwein, bitte.« Kopfschüttelnd wende ich mich einer älteren Dame zu, die mich freundlich anlächelt. Ich nicke geistesabwesend, wende mich von der skurrilen Situation ab. Mit zitternden Fingern schöpfe ich den Glühwein und reiche ihn der Frau mit der gelben Bommelmütze. »Fünf Euro und zwei als Pfand für die Tasse.«

Sie kramt in ihrer Geldbörse und reicht mir einen Zehner. »Der Rest ist für Sie, Liebes.« Dankbar nehme ich das Geld entgegen und verstaue es in der kleinen Metallkasse.

Eigentlich stehen wir zu zweit hinter dem Tresen. Doch seit zwei Tagen bin ich allein. Dass das anstrengend ist, muss ich nicht erwähnen. Das einzige, wobei Juliana recht hat, ist, dass es reichlich Trinkgeld gibt, je fortgeschrittener der Abend ist und je höher der Alkoholpegel der Gäste steigt.

Da die Schlange vor der Hütte nicht abreißt, bemerke ich kaum, wie schnell die Zeit vergeht. Wir sind längst kein Geheimtipp mehr. Die Tassen sehen wir sehr oft nicht wieder. Zwei Euro Pfand sind zu wenig, doch Ralf erzählte mir, dass er Ausschussware kaufe und es nichts ausmacht, wenn die verschiedenförmigen, roten Porzellangefäße mit den wilden Mustern verschwinden. »Selbst mit den Tassen machen wir Gewinn«, lachte er brummig, als ich ihm empört erzählte, dass mindestens die Hälfte nicht zurückkommt. Täglich bringt er Nachschub. Weiß der Geier, wo er die Dinger herhat. Die einzige Gemeinsamkeit ist das Rot, der Grundton der Bemalung.

Die aufgedruckten Motive könnten nicht unterschiedlicher sein.

Kurz vor sieben neigt sich der Glühweinvorrat dem Ende. Wir verkaufen, bis die Töpfe leer sind, dann schließen wir. »Leer ist leer, Lucy«, beschwor mich Inge, die Mutter von Juliana.

Ich sehne den Feierabend herbei. Der Vorfall vom Nachmittag hängt mir nach, sorgt dafür, dass immer wieder ein eisiger Schauer über meine Wirbelsäule rieselt, sobald ich mich an den aggressiven Kerl erinnere. Die Polizisten kamen nicht zurück. Wahrscheinlich haben sie viel zu tun auf dem gut besuchten Weihnachtsmarkt.

»Wie war dein Tag?« Julianas raue Stimme tönt durch das Telefon, während ich meine Füße in heißes Wasser tauche. Die blaue Schüssel dient seit einer Woche dazu, dass die Eisklumpen, in die sich meine Beine im Laufe des Tages verwandeln, langsam wieder auftauen.

»Übel. Ganz übel.« Ich berichte ihr von dem Randalierer und ernte ein Lachen.

»Das ist doch noch gar nichts. Warts mal ab, wenn die erste Firmenfeier vor dem Büdchen stattfindet.«

Ich ahne Schlimmes.

»Mir hat letztes Jahr einer quer über den Tresen in den Glühweintopf gekotzt.«

»Ach bäh! Warum hast du mich zu diesem Mist überredet?«

»Um die Dauerflaute in deinem Sparschwein zu beenden.«

Blödes Geld, das schneller verschwindet, als ich blinzeln kann. Sehnsüchtig sehe ich zu meinem Bücherregal, das sich Dank des Jobs mit neuem Lesefutter füllt. »Gutes Argument.« Grummelnd wackle ich mit den Zehen, die langsam wärmer werden.

»Drei Tage und ich bin wieder fit«, verspricht sie hustend.

»Würde ich nicht drauf wetten.« Seufzend lehne ich mich zurück und schließe die Augen.

Ich behalte recht. Auch am vierten Tag stehe ich ohne meine Freundin hinterm Tresen. Wenigstens ist es heute wärmer als in der letzten Woche. Dafür regnet es in Strömen. Was zur Folge hat, dass der Markt schlecht besucht ist, der Glühwein nicht so gut verkauft wird und ich sicher bis Marktschluss hier stehen muss.

Tief seufzend rühre ich in der roten, aromatisch duftenden Flüssigkeit.

»Hi.«

Ich blicke vom Topf auf, direkt in zwei blaue Augen. Ausgiebig werde ich gemustert. Es fühlt sich an wie ein Blitzschlag, der mit eintausend Volt durch meinen Körper rauscht. Es tut nicht weh. Im Gegenteil. Es kribbelt. Überall.

»Glühwein?« Grinsend halte ich die Kelle hoch. Der Inhalt ist mir nicht hold, plätschert spritzend zurück in den Topf. Wenn ich nicht so gefesselt von den klaren Iriden wäre, würde ich mich über meine Schusseligkeit selbst ärgern.

»Eigentlich wollte ich nur fragen, wie es Ihnen geht.«

»Mh?« Dämlich grinsend lege ich den Kopf schief, vermisse dabei schmerzlich meinen Verstand, der sich mit dem Auftauchen des Mannes verabschiedet hat.

»Ich bin Patrick, einer der Polizisten von neulich.«

»Oh. Okay.« In meinem Hirn überhäufen sich die Erinnerungen und ich versuche den Mann in Uniform mit jenem, der in einer schwarzen Winterjacke und dickem Schal vor mir steht, zu vergleichen.

Fragend zieht er eine Augenbraue in die Höhe. Ein Schmunzeln legt sich über seine geschwungenen Lippen, bewirkt, dass sich ein kleines Grübchen auf seiner linken Wange bildet. Dieses winzige Detail stiehlt mir noch ein bisschen mehr meines Denkvermögens. Hastig räuspere ich mich, suche sinnvolle Worte. »Danke der Nachfrage, es geht mir gut.« Wow, ein ganzer Satz, ohne zu stottern. Normalerweise bin ich nicht so leicht aus dem Konzept zu bringen …

»Sie sollten den Stand nicht allein betreiben.« Er blickt sich um und beugt sich zu mir. »Weihnachtsmärkte sind weit weniger friedlich, als sie wirken.«

Mühsam unterdrücke ich ein Lachen. »Was Sie nicht sagen.« Die letzten Tage zeigten mir eindrücklich, wie viele Ereignisse sich innerhalb von ein paar Stunden abspielen können. Trotzige Kinder. Beziehungsdramen. Ausufernde Firmenfeiern.

Lächelnd und mit klopfendem Herzen schnappe ich mir eine Tasse, auf der der dickbäuchige Mann mit dem Rauschebart in einen Lebkuchen beißt, fülle sie mit Glühwein und halte sie ihm hin. »Ich würde Ihnen gern als Dankeschön einen ausgeben.«

»Ach so. Ja, klar. Danke.« Er nimmt mir das Getränk ab, pustet hinein, trinkt einen Schluck, den er umgehend zurückspuckt.

»Scheiße, ist das heiß.«

Ich lache so ehrlich wie seit Tagen nicht. Kann mich nicht sattsehen an dem Mann, der mit schmerzverzerrter Miene kühle Luft durch seine Lippen saugt. Er stellt den Glühwein auf den Tresen und dreht mir den Rücken zu. Ich beobachte, wie er sich Luft zufächelt, erahne, dass er den Mund dabei geöffnet hat. Noch immer pruste ich, kann mich nicht länger auf den Beinen halten und sinke zusammen. Ich hocke auf dem hölzernen Boden, der mit roten Flecken übersät ist.

»Hast du es dann?«

Seine raue Stimme erdet mich. Langsam komme ich in den Stand. Ein unverschämt hübsches Grinsen schmückt seine Lippen, die von einem gepflegten Bart umrahmt werden. Er sieht aus wie einer dieser Kalendermänner. Nur, dass er nicht für die Feuerwehr arbeitet.

»Geht langsam wieder.« Mühsam presse ich meine Lippen zu einer Geraden, doch sein verschmitzter Blick bewirkt, dass sie sich kraftvoll erneut nach oben biegen. Er setzt zum Sprechen an, wird allerdings unterbrochen.

»Schätzelein?« Eine schlanke Frau mit einem überdimensional pinken Regenschirm kommt auf hohen Hacken zu uns gestöckelt. Von ganz allein fällt meine Mimik in sich zusammen. War ja klar …

Blondchen drückt ihm einen Kuss auf die Wange und hinterlässt einen Abdruck ihres sattroten Lippenstifts. Entschuldigend blickt er mich an und wendet sich dann seiner Freundin zu. »Möchtest du auch einen?«

Mit zusammengekniffenen Augen starrt sie in seine Tasse. »Sicher nicht.«

Kopfschüttelnd wende ich mich dem Topf zu und schenke den beiden keine Beachtung mehr. Nur am Rande bekomme ich das leise »Tschüss« mit, das ich lediglich abnicke. Meine Laune erreicht den Nullpunkt.

Was habe ich erwartet?

»Manchmal trügt der Schein.« Verwundert sehe ich in das Gesicht einer älteren Dame. Gelbe Bommelmütze. Sofort breitet sich ein Lächeln auf meinen Lippen aus. Aus irgendeinem Grund mag ich die Frau mit der auffälligen Kopfbedeckung, die mir in den letzten Tagen häufiger aufgefallen ist, wenn sie über den Markt ging und sich in aller Ruhe die Ware in den Büdchen anschaute.

»Das war weniger ein Schein. Eher ein ziemlich realistisches Bild.«

»Nicht so voreilig, Liebes. Manches braucht etwas mehr Zeit.« Sie bestellt einen Glühwein, will mir jedoch ihre kryptische Aussage nicht erklären. Stattdessen plaudert sie mit mir ein wenig über Belangloses, bis sie ihre Tasse geleert hat und sich verabschiedet.

Die Tage bis zum Weihnachtsfest vergehen zügig. Manchmal habe ich das Gefühl, dass blaue Augen auf mich gerichtet sind, doch ich entdecke sie nirgends. Jeden Polizisten, der über den Markt streift, mustere ich so gut, wie es die Menschenmassen erlauben, und komme mir dabei reichlich blöd vor. Er sieht zwar attraktiv aus, scheint Humor zu haben und wortwörtlich Funken zu versprühen, aber er hat eine Freundin. Aus diesem Grund kann er sich sein Grübchenlächeln sonst wohin schmieren.

335 Tage später …

»Komm schon Lucy, Mama und Papa wären dankbar, wenn wir die Abenddienste im Büdchen übernehmen.«

Resigniert lasse ich die Schultern sinken. Ergebe mich meinem gut bezahlten Schicksal, das aus vier Wochen Glühweinverkauf bestehen wird.

Nach den ersten sieben Tagen liegt Juliana, wie im letzten Jahr, mit einer Grippe im Bett, weswegen ich, wie im letzten Jahr, allein hinterm Tresen stehe.

»Machst du das mit Absicht?«, frage ich sie erschöpft am Telefon. Sie verneint hustend und ich bekomme ein schlechtes Gewissen.

Am Tag darauf herrscht der alltägliche Wahnsinn eines Freitagabends auf einem Weihnachtsmarkt. Die Leute drängen sich dicht an dicht und ich warte sehnsüchtig auf Inge, die versprochen hat, mir nach der Arbeit zu helfen.

»Hi.«

Blinzelnd sehe ich den Mann vor dem Tresen an. Er trägt eine Polizeiuniform und präsentiert ein Grübchen, als er mich anlächelt. Erinnerungen vom letzten Jahr werden wach und ein bekanntes Kribbeln rauscht durch meinen Körper.

»Schön, dich wiederzusehen«, ruft er über die lärmenden Gäste hinweg.

Bemüht um meine Fassung, nicke ich knapp. »Glühwein?«

»Nein, danke. Bin im Dienst.«

»Patrick?« Sein Kollege tritt neben ihm. »Wir müssen weiter.« Er dreht sich mir zu und ein Grinsen legt sich auf seine geschwungenen Lippen. »Ach, sieh einer an. Sie sind wieder da.«

Fragend hebe ich eine Augenbraue.

»Ich war letztes Jahr dabei, als dieser Idiot bei Ihnen randaliert hat.«

»Daran können Sie sich noch erinnern?«

»Wie sollte ich das vergessen? Patrick sprach tagelang von Ihnen. Jeden Tag mussten wir vorbeikommen, um zu sehen, ob alles okay ist.«

Die Wangen des Angesprochenen laufen tiefrot an und er räuspert sich auffallend. Völlig überrumpelt mustere ich ihn.

»Er schwafelte irgendwas von erstem Blick.« Der redselige Kollege hat offenbar kein Feingefühl für peinliche Details und spricht unbeirrt weiter. »Er hat sogar seine Dienste getauscht. Dumm nur, dass er sich nicht traute, Sie um ein Date zu bitten. Kann verdammt schüchtern sein, der Gute.« Er wendet sich Patrick zu, klopft ihm herzhaft auf die Schulter. »Wäre doch jetzt die beste Gelegenheit, oder?«

Mir klappt die Kinnlade herunter. Nicht ein sinnvoller Gedanke schwirrt durch meinen Kopf.

»Ich gebe dir zwei Minuten, dann müssen wir wirklich weiter.« Er hebt eine Hand zum Abschied und schiebt sich durch die Menschen. Plötzlich ploppt ein Satz in meinem Kopf auf. Schneller als ich über ihn nachdenken kann, verlässt er meine Lippen. »Hab noch zu tun.« Ich deute auf die Schlange, die sich hinter ihm geduldet. Wahrscheinlich ist es seiner Uniform zu verdanken, dass nicht gedrängelt wird.

»Sicher. Tja … ähm. Tschüss.«

Hastig wendet er sich ab. Ich sehe ihm einen Moment kopfschüttelnd nach und drehe mich einer älteren Dame zu. Gelbe Bommelmütze. Ist heute der Tag der Erinnerungen?

»Wenn Sie mich fragen, steht er auf Sie.« Sie kichert wie ein Schulmädchen und zeigt auf den Topf mit dem Spezial-Glühwein. »Eine Tasse, bitte.«

Während ich ihrem Wunsch nachkomme, verstricke ich mich in Überlegungen. »Sie haben ihn schon letztes Jahr verteidigt. Warum?«

Mit ihren blauen Iriden sieht sie in meine. »Nur weil man etwas weiß, versteht man es nicht gleich. Darum: Vertrau mir.«

Eine verrückte alte Lady mit der gelben Bommelmütze. Mehr ist nicht. Lächelnd reiche ich ihr die grüne Tasse mit einem Rentier darauf. »Ich bin nicht verrückt«, murmelt sie und pustet sachte in das Getränk.

Erschrocken reiße ich meine Augen auf, versuche nichts zu denken, damit sie nicht in meinen Kopf schauen kann. Sie lacht spitzbübig, als wisse sie, was ich zu verbergen probiere.

Nachdem sie gezahlt hat, zwinkert sie mir verschwörerisch zu. »Nicht alles glauben, was du siehst, Lucy.«

Mit offenem Mund starre ich ihr nach, verliere sie aber aus dem Blick, da sie kleiner ist als die umstehenden Leute.

Die alte Dame und Patrick gehen mir nicht aus dem Kopf. Am Abend erzähle ich Inge von der Frau. Sie nickt mit hochgezogenen Augenbrauen und rührt dabei die letzten Reste des Glühweins zusammen. »Schön, dass sie immer noch kommt.« Auf meine Nachfrage erzählt sie mir einige Geschichten von der Frau mit der Bommelmütze, die offensichtlich einen Amor-Pfeil in der Hand hält. »Ich hätte Ralf niemals kennengelernt, wäre er nicht über ihre Mütze gestolpert und dabei auf mich gefallen.« Ihre Wangen verfärben sich in ein zartes Rot. »Sie war ihr heruntergefallen und er wollte vermeiden, darauf zu treten.«

Kurz verstummt sie, scheint in Erinnerungen zu schwelgen. »Vor zwei Jahren hat sie dafür gesorgt, dass ein Herr vor unserem Stand seiner Freundin einen Heiratsantrag machte.«

»Wie das?«, frage ich neugierig.

»Sie wollte mit einem Zehner bezahlen, doch mir war das Kleingeld ausgegangen. Kurz entschlossen fragte sie den Mann hinter sich. Er zog seine Geldbörse hervor und öffnete sie. Dabei fiel ihm der Ring heraus. Als er sich herabbeugte, wurde seine Freundin aufmerksam, bemerkte den Ring und antwortete, ohne dass er die berühmt-berüchtigte Frage gestellt hatte, mit einem lauten *Ja*.«

Inge füllt zwei Tassen mit Glühwein und reicht mir eine. Ich schlinge meine kalten Finger um das warme Porzellan und seufze erleichtert auf.

»Nachdem sie gezahlt hatte, murmelte sie ›manchmal braucht die Liebe einen kleinen Schubs‹ und ging.« Verträumt schmunzelt sie und überblickt dabei den mittlerweile beinahe menschenleeren Platz.

In dieser Nacht bekomme ich kein Auge zu. Inge belächelte meine Theorie, dass die Bommelmützendame Amor sein könnte.

An den folgenden Abenden im Markthäuschen halte ich gezielt Ausschau nach Patrick, entdecke ihn aber nirgends. Etwas in mir hofft, dass ich meine Chance nicht vertan habe. Glaubt, dass ich ihn zu vorschnell verurteilt habe. Ein hübscher Mann, der gerne flirtet, dann taucht plötzlich seine Freundin auf? Zu sehr Klischee?

»Entschuldigen Sie bitte?« Eine Stimme reißt mich aus meinen Gedanken. Als ich aufsehe, blicke ich in zwei klare Iriden, die mich vergnügt anfunkeln. »Sie waren weit weg. Woran haben Sie gedacht?«

Derweil ich überlege, wie verrückt meine Theorie ist, bereite ich ihr einen Glühwein zu. Sowie ich ihn ihr reiche, entscheide ich mich, mutig zu sein. »Sind Sie Amor?«

Ihr raues Lachen ertönt, bewirkt, dass sich auch meine Mundwinkel in die Höhe ziehen.

»Lucy, nicht alles muss beantwortet werden.«

»Woher kennen Sie meinen Namen?« Immer mehr Fragen schwirren mir im Kopf umher, wollen befreit werden.

»Sie lesen doch so gerne, Lucy. Ist nicht der Teil eines Buches Magie, in dem man selbst interpretiert und der Autor einem den Spielraum für die eigene Fantasie überlässt?« Grinsend wendet sie die Tasse in ihren Händen und zeigt auf die leuchtende Nase des Rentiers. »Würden Sie wirklich wissen wollen, warum die Nase des Tieres in einem satten Rot erstrahlt und er mit eben jener die Nacht erleuchtet?«

Lächelnd schüttle ich den Kopf. »Nein.«

»Eben.«

»Und was soll ich jetzt tun?«

»Es kommt, wie es kommen muss. Das Schicksal lässt sich nicht beirren, auch wenn der Zufall ihm einen Streich spielt.« Mit dieser kryptischen Aussage wendet sie sich ab und schlendert zu dem Büdchen mit den Schwibbögen. Wenig später verschwindet sie aus meinem Sichtfeld. Es macht mir nichts aus, dass ich die Tasse wahrscheinlich nicht wiedersehe. Nicht bei ihr.

Dicke Schneeflocken fallen aus den orange leuchtenden Wolken herab. Bedecken den gepflasterten Boden mit einer weißen Schicht. Ich bin damit beschäftigt, den Abend zu beenden. Packe die Kasse in meine Tasche und sehe mich um, sodass ich nichts vergesse.

»Hey.«

Verwundert drehe ich mich dem Tresen zu. Patrick stellt eine rote Tasse mit einem Rentier auf das Holz. Das gibt es doch nicht …

»Eine ältere Dame fragte mich, ob ich sie zu dir zurückbringen könnte.«

Lächelnd nehme ich die Tasse in die Hand und betrachte sie. Ich will mich überzeugen, dass es nicht die der Bommelmützenlady ist und werde enttäuscht. Oder positiv überrascht? In dem Moment, als ich in Patricks Augen sehe, entscheide ich mich für Letzteres.

24. Ein unerwartetes Geschenk

von Amanda Lovedale

Ein Schokostückchen fiel von ihrem Lebkuchenherz auf den Holzboden, während Anna gebannt den Beutel aus grober Jute anstarrte, der von außen an der Scheibe lehnte. Wo kam der denn her?

Neugierig stellte sie die Tasse mit heißem Kaffee ab und steckte sich den Rest des Lebkuchens in den Mund, bevor sie die Terrassentür vorsichtig öffnete. Die wenigen Sekunden, die sie brauchte, um nach dem Säckchen zu greifen, reichten, um sie in ihrem Weihnachtspyjama erschaudern zu lassen. *Gott, war das eisig!* Eilig schloss sie die Tür und stellte den Jutebeutel auf dem Wohnzimmertisch ab, um sich die Oberarme zu reiben.

Sie setzte sich auf ihr Sofa und wandte sich dem Sack zu. Was wohl darin war?

Das Gewicht verriet ihr wenig. Er war weder besonders schwer noch überraschend leicht. Einen Hinweis gab es jedoch. Bei genauerer Betrachtung erkannte sie den weihnachtlichen Aufdruck. Ein Rentier mit Weihnachtsmütze.

Kombiniere, kombiniere, lieber Watson. Es handelt sich anscheinend um ein Weihnachtsgeschenk.

Am Morgen des 24. Dezembers sicher nicht zu abwegig. Da ihr messerscharfer Verstand keine weiteren Indizien entdeckte, die Rückschlüsse auf den Inhalt zuließen, entschied sie sich, den nächsten Schritt zu wagen und das mysteriöse Säckchen genauer zu untersuchen. Als sie es in die Hand nahm und die Füllung abtastete, hörte sie ein vertrautes Knistern. Hmm, wenn sie wetten müsste, würde sie auf Zellophanfolie tippen. Außerdem war der Inhalt unten hart und oben eher …

Sie wollte lieber nicht so kräftig zudrücken. Stattdessen zog sie an dem roten Band, mit dem der Beutel zugebunden war. Doch anstatt auseinanderzugleiten, wie es einer so edel anmutenden Schleife angemessen wäre, zog sich das Band zu einem festen Knoten zusammen. Sie verbrachte die nächsten Minuten damit, mit den Fingernägeln an dem Stoffstreifen zu zerren. Als sich der Knoten löste, war ihre heitere Neugierde bereits zeternder Ungeduld gewichen.

»Na, endlich«, stöhnte sie, während sie das Band neben sich auf das Sofa fallen ließ. Sie zog den Stoff auseinander und griff hinein. Ihr Gehör hatte sie nicht getäuscht. Das Erste, was sie ertastete, war Geschenkfolie, die – ähnlich wie der Sack – oben zusammengerafft und mit rotem Geschenkband zugebunden war. Sie zog an der Folie und befreite das Paket aus dem Beutel. *Tadaa!*

In ihrer Hand hielt Anna eine Tasse, eingehüllt in Zellophan und gefüllt mit einer Tüte Plätzchen. Daran baumelte eine kleine Geschenkkarte:

Frohe Weihnachten in der neuen Wohnung.
Willkommen in der Nachbarschaft.

Kein Name. Kein Hinweis auf den Absender. Auch die Handschrift sagte ihr nichts. Interessant. Sie drehte die Tasse in ihrer Hand hin und her, auf der Suche nach weiteren Anhaltspunkten. Sie war kalt. Das bedeutete, dass sie eine Weile draußen gestanden hatte. Oh, sie war gut. Sollte das mit ihrem Musikstudium nichts werden, könnte sie sich sicher als Detektivin versuchen. Und die Tasse war nicht nur kalt, sondern auch hässlich. Es war eine Mischung aus Tasse und Becher. Irgendwie bauchig, aber ohne passenden Unterteller. Dafür war die glatte Keramik mit knallbunten Weihnachtsmotiven bedruckt. Anna fand tanzende Elfen, fliegende Rentiere und einen eindrucksvoll überladenen Weihnachtskranz, in dessen Mitte in goldenen Buchstaben ein Spruch prangte, der vermutlich witzig sein sollte:

Merry Christmas, Bitches!

Nun ja, Geschmack war Glückssache. Wer hatte ihr dieses Prachtstück geschenkt? Einer ihrer neuen Nachbarn? Sie wohnte erst seit Beginn des Monats in ihrer ersten eigenen Wohnung und kannte die anderen Mieter bisher nicht mal mit Namen. Warum sollte einer von ihnen sie beschenken? Aber anders war der Zettel nicht zu interpretieren, oder?

Doch welcher Nachbar kam infrage? Sie bewohnte eine von zwei Erdgeschosswohnungen in einem Sechs-Parteien-Haus. Es gab also fünf mögliche Kandidaten für dieses weihnachtliche Willkommenspräsent.

Beim Betrachten der Tasse bekam sie eine gewisse Vorstellung von der oder dem Schenkenden. Sie wollte nicht vorverurteilen, aber so eine Tasse war eher ein Boomer-Geschenk, oder? Dass das junge, indische Paar mit der kleinen Tochter aus der ersten Etage so etwas verschenken würde, schien ihr unwahrscheinlich. Und der attraktive Typ mit den zerzausten Haaren unter dem Rand der Wollmütze aus der Zweiten, der sie schon mehrfach im Flur angelächelt hatte? Höchstens als Scherz. Sollte es ein Scherz sein, schied das nette ältere Ehepaar aus der Nachbarwohnung – hießen sie nicht Schmidt – sicher aus. Sie wirkten nicht wie Leute, die das witzig fanden. Aber vielleicht dachten sie, dass Anna es lustig fände? Vermutlich wussten sie nicht mal, was Bitches heißt. Mist.

Sie brauchte mehr Hinweise. Also öffnete sie die Schleife an der Folie – diesmal ohne eine Verzögerung – und zog die kleine Tüte heraus. Sie war mit einem einfachen Haushaltsgummi geschlossen und die Plätzchen darin waren definitiv selbst gebacken. Spätestens nach dem Dritten war Anna sich sicher. Und der Bäcker verstand sein Handwerk. *Lecker!*

Doch wie half ihr das weiter? Frau Schmidt war wieder im Spiel. Sie sah aus wie eine Frau, die hervorragend backen konnte. Anna rieb sich nachdenklich über das Kinn und griff erneut zu den Beweisstücken. Es war eine Kokosmakrone.

Aber war es nicht voreingenommen anzunehmen, dass der junge Typ nicht backt? Warum sollte die indische Familie kein

Weihnachtsgebäck mögen? Und was war mit den anderen beiden Parteien? Nur weil der Anzugkerl mit dem Aktenkoffer kein Mehl auf dem Revers hatte, als sie ihn das einzige Mal im Flur getroffen hatte, sagte das gar nichts. Womöglich war Backen sein heimliches Hobby. Und die letzte Wohnung … Sie wusste nicht mal, wer da wohnte. Vielleicht war es eine passionierte Hobbybäckerin.

Nachdem sie ein weiteres Weihnachtsplätzchen verspeist hatte, war die Tüte halb leer und sie gab auf. Sie hatte absolut keine Ahnung, von wem das Präsent war. Was sollte sie also tun? Es einfach zu ignorieren, widerstrebte ihr. Seufzend ließ sie sich gegen die Lehne des Sofas sinken. Sie musste sich zumindest bedanken. Noch besser wäre es, das Geschenk zu erwidern. Wie sollte sie das anstellen, wenn sie nicht wusste, von wem es stammte? Sie konnte nicht allen Nachbarn ein Präsent machen, oder?

Ein Blick auf die Uhr zeigte, dass es kurz nach halb neun war. Bis sie zu ihren Eltern aufbrechen musste, hatte sie mehr als sechs Stunden Zeit. Das würde reichen, um ins Einkaufszentrum zu fahren und ein paar Kleinigkeiten zu besorgen. Obwohl die Aussicht darauf, an einem Samstagmorgen – und zwar nicht irgendeinem Samstagmorgen, sondern dem 24. Dezember – dorthin zu fahren, alles andere als verlockend war. Sie war so froh gewesen, dass sie alle nötigen Geschenke bereits vor zwei Wochen zusammen hatte und sich in den letzten Tagen nicht mehr ins Getümmel stürzen musste. Und jetzt kam das. Aber was blieb ihr übrig? So hatte ihre Mutter sie schließlich erzogen.

***

Fünfundvierzig Minuten später drehte sie, begleitet von bester Weihnachtsmusik, Runde um Runde auf der Suche nach einem freien Parkplatz. Es war unglaublich! Was machten die Leute nur alle hier? So überraschend war Weihnachten nicht gekommen. Und sicher hatte nicht jeder von ihnen heute Morgen ein unerwartetes Präsent vor der Tür gefunden.

Als sie zu guter Letzt eine Parklücke fand, war ihre weihnachtliche Stimmung auf einem Tiefpunkt, den selbst *Wham!* nicht mehr abmildern konnte. Immerhin hatte sie die Zeit genutzt, um sich Gedanken über ihre Besorgungen zu machen. Daher führten sie ihre Schritte zielstrebig durch die Massen von Menschen in ein Confiserie-Geschäft. Pralinen und Plätzchen mochte schließlich jeder. Und nachdem sie fünfzehn Minuten später endlich an der Reihe war, um zu bezahlen, packte die Verkäuferin ihr vier Schachteln mit Leckereien in eine Tüte. Jeweils eine für das ältere Ehepaar, den Anzugtyp, die indische Familie und die ihr unbekannte Partei, über die sie nur wusste, dass auf dem Klingelschild der Name *Hellinghaus* stand. Für den jungen Kerl aus der zweiten Etage wollte sie etwas anderes besorgen.

Auf dem Weg zum Supermarkt, in dem sie Wein kaufen wollte, sprang sie schnell in den Buchladen und suchte für die kleine Tochter der Nachbarn aus der ersten Etage ein Buch mit winterlichen Geschichten aus. Auch hier verbrachte sie gefühlt eine Ewigkeit an der Kasse und verzichtete darauf, ihren Einkauf an der Geschenke-Station einpacken zu lassen. Es ging schneller, wenn sie es zu Hause selbst erledigte.

Die Weinflaschen klapperten in der Einkaufstasche gegeneinander, als Anna schließlich den Supermarkt mit drei mittelpreisigen Rotweinen verließ. Sie hatte nicht viel Ahnung von Wein und die Aktion war schon teuer genug, wenn sie nicht oben ins Regal griff. Aber immerhin hatte sie günstig vier Geschenktüten ergattert, sodass sie mit vier der fünf Präsente fertig war. Fehlte nur noch der Typ, der sie immer anlächelte. Ihn wollte sie nicht mit einer Weinflasche und edlem Gebäck abspeisen. Das war so unpersönlich, so lahm. Für ihn suchte sie etwas Witziges.

In der Hoffnung auf Inspiration bummelte sie mit den schweren Taschen in der Hand an den Schaufenstern der

Geschäfte entlang. Besser gesagt, ließ sie sich von der Horde der Menschen an den Scheiben vorbeischieben. Doch die zündende Idee blieb aus. Kleidung, Küchengeräte, Wohnungsdeko … Das war weder witzig noch angemessen.

Da die Menge sie bei einem Bäcker anschwemmte, kaufte sie sich eine Laugenbrezel und aß sie auf der Hand, während sie versuchte, in die Strömung der Gegenrichtung einzutauchen. Als sie es schaffte, trat ihr ein gestresster Mann auf den Fuß, der sie – anstatt sich zu entschuldigen – genervt anblaffte. Um nicht an Weihnachten ausfallend zu werden, atmete sie bewusst gelassen aus und gewährte ihm den Vortritt. Er drängte sich meckernd an ihr vorbei. Sie folgte ihm noch einen Moment mit dem Blick, einen spitzen Kommentar auf den Lippen, doch dann bemerkte sie einen Verkaufsstand in der Mitte der Passage.

Mützen! Das war es. Bisher hatte sie ihren Nachbarn stets mit einer Kopfbedeckung gesehen. Aber nie mit einer weihnachtlichen. Ein tragischer Missstand.

Sie kämpfte sich zum Tresen und betrachtete die Auslage, bis der Verkäufer Zeit für sie hatte. Dann deutete sie auf eine Mütze, ganz oben an der Wand. Es war eine normale Wollmütze, allerdings war sie rot und hatte einen weißen Rand sowie einen weißen Pompon. Sie war wie die des Weihnachtsmanns, nur eben als Wollmütze. Ja, das gefiel ihr. Sie war witzig, aber tragbar. Perfekt. Sie zahlte, trat den beschwerlichen Weg zum Parkhaus an und vertrat sich die Beine, während sie in der Kälte am Parkautomaten darauf wartete, zu zahlen. Doch immerhin bereitete sie einem Menschen eine große Freude, als sie die Parklücke freigab.

***

Noch in der Jacke steckte sie sich eins der geschenkten Plätzchen in den Mund und stellte die Einkäufe auf dem Küchentisch ab. *Puh, das war geschafft.* Und Gott weiß, da würden sie keine zehn Pferde mehr rausbringen. Präsente an

Heiligabend zu kaufen … dafür musste man schon wahnsinnig sein.

Wenigstens lag sie gut in der Zeit. Es war kurz vor zwölf. Ihr blieben noch drei Stunden, bis sie los musste. Sie hängte ihre Jacke an die Garderobe, kochte sich einen Tee und goss ihn nach kurzem Zögern in die hässliche Weihnachtstasse. Anschließend befüllte sie die Geschenktüten für ihre Nachbarn. Drei Tüten mit Wein und Pralinen, eine mit dem Buch für die Kleine anstelle einer Flasche, da sie unsicher war, ob die indischen Nachbarn keinen Alkohol tranken. Schließlich verpackte sie die Mütze in Geschenkpapier und trat beladen mit den Präsenten in den Hausflur. *Jingle Bells* pfeifend lehnte sie die erste Tüte direkt neben die Nachbartür und trug den Rest in die nächste Etage. Zum Glück stand vor der linken Wohnungstür ein Buggy. Vor diese stellte Anna die Geschenktüte mit dem Kinderbuch und vor die andere eine der übrigen mit einer Flasche Wein. Irgendwie bereitete es ihr Freude, heimlich den Weihnachtsmann zu spielen.

Mit der verbleibenden Tüte und dem Päckchen in der Hand stieg sie die Treppe in die zweite Etage hinauf. Ihr detektivischer Scharfsinn wurde nur mäßig gefordert, um zu erraten, welche der beiden Wohnungen dem Anzugträger gehörte. An einer der Türen war ein schickes Emaille-Schild mit der Aufschrift *Müller* in geschwungenen Lettern befestigt. Darüber hing ein eleganter Weihnachtskranz, der garantiert von einem Floristen geliefert worden war. An der anderen Tür klebte ein Papierschild, auf dem handschriftlich *Hoffmann* stand. Sie traf zuversichtlich ihre Entscheidung und stellte die Geschenktüte mit der Weinflasche auf die mit Namen geprägte Fußmatte, bevor sie zur anderen Tür hinüberging.

Als sie sich bückte, um das weiche Päckchen mit der Weihnachtsmütze auf die Fußmatte des süßen Typs zu legen, öffnete sich die Wohnungstür. Zwei Füße in winterlich gepolsterten Sneakers schoben sich in ihr Sichtfeld.

»Oh, hi«, sagte der junge Mann und blieb stehen, um nicht in Anna hineinzulaufen. Die Überraschung stand ihm ins

Gesicht geschrieben, als sie sich abrupt aufrichtete. Offenbar war er auf dem Weg nach draußen. Er trug eine dicke Winterjacke und die blaue Wollmütze, die sie vorher schon bei ihm gesehen hatte.

»Ähm … Hi«, erwiderte sie verlegen, das Päckchen in schlichtem Weihnachtspapier noch in der Hand. Unter dem erwartungsvollen Blick seiner mahagonifarbenen Augen hatte sie den Drang, sich zu erklären. »Also … ich bin Anna. Ich wohne seit kurzem im Erdgeschoss.«

»Ja, das ist mir schon aufgefallen.«

Sie wusste nicht, wie sie darauf reagieren sollte und schwieg.

Er ergänzte: »Ich bin Kai.« Grinsend deutete er hinter sich: »Und ich wohne hier.«

Sie nickte. »Klar.«

Auf seinen Wangen hatten sich Grübchen gebildet. Das stand ihm wirklich gut. »Kann ich irgendetwas für dich tun?«

Peinlich berührt senkte sie ihren Blick und starrte auf das Päckchen in ihrer Hand. »Ähm … Also …«

Auf einmal war sie sich sicher, dass die Tasse nicht von ihm war. Wieso hatte sie das überhaupt in Betracht gezogen? Das war albern. Und jetzt stand sie mit einem Weihnachtsgeschenk vor einem vollkommen Fremden. Aber für einen Rückzieher war es zu spät. Nun musste sie da durch. »Also, ich hatte ja noch keine Chance, mich bei meinen Nachbarn vorzustellen …« Sie stockte und blickte ihn wieder an. »Ich dachte, es wäre nett …«

Sie drückte ihm das Päckchen in die Hand und er musterte es überrascht. Als sie auf dem Absatz kehrtmachte, um der peinlichen Situation zu entkommen, fand er seine Sprache wieder.

»Wow, nett von dir.«

Mit dem Rücken zu ihm blieb sie stehen. Dann hörte sie das Reißen von Papier.

»Die ist ja cool!«

Sie wandte sich um und sah, wie er die Mütze mit strahlenden Augen begutachtete. Er schien sich tatsächlich zu freuen.

Etwas selbstsicherer sagte sie: »Nun, ich dachte, die blaue Mütze passt nicht wirklich für die Feiertage.«

Er lachte und zeigte erneut seine Grübchen. »Da hast du vermutlich recht.«

Er zog sich seine Mütze vom Kopf und warf sie hinter sich in den Flur auf eine Kommode. Seine dunklen Haare standen elektrisch aufgeladen zu allen Seiten, bis er die Weihnachtsmütze darüber zog.

»Was sagst du? Steht sie mir?«

Anna musterte ihn mit gespieltem Ernst und überlegte, was sie sagen konnte. Sie stand ihm tatsächlich. Nun ja, mit diesem Lächeln konnte er vermutlich alles tragen. »Sie bringt dein weihnachtliches Lächeln gut zur Geltung.« Verlegen grinste sie.

Kai lachte erneut.

»Ausgezeichnet. Danke.« Er betrachtete Anna einen Augenblick und sagte: »Leider habe ich nichts für dich. Ich bin gerade auf dem Weg, um mir einen Kaffee zu holen. Darf ich dich vielleicht auf einen einladen?«

Sie blickte auf ihre Uhr. Noch gut zwei Stunden. Das passte. Also sagte sie schüchtern: »Klar. Warum nicht?«

»Cool.« Die dezente Röte auf seinen Wangen ließ ihr Herz schneller schlagen. Er zog die Wohnungstür hinter sich zu.

Als sie zusammen hinuntergingen, klingelte das Handy in Annas Tasche. Sie zog es heraus und sah aufs Display. »Entschuldige, es ist meine Mutter.«

Er nickte und sie drückte auf den Knopf, um das Telefonat anzunehmen.

»Hi, Mama, was gibts?«

»Hallo, mein Schatz, wo störe ich dich?«

Anna warf einen Blick zur Seite und betrachtete Kai lächelnd, entschied sich aber, diesen Teil der Geschehnisse für sich zu behalten. »Ich hole mir gerade einen Kaffee.«

»Sehr schön. Ich wollte dich auch nur darum bitten, dass du Oma nachher mitbringst, dann braucht dein Vater nicht extra loszufahren.«

»Klar, kein Problem. Ich hole sie dann um Viertel nach ab.«

»Prima, ich freu mich auf später.«

»Ich mich auch.« Anna wollte sich schon verabschieden, als ihre Mutter weitersprach.

»Ach, Gabi hat mich gefragt, ob du ihre Überraschung gefunden hast.«

»Gabi?« Verdutzt blieb Anna auf der Treppe stehen. »Welche Gabi?«

»Na, die aus meinem Spanischkurs. Du hast sie doch auf meinem Geburtstag kennengelernt.«

Anna kramte in ihrem Gedächtnis. »Kann sein.«

»Auf jeden Fall wohnst du jetzt in der gleichen Straße wie sie. Sie hat mir geschrieben, dass sie dir eine Kleinigkeit zu Weihnachten vor die Tür gestellt hat. Hast du es gefunden?«

Anna rieb sich ungläubig über die Stirn. Das konnte doch nicht wahr sein. »Ja, das hab ich.«

»Schön«, trällerte ihre Mutter gut gelaunt. »Vielleicht solltest du ihr noch schnell eine Kleinigkeit besorgen. Ein paar Pralinen oder eine Flasche Wein? Es wäre unhöflich, ihr nichts zu schenken.«

Anna lachte. »Sicher, Mama, ich lass mir was einfallen.«

Sie legte auf und blickte zu Kai. »Hast du Lust auf einen kleinen Einkaufsbummel?«

Danksagung

Nach dem unglaublichen Erfolg und den hohen Spendensummen, die wir mit den ersten beiden Anthologien erzielen konnten, wollten wir als *Club der Selfpublisher* ein weiteres Mal etwas Gutes tun und haben uns entschlossen, in diesem Jahr erneut eine Kurzgeschichtensammlung zu veröffentlichen.

Abermals konnten wir 24 wundervolle Autorinnen und Autoren gewinnen, die je eine Kurzgeschichte zu dieser Sammlung beigetragen haben. Ihnen gilt unser erster Dank.

Einen großen Anteil am Erfolg der Geschichten haben in diesem Jahr wieder unsere Lektorinnen Antje Grube (die sich ebenfalls um das Korrektorat und den Buchsatz kümmert), Rebekka Haindl und Jes Schön.

Weiterhin danken wir dem grandiosen Renee Rott von *Dream Design – Cover and Art*, der uns bereits das dritte Jahr in Folge mit der Covergestaltung unterstützt; sowie Astrid Voigt von *AstridArt Sticker and more* für die zauberhaften Kapitelzierden.

Vielen Dank auch an die wundervollen Mitglieder unseres Clubs, die dieses Projekt durch ihr Engagement, ihre Hilfe bei den alltäglichen Aufgaben unserer kleinen Gemeinschaft und den Aktivitäten auf Social Media und anderswo unterstützen.

Doch der größte Dank ist für unsere Leserinnen und Leser reserviert. Dank euch und eurem Kauf haben wir in 2024 wieder die Chance, ein wichtiges gemeinnütziges Projekt zu unterstützen. Ohne euch gäbe es diesen Erfolg nicht und wir hätten vermutlich keinen zweiten (geschweige denn diesen dritten) Versuch gewagt. Daher danken wir euch ganz herzlich und wünschen euch eine besinnliche Adventszeit.

Euer *Club der Selfpublisher*

Die Mitwirkenden

Amila Audry

Amila Audry lebt mit ihrer Familie in einem Fünfzig-Seelen-Dorf in Hessen. In ihrer Freizeit schreibt sie fantastische Geschichten für Jugendliche.

Mit »Mahsuri – Die Gabe der Ilmu« verwirklicht sie sich ihren Traum vom eigenen Buch und startet den Auftakt einer spannenden Fantasy-Dilogie.

Werke:

- 08/21 – Krauscheltiere (im Schreib Was Magazin, Sonderausgabe »Erlebnissommer«)
- 11/21 – Mahsuri – Die Gabe der Ilmu
- 03/22 – Mahsuri – Die Prophezeiung der Ilmu
- 03/22 – Allein (in Anthologie Lyrik des Jahres 2021)
- 09/22 – Urks Geheimnis (Teil der Spenden-Anthologie »24 Kurzgeschichten zum Advent – Winterliche Schlüsselmomente«)
- 09/23 – Dieser verdammte Schnee (Teil der Spenden-Anthologie: »24 Kurzgeschichten zum Advent - Zeilen im Schnee«)
- 09/24 – Kaffeeglück (Teil der vorliegenden Spenden-Anthologie)

Schreibgruppen:

- Der Club der Selfpublisher

Kontakt:

- Instagram: amila_audry
- Website: www.amilaaudry.de
- Lovelybooks: Amila_Audry

Mia Lena Bestil

Mia Lena ist ein Kind der 80er. Geboren und aufgewachsen in Thüringen. Ihre Jugend ist geprägt von 2 Zeilen Handys, Modems, die sich erst einmal mit grausigen Geräuschen ins Internet einwählen mussten und Omas Erdbeermarmelade. Auch das Schreiben begleitet sie bereits seit ihrer Kindheit. Aus Monstergeschichten wurden Gedichte und Zitate. Aus den kleinen Helden sind Menschen wie du und ich geworden. Sie füllen Romane. Leben im Hier und Jetzt und erleben Geschichten, die nicht nur auf Fiktion beruhen.

Seit mehr als 10 Jahren lebt Mia Lena schon in der Schweiz und genießt alle klischeehaften Vorteile ihrer Wahlheimat: Schokolade, Käse und die Berge ... Zwischen diesen drei Klischeepunkten findet sie ihre Inspiration und die Ruhe zum Schreiben.

Werke:

- 02/22 – Zurück im Leben
- 09/22 – Shadow and Light »Hope«
- 09/22 – Erbstreit zum Glück? (mit Projekt Gambio, Teil der Spendenanthologie »24 Kurzgeschichten zum Advent – Winterliche Schlüsselmomente«)
- 01/23 – Shadow and Light »Love«
- 03/23 – Oma Käthe kann's nicht lassen – Das verrückte Testament (Spendenbuch mit Projekt Gambio)
- 06/23 – Feel You
- 07/23 – I get what I want
- 09/23 – Schneeflocken im Bauch (Teil der Spenden-Anthologie: »24 Kurzgeschichten zum Advent – Zeilen im Schnee«)
- 11/23 – Just Love
- 01/24 – One Love
- 09/24 – Rote Tassen und eine gelbe Bommelmütze (Teil der vorliegenden Spenden-Anthologie)

Schreibgruppen:

- Der Club der Selfpublisher
- Mitglied im Selfpublisher Verband e.V.

Kontakt:

- Instagram: stella.m.noir_mia.lena.bestil
- Tiktok: mia.lena.bestil

Tino Breitenbach

Tino Breitenbach, Jahrgang 1977, lebt mit seiner Familie im niedersächsischen Osterndorf. Seit seiner Jugendzeit spielt er in verschiedenen Musikbandformationen und ist dort als Komponist und Texter vertreten. Breitenbach fängt 2011 mit dem Schreiben von Büchern an und veröffentlicht diese unter einem Pseudonym. Neue Werke publiziert er nun unter seinem Klarnamen.

Breitenbach ist hauptsächlich in den Genres Horror, Thriller und Suspense vertreten.

Werke:

- 12/19 – OWEN
- 09/22 – Eine Adventsgeschichte (Teil der Spenden-Anthologie »24 Kurzgeschichten zum Advent – Winterliche Schlüsselmomente«)
- 07/23 – 16:42 – Klauen der Dunkelheit
- 09/23 – Wer ist eigentlich Frau Sisemen? (Teil der Spenden-Anthologie: »24 Kurzgeschichten zum Advent - Zeilen im Schnee«)
- 09/24 – Die Entscheidung (Teil der vorliegenden Spenden-Anthologie)
- Diverse Kurzgeschichten auf seiner Website

Schreibgruppen:

- Der Club der Selfpublisher

Kontakt:

- Instagram: tino_breitenbach_autor
- Website: www.tinobreitenbach.de
- Facebook: tinobreitenbachautor

Nadine Edel

Nadine Edel war wurde im Jahr 1977 im Ruhrgebiet geboren und lebt mit ihrem Mann und ihren drei Norwegischen Waldkatzen in Recklinghausen. Sie war bisher ausschließlich Leserin mit Leib und Seele. Im Jahr 2020 entstand daraus ihr Blog »Kunterbunte Bücherreisen«. Nachdem sie über ihren Podcast einige Kontakte mit Autoren geknüpft hatte, wurde ihr Wunsch, ebenfalls zu schreiben, immer größer.

»Korvatunturi« entstand aus ihrer Liebe zu Finnland. Aktuell schreibt sie an ihrem ersten Roman, dessen Erscheinen noch keinem Zeitplan unterliegt.

Werke:

- 09/24 – Korvatunturi (Teil der vorliegenden Spenden-Anthologie)

Schreibgruppen:

- Der Club der Selfpublisher

Kontakt:

- Instagram: kunterbunte_buecherreisen
- Website: www.kunterbuntebuecherreisen.wordpress.com
- TikTok: kunterbuntebuecherreisen

Julie Finsterberg

Julie Finsterberg liebt es, Fantasy und Romance zu schreiben. Beides in Kombination lässt ihr Herz am höchsten schlagen. Darum hat sie als Erstes ihre magisch-romantische Buchreihe »Stellari-Chroniken« veröffentlicht, und seitdem lassen sie die Ideen nicht mehr los. Eine zauberhafte Geschichte nach der anderen bringt sie zu Papier. Im Autorendasein hat Julie wahrlich ihre Leidenschaft gefunden und liebt es, jeden Tag aufs Neue Leserherzen mit ihren Worten zu begeistern.

Werke:

- 02/22 – Stellari-Chroniken 1: Verknüpftes Schicksal
- 09/22 – Stellari-Chroniken 2: Verbotene Liebe
- 11/22 – Ein Nerd unterm Weihnachtsbaum
- 04/23 – Stellari-Chroniken 3: Vereinte Kräfte
- 06/23 – Hörbuch zu Stellari-Chroniken 1
- 10/23 – Stellari-Chroniken 4: Vergangene Sünden
- 03/23 – Stellari-Storys: Die Hochzeit (Kurzgeschichte)
- 05/24 – Stellari-Saga 1: Der Orden der Sternenwächter
- 07/24 – Hörbuch zu Stellari-Saga 1
- 09/24 – Bewitching Rosie
- 09/24 – Das perfekte Weihnachtsgeschenk (Teil der vorliegenden Spenden-Anthologie)
- 10/24 – Stellari-Saga 2: Das Schattentor der Gezeiten
- 12/24 – Stellari-Saga 3: Der Mondscheinmarkt

Schreibgruppen:

- Der Club der Selfpublisher

Kontakt:

- Instagram: julie.finsterberg
- Website: www.juliefinsterberg.de
- TikTok: julie.finsterberg

Lexa Gallay

Lexa Gallay, geboren 2001 in Cottbus, begann schon als Kind mit dem Schreiben von Geschichten. Sie ist eine begeisterte Leserin und denkt sich gerne Handlungen aus.

In ihrer Freizeit reitet sie, singt oft und spielt Klavier.

Werke:

- 11/20 – Mallory
- 11/22 – Wunderwege- Ein Traum wird wahr
- 09/24 – Die magische Weihnachtstradition (Teil der vorliegenden Spenden-Anthologie)

Schreibgruppen:

- Der Club der Selfpublisher

Kontakt:

- Website: www.lexa.gallay.de
- Instagram: lexa_gallay

A.G. Grube

Antje Grube, geboren 1976 im Havelland, lebt mit Katze und Schaukelstuhl – wie sich das für eine Autorin geziemt – in einem kleinen Ort südlich von Berlin. Bereits 1999 beginnt sie mit der Arbeit an ihrem Fantasyroman »Siebtland«. Bis zu seiner Veröffentlichung gehen letztendlich 25 Jahre ins Land. Zwischenzeitlich veröffentlicht sie 2019 ihre ersten beiden Bücher im Selfpublishing, macht sich 2021 als Lektorin, Korrektorin und Buchsetzerin selbstständig und widmet seither ihr Leben voll und ganz der schreibenden Zunft. Seit 2022 schreibt und veröffentlicht sie unter dem Pseudonym A.G. Grube Fantasyromane und Kurzgeschichten.

Eigene Werke:

- 05/19 – Wer jammert, bleibt draußen: Die letzten Monate mit meiner Mama
- 11/19 – Was liest eigentlich Gott?
- 12/22 – TEGN: Zeichen der Liebe
- 09/23 – Die Legende von Redwood Forest: Mittsommer
- 03/24 – Siebtland: Buch 1 »Jenna«

Mitautorin/Mitherausgeberin:

- 12/20 – Außergewöhnliche Stories mutiger Frauen
- 02/21 – fertig. Das Leben ist tödlich – darüber reden nicht
- 10/21 – 100 Days of Emotions
- 11/21 – Grenzgeniale Frauen: DAS Mutmacherbuch
- 04/22 – Das Los des Lassens
- 05/22 – Bücherliebe und Autor*innenglück: Wie du ein Buch schreibst, veröffentlichst und erfolgreich vermarktest
- 09/22 – Das Glück von der Straße (Teil der Spenden-Anthologie »24 Kurzgeschichten zum Advent – Winterliche Schlüsselmomente«)
- 09/23 – Die Hexe von Redwood Forest (Teil der Spen-

den-Anthologie »24 Kurzgeschichten zum Advent – Zeilen im Schnee«)

- 09/24 – Last Christmas (Teil der vorliegenden Spenden-Anthologie und Mitherausgeberin)

Schreibgruppen:

- Der Club der Selfpublisher

Kontakt:

- Instagram: a_g_grube / textmagierin
- Website: www.antjegrube.com
- Facebook: antjegrube.autorin

Rebekka Haindl

Rebekka Haindl lebt mit ihrem Mann und den drei Katzen in Niederösterreich. Nach einem Bachelor of Science und mehreren Jahren in der Medizinbranche hat sie die Entscheidung getroffen, sich endlich ihren Lebenstraum zu erfüllen und sich als Lektorin selbstständig zu machen. Inzwischen hat sie viele Schreiberlinge auf dem Weg zu ihrem Buch begleitet. Rebekkas Schreibdebut war in Form von Fanfictions, zurzeit arbeitet sie an einem Fantasyroman. Um sich stilistisch weiterzuentwickeln, nimmt sie gern an Schreibchallenges teil und schreibt Kurzgeschichten.

Werke:
- 09/22 – Spuren im Schnee (Teil der Spenden-Anthologie: »24 Kurzgeschichten zum Advent – Winterliche Schlüsselmomente«)
- 09/23 – Nachtdienst (Teil der Spenden-Anthologie: »24 Kurzgeschichten zum Advent – Zeilen im Schnee«)
- 09/24 – Zusammenhalt ist alles (Teil der vorliegenden Spenden-Anthologie)

Schreibgruppen:
- Der Club der Selfpublisher
- #nanowrimo-Schreibgruppe

Kontakt:
- Instagram: woertereule_lektorat
- Website: www.wörtereule.at
- Facebook: Wörtereule Lektorat & Korrektorat

Kassia l. Hill

Kassia L. Hill ist Geschichtenerzählerin, Traumtänzerin und kreative Chaotin. Mit ihrer Familie lebt sie am Rand des Schwarzwalds. In ihren Liebesromanen mit Bergsehnsucht entführt sie ihre Leserinnen in ihre Heimat und darüber hinaus.

Neben dem Schreiben arbeitet Kassia als freie Lektorin.

Werke

- 02/22 – Emma & Caden
- 01/23 – Cupcakes und bittersüße Kaffeeküsse
- 11/23 – Das Glück kommt auf drei Pfoten
- 09/24 – Winterküsse und Leinwandträume
- 09/24 – Scherben im Schnee (Teil der vorliegenden Spenden-Anthologie)

Schreibgruppen:

- Der Club der Selfpublisher
- Selfpublisher Verband
- Write Choice Club

Kontakt:

- Instagram: kassia.l.hill.autorin
- Website: www.kassia-l-hill.de
- Facebook: KassiaLHillAutorin

Marie Komenda

Weil sie die ganzen romantischen Geschichten, die in ihrem Kopf umherschwirren, nicht länger für sich behalten wollte, setzte sich Marie Komenda eines Tages an ihren Computer und lies die Tasten glühen. Seitdem hat sie nicht mehr damit aufgehört. Marie Komenda schreibt und veröffentlicht Liebesgeschichten mit Herzschmerz und Happy End. Inspiriert wird sie dabei vom realen Leben, von Erlebnissen auf Reisen oder auch von kleinen Momenten im Alltag.

Privat liebt sie es zu backen, ist begeistert von der Unterwasserwelt und lauscht gerne dem beruhigenden Schnurren ihrer Katzen. Zusammen mit ihrem Mann lebt Marie Komenda im wunderschönen Schwabenländle.

Werke:

- 2021 – Azurblaue Liebe
- 2021 – Schneeflocken und Hundeküsse
- 2022 – Wie du mich gerettet hast
- 2022 – Zwischen uns das Glück der Kleeblätter
- 2023 – Küsse mit Orchideenduft
- 09/24 – Zimtsterne und Winterküsse in der kleinen Bäckerei
- 09/24 – Plätzchengrüße mit Glücksgefühlen (Teil der vorliegenden Spenden-Anthologie)

Mitgliedschaften:

- Bundesverband junger Autoren
- Delia
- Club der Selfpublisher

Kontakt:

- Website: www.mariesbuecherwelt.de
- Instagram: marie_komenda_autor
- Facebook: mariek.autorin

Caroline Krieger

Caroline Krieger wurde 1989 in Andernach geboren und verbrachte ihre Jugend in dem kleinen Ort am Rhein, Bad Breisig, wo sie karnevalistisch im Spielmannszug aktiv ist. 2007 verschlug es sie nur einen Ort weiter nach Sinzig, wo sie nicht nur einen neuen Heimatort, sondern auch die Liebe gefunden. Seit 2020 finden auch ihre Geschichten einen Weg aufs Papier.

Werke:
- 12/20 – Mit Herz und Huf – Neuanfang
- 09/21 – Neuauflage Mit Herz und Huf – Neue Liebe
- 09/21 – Mit Herz und Huf – Neues Leben
- 05/22 – #nashville #music #love
- 07/22 – Mit Herz und Huf – Neues Glück
- 11/22 – Schokowein (Teil der Spendenanthologie Punschparty statt Kaffeeklatsch)
- 06/23 – Hopfensommer – Verliebt in den Boss
- 09/23 – Ghosted – Geisterhaft verliebt
- 09/23 – Liebes Christkind (Teil der Spenden-Anthologie: »24 Kurzgeschichten zum Advent - Zeilen im Schnee«)
- 02/24 – Tequila, Torten & Tamtam
- 05/24 – Mit Herz und Huf - Neue Hoffnung
- 08/24 – Mit Herz und Huf - Neue Chance
- 11/24 – #nashville #music #love 2 (Titel noch offen)
- 09/24 – Tassen ins Glück (Teil der vorliegenden Spenden-Anthologie)

Schreibgruppen:
- Der Club der Selfpublisher
- Schreiberlinge
- Nanowriber

Kontakt:
- Facebook: Caroline Krieger
- Instagram: Autorin.carolinekrieger
- Threads/TikTok: Autorin.carolinekrieger

Phil Lehmkuhl

Phil Lehmkuhl, ein Kind der Neunzigerjahre und bekennendes Nordlicht nahe der holländischen Grenze. Seit jeher liebt er es, sein Umfeld mit Geschichten zu verzaubern. Der gelernte Informatiker transportiert im Rahmen von Pen-and-Paper Rollenspielen seine Freunde regelmäßig in fantastische Welten. Vor allem die Sparten Spannung und Fantasy haben ihn fest im Griff. Inspiriert von historischen sowie aktuellen Ereignissen und seinen eigenen Erfahrungen, liebt er es, seine Charaktere vor große Herausforderungen zu stellen.

Werke:

- 09/24 – Serverräume (Teil der vorliegenden Spenden-Anthologie)

Kontakt:

- Instagram: phil.autor
- E-Mail: info@phil-lehmkuhl.de

Amanda Lovedale

Amanda Lovedale wurde 1980 im schönen Ruhrgebiet geboren und kam zum Schreiben wie die Jungfrau zum Kind: durch Sex! Oder vielmehr durch den Wunsch, ihrem Mann zu beweisen, dass eine gute erotische Liebesgeschichte mehr ist als ein Schundroman. Mit ihrem Talent für lustige und herzerwärmende Erzählungen überzeugte sie nicht nur ihren Mann. Seitdem schreibt die ehemalige Steuerfachangestellte Geschichten, die ein Lächeln im Gesicht und ein Prickeln auf der Haut hinterlassen.

Werke:

- 09/24 – Ein unerwartetes Geschenk (Teil der vorliegenden Spenden-Anthologie)

Kontakt:

- Website: www.amanda-lovedale.de
- Instagram: amandalovedale

Barbara Marx

Barbara Marx, geboren 1980, schreibt Wohlfühlromane mit Tiefgang. Im Mittelpunkt stehen starke Frauen, die mutig ihre Träume verwirklichen, auch wenn sie dafür Umwege in Kauf nehmen müssen.

Wenn sie nicht gerade Romane schreibt, praktiziert sie Yoga und versucht mit fünf Notizbüchern und hundert Klebezetteln ihren chaotischen Alltag zu organisieren. Sie hat immer einen Plan B in der Schublade, isst zu viel Nougat- Schokolade und findet, dass Humor eine ihrer besten Eigenschaften ist. Die Autorin lebt mit ihren beiden Kindern in Wien.

Werke:

- 03/13 – Wir verdienen mehr! Gleichberechtigung und faire Einkommen für Frauen. (Verlag des ÖGB, Wien 2013 (zusammen mit Barbara Lavaud und Eva Scherz))
- 03/22 – Umwege – Plan B in Batesville
- 04/23 – Die Wiesengassen-Gang – Isis Veilchen (Band 1 der Wiesengassen-Gang-Serie)
- 09/23 – Schmetterlinge im Schnee (Teil der Spenden-Anthologie: »24 Kurzgeschichten zum Advent - Zeilen im Schnee«)
- 09/24 –Auf den zweiten Blick (Teil der vorliegenden Spenden-Anthologie)

Schreibgruppen:

- Der Club der Selfpublisher
- Schreibcafé Wien – Meidling

Kontakt:

- Website: www.barbaramarx.at
- Instagram: barbaramarx_autorin
- Facebook: Babsi.Marx

Yoline Mirallot

Yoline Mirallot lebt mit ihrem Mann und ihrer Tochter im Rhein-Main-Gebiet.

Kunst, Liebesromane und Poesie begleiteten sie durch ihre Jugendzeit und die Liebe zu allem ist bis heute geblieben. Neben Familie, ihrem Beruf und dem Zeichnen entdeckte Mirallot 2013 nach unzähligen ausgedachten und erzählten Geschichten die Leidenschaft zum Schreiben. Über die Jahre entstanden Liebes-Romane, gefühlvolle, sinnliche Kurzgeschichten und Gedichte. Mit grenzenloser Fantasie gehört das Schreiben inzwischen zu ihrem täglichen Leben.

Werke:

- 09/23 – Neuanfang (Teil der Spenden-Anthologie: »24 Kurzgeschichten zum Advent - Zeilen im Schnee«)
- 09/24 – Liebe nicht geplant (Teil der vorliegenden Spenden-Anthologie)
- Herbst 24 – Berührung in D-Dur (Teil der Spenden-Anthologie vom Bookerfly Club)

Schreibgruppen:

- Der Club der Selfpublisher
- Bookerfly Club

Kontakt:

- Instagram: yoline.mirallot_autorin

Anne Naumann

Anne Naumann, 1990 geboren, lebt mit ihrer kleinen Familie inklusive Kater im schönen Harz. Bereits als Grundschülerin schrieb sie die ersten eigenen Geschichten, was sie später dazu motivierte, Germanistik auf Lehramt zu studieren. Die Liebe zu Sprache und Literatur begleitet sie nicht nur beruflich. In ihrer Freizeit liest und schreibt sie Romance, New Adult und Fantasy.

Werke:

- 05/21 – Der Klang von Winter, Alaina & Dean
- 05/22 – Der Klang von Sommerregen, Alaina & Dean
- 09/22 – In einer Rauhnacht (Teil der Spenden-Anthologie »24 Kurzgeschichten zum Advent – Winterliche Schlüsselmomente«)
- 11/22 – Der Klang von Dir und Mir, Toby & Paige
- 08/23 – Der Klang von Uns, Elliot & Milley
- 09/23 – Der Klang von Tiefe (Teil der Spenden-Anthologie: »24 Kurzgeschichten zum Advent - Zeilen im Schnee«)
- 09/24 – Neumondzauber
- 09/24 – Von heißer Schokolade (Teil der vorliegenden Spenden-Anthologie)

Schreibgruppen:

- Der Club der Selfpublisher

Kontakt:

- Instagram: anni.schreibt
- Website: www.anne-naumann-autorin.de
- TikTok: annenaumannautor

Dirk Osygus

Dirk Osygus lebt und tötet in Wuppertal. Tagsüber entwickelt er Werkzeugmaschinen und wollte nie Autor werden. Dabei hat er schon immer geschrieben, aber nur Bedienungsanleitungen für Maschinen.

Dafür denkt er seit über zwanzig Jahren darüber nach, wie er Menschen töten und die Leichen dann so entsorgen kann, dass er den Fängen der Polizei entgeht und nicht für fünfzehn Jahre ins Gefängnis muss.

Diese langjährigen Erfahrungen im Verschwinden lassen von Menschen und jagdliches Wissen verarbeitet er in seinen Wuppertal-Krimis.

Daneben hat er Spaß und Muße mit der Autorin Katrin Höhfeld Bücher im Podcast „Buchcasting“ zu sezieren.

Werke:

- 2023 – Selbstvergeltung
- 2023 – Selbstgerächt
- 2024 – Selbstverdammt
- 09/24 – Unheilige Nacht (Kurzgeschichte in der Anthologie »Bergische Bescherung«)
- 09/24 – Der letzte Espresso (Teil der vorliegenden Spenden-Anthologie)

Schreibgruppen:

- Der Club der Selfpublisher
- Selfpublisher Verband
- Write Choice Club

Kontakt:

- Website: www.dirk-osygus.de
- Instagram: dirk_osygus_krimiautor
- Facebook: Dirk Osygus Krimiautor

Renee Rott

Renee von »Dream Design – Cover and Art« gestaltet seit 2018 hauptberuflich Buchcover, Werbemitteldesigns und vieles mehr. Er arbeitet hauptsächlich mit Autor:innen und Verlagen zusammen und bietet, neben dem Coverdesign, auch Beratungen, einen einfachen Buchsatz, Logodesign und Buchschmuck an. Sein Ziel ist es, Autor:innen professionell und dabei kostengünstig zu unterstützen, damit sich auch Selfpublisher:innen und Neuautor:innen ein schönes Äußeres (und Inneres) für ihr Buchbaby leisten können.

Kontakt:

- Instagram: cover.and.art
- Website: www.cover-and-art.de
- Facebook: traumdesigns

Mari Rudolph

Mari Rudolph liebt es seit ihrer Kindheit, sich Geschichten auszudenken und in fremde Welten abzutauchen. Neben Gedichten schrieb sie in ihrer Jugend vorwiegend gruselige Kurzgeschichten. Jane Austen entfachte ihre Leidenschaft für Liebesromane und inspiriert sie noch heute für neue Geschichten. Sie lebt mit ihrem Mann und zwei Töchtern in Bremen.

Der New Adult Roman »Cherry Blossom Waves« in der fiktiven Kleinstadt Wild Mallow Lake ist ihr Debütroman. Wenn sie nicht schreibt, verbringt Mari viel Zeit mit ihrer Familie, reist leidenschaftlich gerne und entdeckt neue Serien oder Filme.

Werke:
- 02/24 – Cherry Blossom Waves
- 09/24 – New York Christmas Waves (Teil der vorliegenden Spenden-Anthologie)

Schreibgruppen:
- Der Club der Selfpublisher

Kontakt:
- Website: www.mari-rudolph.de
- Instagram/TikTok: mari.rudolph_autorin

Jes Schön

Jes Schön, Jahrgang 1980, lebt mit ihrem Mann und den beiden Töchtern in Mittelhessen. 2014 fängt die passionierte Leserin in ihrer Elternzeit mit dem Schreiben an. Ihr Debüt »Fallen« veröffentlich sie 2021 im Selfpublishing. Inzwischen sind neben diversen Kurzgeschichten sieben weitere Romane erschienen. Schön schreibt Liebes- und Entwicklungsromane über Protagonisten mit traumatischen Erlebnissen.

Neben dem Schreiben von Romanen fungiert Jes Schön als Herausgeberin und arbeitet als freie Lektorin im belletristischen Bereich.

Werke:

- 05/21 – Fallen
- 02/22 – Lass es zu! Das Ende
- 05/22 – Lass es zu! Der Anfang
- 06/22 – Valentinstag (Teil der Spenden-Anthologie »Again and Again«)
- 08/22 – Lass es zu! Die Gegenwart
- 09/22 – Der neue Kollege (Teil der Spenden-Anthologie: »24 Kurzgeschichten zum Advent – Winterliche Schlüsselmomente« und Herausgeberin)
- 10/22 – Vergessen (Teil der Anthologie: 8. Bubenreuther Literaturwettbewerb)
- 11/22 – Lass es zu! Die Vergangenheit
- 04/23 – Allegra Winters – Zerrissen
- 09/23 – Garden of Mystery
- 09/23 – Eine mysteriöse Nachricht (Teil der Spenden-Anthologie: »24 Kurzgeschichten zum Advent - Zeilen im Schnee« und Herausgeberin)
- 04/24 – Dream of Orchids – Herzmomente
- 06/24 – Dream of Orchids
- 09/24 – Ein Becher Glück (Teil der vorliegenden Spenden-Anthologie und Herausgeberin)
- Diverse Kurzgeschichten

Schreibgruppen:

- Der Club der Selfpublisher
- Mitglied im Selfpublisher Verband e.V.
- Write Choice Club

Kontakt:

- Instagram: jesschoen_autorin
- Website: www.jes-schoen.de
- Facebook: JesSchoenAutorin

Nadine Schwartz

Nadine Schwartz ist das Pseudonym einer 1977 geborenen Autorin, die es sich vor mehr als zwanzig Jahren in der brandenburgischen Pampa heimisch gemacht hat.
Wenn sie sich nicht um ihren Vollzeitjob, ihre Tochter oder den Haushalt kümmern muss, ärgert sie gerne ihren Mann, lässt den Kater apportieren oder den Hund Mäuse fangen, bevor sie Zeit findet, sich dem Schreiben zu widmen.

Werke:

- 10/21 – Küss mich, Schwester!
- 09/22 – Küss mich, mein Engel!
- 09/22 – Die Ersatzfamilie (Teil der Spenden-Anthologie: »24 Kurzgeschichten zum Advent – Winterliche Schlüsselmomente«)
- 11/22 – Am Anfang war es nur ein Traum (Teil der Anthologie Traumfabrik-Geschichten)
- 09/23 – Budenzauber (Teil der Spenden-Anthologie: »24 Kurzgeschichten zum Advent – Zeilen im Schnee«)
- 02/24 – Küss mich bitte, Boss!
- 09/24 – Akten, Plätzchen, Teegestöber (Teil der vorliegenden Spenden-Anthologie)

Mitgliedschaften:

- Der Club der Selfpublisher
- Selfpublisher Verband
- Write Choice Club
- Anniversum

Kontakt:

- Webseite: www.nadine-schwartz.de
- Instagram/TikTok/Facebook: nadine.schwartz.autorin
- Lovelybooks: Nadine_Schwartz

Catrina Seiler

Catrina Seiler wurde irgendwann in den 1980ern geboren und fing schon früh an, Geschichten zu schreiben. Ihre schöpferische Reise führte sie in verschiedene, meist fantastische, Welten, die sie immer wieder besucht, wenn ihr der trockene Brotjob im Büro und die Pflege ihrer zickigen Zimmerpflanze genug Zeit lassen. Ihr Romandebüt, ein humorvoller Unterhaltungsroman über ein Alpaka in der Dusche, erschien 2021 bei Piper Digital. Seit 2022 ist sie auch im Selfpublishing unterwegs.

Werke:

- 04/21 – Von Masken & Dates – Alles eine Frage der Verhandlung (Teil der Anthologie: »Gefühle auf Abstand«, Piper Digital)
- 05/21 – Alpaka 66 (Piper Digital)
- 11/21 – Die Gartenhütte (Teil der Anthologie: »100 Bilder 200 Geschichten: Alles eine Frage der Perspektive«)
- 09/22 – Auf der Schwelle – Eine Geschichte aus dem GLYN-Universum (Teil der Spenden-Anthologie »24 Kurzgeschichten zum Advent – winterliche Schlüsselmomente«)
- 10/22 – GLYN: Silberstaub und Feuerklinge (SP)
- 09/23 – Apartment 14 (Teil der Spenden-Anthologie: »24 Kurzgeschichten zum Advent – Zeilen im Schnee«)
- 10/23 – GLYN: Scherben und Weglicht I (SP)
- 09/24 – Die Weihnachtskatze (Teil der vorliegenden Spenden-Anthologie)

Schreibgruppen:

- Der Club der Selfpublisher

Kontakt:

- Instagram: catrina.seiler
- Website: www.catrina-seiler.de
- Facebook: Catrina.Seiler.Autorin

Corinna Stremme

Corinna Stremme ist sogenannte Hybrid-Autorin (Selfpublisherin und mit klassischen Verlagen unterwegs). Zum Geschichtenerfinden kam sie, weil Schreiben für sie ein inneres Bedürfnis darstellt. Dichten, Geschichten und Fachbücher schreiben macht ihr gleichermaßen Spaß. Ihre Kindergeschichten waren erst nur für ihre eigenen Kinder zur Stärkung gedacht. Im Laufe der Zeit wuchs die Idee in ihr, eine Brücke für Kinder zu schaffen, die noch häufig ausgegrenzt werden. Sie steht mit ihrem Verlag, der Ideen-Stifterei, mit ihren Texten für Diversität und Inklusion, für eine Gesellschaft, die achtsam mit sich und Kindern umgeht und hofft, dass Kinder mit und ohne Beeinträchtigungen in einer Welt leben und lesen, die vorurteilsfrei die Lebensrealität abbildet. Als dreifache Mutter, Lehrerin und Familiencoach stehen Kinder von jeher in ihrem Zentrum. Anderes ist für sie nicht vorstellbar. Sie lebt mit ihren drei Kindern, ihrem Mann, Hund und Katz auf Gran Canaria.

Werke:

- 07/16 – Unterrichtsbesuche unter Kollegen. Hospitationen gemeinsam durchführen, AOL Verlag
- 09/18 – Keep cool! Hilfen bei ADHS: Elternratgeber für Schule und Zuhause, Ernst Reinhardt Verlag
- 03/20 – Töffel ist toll, wie sie ist, Ideen-Stifterei
- 02/22 – Töffel und Bruno trauern auf ihre Art, Ideen-Stifterei
- 09/22 – Der goldene Schlüssel (Teil der Spenden Anthologie »24 Kurzgeschichten zum Advent – Winterliche Schlüsselmomente«)
- 05/23 Nika sucht das Ich – Wie du als (hoch-) sensibles Kind zu dir findest und dich vor Ausgrenzung schützt, Ideen-Stifterei
- 09/23 – Der alles entscheidende Brief (Teil der Spen-

den-Anthologie: »24 Kurzgeschichten zum Advent - Zeilen im Schnee«)

- 2023 – Als Weihnachten verloren ging (Teil von »24 magische Geschichten gefüllt mit Winterzauber«, Der Verlag mit dem Drachen)
- 2024 – »Der Zauber in mir. Affirmationen für die Allerkleinsten«, Ideen-Stifterei
- 09/24 – Wenn eine Tasse im Schrank fehlt (Teil der vorliegenden Spenden-Anthologie)
- Diverse noch unveröffentlichte Kindergeschichten, Gedichte und Kurzgeschichten

Schreibgruppen:

- Der Club der Self-Publisher
- Mitglied im Selfpublisher-Verband e.V.

Kontakt:

- Website: www.ideen-stifterei.com/c/buecher
- Instagram: ideenstifterei
- Facebook : corinnastremme

Kim Tannhauser

Schreibende Couchkartoffel mit leichten Forrest-Gump-Tendenzen, die versehentlich für fast zwei Jahrzehnte ausgewandert ist. In London ist sie eher zufällig in den ersten Creative-Writing-Kurs gestolpert. Dadurch hat sie jede Menge interessante Charaktere kennengelernt, um sich zum gemeinsamen Schreiben und Austauschen zu treffen. Hat zu Recherche-Zwecken mehrere Monate in Seoul gewohnt und schreibt seitdem einen Blog für eine Koreanische Events Company. Zur Zeit aber wohnhaft in Stuttgart.

Die erste deutsche Veröffentlichung erscheint Ende des Jahres 2024.

Werke:

- 09/24 – Der Strickclub (Teil der vorliegenden Spenden-Anthologie)

Schreibgruppen:

- Der Club der Selfpublisher
- Chalk Scribblers

Kontakt:

- Instagram: thescatterbrainedwriter

Sonja Wahl

Sonja Wahl, Jahrgang 1962, in Geislingen/Steige geboren, lebt auf der Schwäbischen Alb. Ihre Leidenschaft galt schon immer dem Schreiben. Erfahrung konnte sie in frühen Jahren bei einem regionalen Verlag als freie Mitarbeiterin sammeln. Als Mutter von erwachsenen Kindern kann sie sich heute mit voller Hingabe dem Schreiben in ihrer freien Zeit widmen. Am liebsten entwirft sie unterhaltsame Kurzgeschichten, deren Themen das Leben lustig, spannend und mit überraschenden Wendungen erzählen. Zusammen mit Inge Baacke und Ulrike Selje hat sie im Juni 2023 das Buch: »Der Höhenflug des Sahnehäubchens im Urwald« mit 43 Geschichten veröffentlicht. Die Veröffentlichung eines weiteren Kurzgeschichtenbandes ist noch in diesem Jahr geplant.

Werke:

- 04/22 – Text in: »Gut und kurz: So will ich schreiben« von Eleonore Wittke
- 09/22 – Pollux und die Weihnachtskekse (Teil der Spenden-Anthologie »24 Kurzgeschichten zum Advent – Winterliche Schlüsselmomente«)
- 06/23 – Der Höhenflug des Sahnehäubchens im Urwald von: Inge Baacke, Ulrike Selje, Sonja Wahl
- 09/23 – Buon Natale (Teil der Spenden-Anthologie: »24 Kurzgeschichten zum Advent - Zeilen im Schnee«)
- 09/24 – Oma Helga (Teil der vorliegenden Spenden-Anthologie)

Schreibgruppen:

- Der Club der Selfpublisher
- Reutlinger Literaturgruppe »Schreiben im Cafe«
- Mitglied »Kreatives Schreiben« bei Autorin Anja Kislich

Kontakt:

- Instagram: wahl1766
- Facebook: Son ja

Du möchtest noch mehr Geschichten unserer Autorinnen und Autoren lesen?

24 Kurzgeschichten zum Advent

Winterliche Schlüsselmomente

Winterliche Kurzgeschichten begleiten dich durch die wundervolle Adventszeit, laden dich zum Träumen, Entspannen und Gruseln ein. Herzklopfen unter dem Mistelzweig, blutige Fußspuren im Schnee, magische Momente um Mitternacht oder die Liebe zu einer Zofe – aus jedem Genre ist etwas dabei.

Unsere »24 Kurzgeschichten zum Advent – Winterliche Schlüsselmomente« bieten dir für jeden Tag der Adventszeit ein neues Leseabenteuer, bei dem du dich ganz entspannt im Sessel zurücklehnen und den Tag ausklingen lassen kannst.

Alle Einnahmen dieser Anthologie werden gespendet.

ISBN: 979-8839738270
Erhältlich bei Amazon und Thalia

Hol dir auch unsere Advents-Anthologien aus dem letzten Jahr:

24 Kurzgeschichten zum Advent

Zeilen im Schnee

Ein Feuer im Kamin, weihnachtlich geschmückte Zimmer, der Geruch von Weihnachtsgebäck, schimmernde Lichter und winterliche Kurzgeschichten versüßen dir die Adventszeit.

24 Kurzgeschichten zum Advent – Zeilen im Schnee vereint die unterschiedlichsten Genres und erzählt Geschichten, die dich in den Bann der Winterzeit ziehen werden. Von Romantik über Fantasy bis hin zu Horror – hier ist für jeden Geschmack etwas dabei. Tauche ein in die Magie der Adventszeit und lass dich von den vielfältigen Geschichten verzaubern.

Alle Einnahmen dieser Anthologie werden gespendet.

ISBN: 978-3757957483
Erhältlich bei Amazon und Thalia